U0080471

文訊叢刊⑱

〈近代學人風範〉第二輯

憂患中的心聲

——吳稚暉、蔡元培、胡適

文訊雜誌社　編

《序》尋找知識報國的典範

祝基瀅

人類文化的發展，一方面是庶民大衆爲了基本的生存與生活所形成的經驗與智慧之累積，另一方面是羣體當中擁有知識者不斷繼承與創新所造成的，後者尤其重要，因爲他能夠將一般經驗系統化成知識，進而使之被當做學習或批判的對象，去加以修正、轉化，或重新創造，使整個文化傳統永遠健康豐碩、活力充沛。然後使人類的生存空間更加寬闊、多元，使生活更加充實、愉快。

當然，這還必須有一個前提，那就是這些擁有知識者能將其知識之力量向上向善去發揮，換句話說，他們要能以道德結合知識，胸中常懷人羣結構的良性發展，否則知識也可能被誤用、濫用，而爲害社會。

從這方面來看，所謂擁有知識者的「知識人」（或「知識分子」）的質與量之狀況，就可以說是檢驗文化發展的指標了。也確實是這樣，在各知識領域的研究，無論如何都必須以「人」作爲討論的核心，否則可能就會落入玄虛的論辯。這就是爲什麼當代對於所謂「知識分子」的討論會那麼熱烈，而且可以說沒有間斷過，尤其是對於晚清以降中國的知識分子之研究，幾乎可以視爲一門顯學，就記憶所及，下面這些成書頗具代表性：「中國知識分子與西方」（汪一駒著，梅寅生譯）、「轉型期的知識分子」（馬彬著）、「知識分子與中國」（周陽山編）、「知識分子與台灣發展」（中國論壇編委會編）、「女性知識分子與台灣發展」（同上）等，其他有關中國近代思想史、文學史的研究，或者是有關傳統與西化的激盪之課題，大部分都環繞著知識分子的思想和行爲去開展系統研究。

熟悉中國近代史的人都知道，在晚清這麼一個「三千年未有之變局」中，救亡圖存的重責大任落在先進的知識分子身上，他們在對於中國文化的檢討、西方思潮的引進、新制度的探討以及國體的大辯論上，貢獻良多。他們奔走呼號、糾合同志，希望能力挽狂瀾，拯救民族於危急存亡之際的精神，令人欽佩。民國肇建以後的國情雖有所不同，但有良心的知識分子之所用心，亦彰彰在人耳目。他們所追求的無非是「國富民强」，因爲民族的危機並沒有解除，人民的苦難日愈加深。

如今，國家發展又面臨另一個關鍵時刻，知識報國，不但是知識分子的責任，也是社會大衆的殷切期許，這也讓我們想起從晚清（尤其是甲午之戰）到民國的這一時代中，究竟形塑了多少知識分子的典範？是否有重新試探的必要？由於時代的接近，環境也頗有類似之處，如果典型已在夙昔，在風簷展書讀之際，是否可以找出一些典範以爲借鏡，進而尋思我輩在當前的情勢中一些應行可行之道。

這就是我們爲什麼籌畫這一系列「近代學人風範研討會」的主要原因。選用「學人」這個名詞以代「知識分子」，主要是感到它有一種親和性和尊重感。至於選擇那些學人以爲研討對象，這是一個仁智互見的問題。我們一方面考慮學人是否有其明顯的特性，譬如說，嚴復在西方社會科學方面的翻譯，連横撰述台灣通史，張季鸞的報業成就，蔡元培在教育和學術行政上的卓越表現等，同時其人格嶔崎磊落，足堪後人表率。另外，我們也考慮到各位學人所代表之學術或專業領域，以及社會人士所感到興趣之課題。

面對每一位學人，主要是了解其生平，清理其學術表現及其涉及公衆事務之成就，分別約請專家撰述論文，安排特約討論人，希望透過公開的學術論辯，探觸思想的核心，以供今後國家發展的借鏡，我們歡迎同好參與討論，集思廣益，必能對尋找典範，實踐知識報國有所貢獻。

從民國七十九年七月起，我們每月舉行一次研討，每次以一位學人爲對象，計畫進行一年。前三次已結集成「知識分子的良心」（連横、嚴復、張季鸞），第四次到第六次分別討論吳稚暉、蔡元培、胡適，結集而成此書，旨在提供進一步討論的基礎，盼望能引起知識界及社會大衆更廣泛的注意。

目錄

吳稚暉：做大事不做大官

吳稚暉有道家的曠達襟懷，
卻過著墨家的苦行生活，
他的宇宙論，導源出他的人生觀，
他的人生觀是樂觀、進取、犧牲、
奉獻、創造與自強不息。

吳稚暉批判宋明理學

一

胡適之論述「中國近三百年來四個思想家」，將吳敬恆稚暉（一八六五—一九五三年）與顧亭林、顏習齋、戴東原並列。本文期將吳稚暉主要思想，加以簡介。再將顧、顏、戴三氏學說，摘要論列。目的是希望對上述胡適之論斷，有基礎上的闡發。

吳稚暉是遜清舉人，對中國歷史、文化有深邃的修養，而對當代的科學、哲學思潮，卻有極敏銳、極正確的認識和反應。他比　中山先生長一歲，其前半生的努力，便是在推翻清廷。他終其生過著類似清教徒或苦行僧的生活。平生主張不做官、不坐人力車、不吸煙、不飲酒，而能畢生服膺弗失。顏回居陋巷，一簞食、一瓢飲，人不堪其憂。吳稚暉是完全做到的。民初他編寫平民課本，領導「國語讀音統一會」，爲中國書同文、讀同音奠定了千秋萬世的基礎。國民革命軍底定南京時，他高瞻遠矚，奮臂攘袖，大聲疾呼，於民國十六年首先號召清黨運動。我對日八年抗戰中，吳氏力闢和談謬論，支持　蔣委員長長期抵抗主張，在敵機濫肆轟炸下，坐守陪都，泰然自若，成爲全國軍民忠勇奮發的精神堡壘。從八十年代末共產制度在全球的土崩瓦解，足徵吳氏的卓識遠見。

吳稚暉在學術上的最大貢獻，當推他在中國歷史上，徹底推翻朱熹天理與人欲的分離說，互爲升降說。所謂升降說，也就是多一分人欲，少一分天理之謂。據胡適之解釋，吳稚暉認爲，中國古代民族的最大特色是樸實勤苦，雖然也有不少禁忌，但無宗教。迨及中國文化逐漸成熟，一面有老莊一派的鄉老思想，樂天安命，逍遙自得，在政治上希望不干涉，無爲而治。而另一方面，又出現孔、孟治國平天下的思想，因而逐漸成爲一個國家的局面。晉唐以前，是孔孟思想配合老莊哲學成功的社會。雖有竹林七賢的放浪形骸，但仍止於老莊。及至佛教在中國日益興盛，宋、明學者將印度教人出世的宗教暗採過來，用以解釋儒家學說，因而生出戰慄恐懼的威權，這眞是一幕悲劇。吳稚暉很傷心的說，你看南宋以後，社會是多麼乾枯！

宋、元、明以來，理學延續和發展的結果，誠如吳稚暉所說，士大夫既不知古，又不知今。朝廷無人，邊防空虛。就憑張獻忠、李自成兩個流寇，就亡了明朝的天下。東林黨氣量狹隘，過分的黨同伐異，而未能挽救明末的敗局。明朝的兩位頗有名氣的理學家，一是薛瑄（敬軒），居宰輔地位，竟然坐視于謙被殺而無一詞。其二是唯一足以挽救明末危亡的熊廷弼，竟然死在道學家鄒元標的手裡。因此反對程朱學派的李塨（恕谷）三致慨歎的說：「道學家不能辦事，且惡人辦事」！

二程根據周敦頤傳授「尋孔顏樂處」哲理，用以爲人和治學。明道對人和顏悅色，無事時如泥木人。即所謂寂然不動，感而遂通。他說：「與其是外而非內，莫若內外兩忘」。內外兩忘，便完全是佛氏之語。此與色即是空，空即是色之論，又有何異?伊川、明道弟兄兩人聯袂入酒家。返回時明道對伊川指責他與妓尋樂時回答謂：「我是眼中有妓，心中無妓。你是眼中無妓，心中有妓」。這便是二程夫子各別苗頭的一段有趣故事。在爲學、言道上，伊川則較乃兄自尊自大，很多自以爲是之處。陸象山評二程：「明道尚疏通，伊川錮蔽生」。邵康節譏笑伊川的「生薑樹頭生」，這和陽明格竹子中空之理與臥石棺嘗試生死之滋味，以及董仲舒乘馬不知牝牡等，均有異曲同工之妙。時至今日，無怪乎吳稚暉慨歎而言曰：「有的東西，從前聖人胡塗的，到如今鄉下老頭兒明白了」。

朱熹的學理是主靜、存性、無欲、居敬。主張默坐證心，體認天理。朱熹認爲祇有在靜坐中才能體認天理。倘若動，與外物接觸，不免發生人欲，那便是「惡」。此簡單說明，便是宋朝之所謂理學。這種思想，這種生活，不獨與「天行健，君子以自强不息」相違，也和儒家治國、平天下之道，大有逕庭。此所謂理學，在表面上看去，好像是精微玄妙，但與竹林七賢的清談，在本質上有何不同?!爲學之道，本來其目的便是要切於人生實用。因之，吳稚暉譏宋、元、明心性玄說之學，爲「玩物喪志」。誠如陶甄所說：「聖賢者貴乎致用，安事虛談理命，僊神章句耶」?!

二

孟子說：「食色性也」。（註）

孔子也說：「吾未見好德，如好色者也」。而樂生惡死，本是人類的天性。人是大自然所創造，所以人性與天道自不相違。中庸劈頭就言：「天命之謂性，率性之謂道，修道之謂教」。已經說得十分明白。因此宋儒的「多一分人欲，即少一分天理」，及以禮、樂、射、御、書、數六藝爲末務云云，誠如顏習齋所云「直與孔門敵對」。顏李學派的傳人程廷祚老老實實地說：「男女飲食之欲，與樂生惡死之情，都是發於至善之性的物感。」其要旨也是在駁斥程朱的心性之說。（程廷祚，名默，字啓生，號綿莊，少好治經，而於天文、食貨、輿地、河渠、兵農、禮樂之事，皆能究委探源，曾于乾隆時應博學鴻詞試未入。爲學曾謂墨守宋學已非，重漢學尤非。著作甚多，多能救先儒之非。）

吳稚暉述中國歷代學術變遷之大勢，他說：「孔孟以前，自黃帝、禹、湯、文、武、周公，莫不以淑世爲唯一之目的。故不輕視事功。迨經秦、漢之銷沈，至晋、唐佛學大盛，宋儒欲與爲敵，遂張前聖形上，心性之學，與之對壘。實則自趨玄遠，反入其笠。一變淑世爲淑人。淑人之志願，非不甚高，惟易流於變相之出世。亦即後世道學先生崖岸自高之類。則一世之中，有揖讓之君子，無賢能之凡民。即宋元以來，民氣積弱，累遭外寇憑陵之大禍興焉。其直接矯正之者，厥爲顏習齋先生。然滿清方倚朱儒爲護符，使顏先生之學說，沈晦者二百餘年。至滿清亦受民氣積弱之毒，折而蹙亡於東西强族，並貽艱難於民國。顏先生之志良苦。豈顏先生不能知心性之精，但知事功之粗?!所以不言，皆淑世之大法。合孔、孟、亦合顏先生」。

顏（元）習齋，清初人，其學主於忍嗜慾，苦筋力。反對心性之學，主張躬行實踐。他的教育分習禮、樂、兵、農，方法是學術與日常生活相配合，並達到報國救世的宗旨。顏氏學說，有四存編，即存性、存學、存治、存人。其中存性、存學兩篇，其主要就是闢程朱。韓愈說「人其人」，意曰和尚還俗，即可爲「存人」作註解。至於「存治」，乃爲主張恢復唐虞三代之治，諸如井田、學校、封建、賦稅之制。時代變遷，而顏氏泥古不化，可不必置評。顏氏學說的價值在於推翻六百年來自謂爲得不傳之緒於遺經，和自命繼承道統而實違反儒家眞精神的程朱學說。誠如李塨所云：「古之害道出於儒之外，今之害道出於儒之中。習齋先生起於燕趙，當四海倡和翕然同風之日，乃能折衷至當，而有以斥其非。蓋五百年間，一人而已。故嘗謂先生，其勢難於孟子，而其功倍於孟子」。李塨，字剛主，號恕谷。康熙庚午舉於鄉。塨博學工文章，曾與毛奇齡論樂律，著有易說、樂解、四書義疏。

程朱學說何以爲害如是之烈呢?緣自元朝仁宗時代（一三一四）以來，規定了用朱註四書來考試經義。明、清兩朝都繼續用程朱一系的經說做取士的標準書。明朝，因爲皇帝與朱熹同姓，對他的註解更有偏愛。清朝，以異族入主中國，利用八股箝制士人，也繼承了此一傳統。其時國家的「

功令」，祇規定了一切考試中的經義必須用朱子的四書集註、朱子的詩集傳、易本義等。功令並不問你贊不贊成那宋儒的道學，而是看你肯不肯將這些陳義抄錄下來。如此，程朱道學便一變而爲專制帝王的護身符。程朱道學之爲害中國學術界者亙六百年之久。

顏李學派的傳人程廷祚對後儒對孔氏學說的曲解，曾深致慨歎。他說：「後儒詮解（論語），非學究之陳言，即名士之清談。而得其要領者未之見焉」。吳稚暉主張通經致用，他支持顏李之學。對於孔氏學說，也有其獨到見解。例如孔子說：「導之以政，齊之以刑，民免而無恥。導之以德，齊之以禮，有恥且格」。乍看，這兩段話好似相互對立。吳稚暉則認爲：「乃撥亂世而返諸正，爲布治之步驟」。他說：「孔子爲東周，期月已可，三年有成。曰可，曰成，皆是民免的階段」。他舉出「善人爲邦百年，亦可以勝殘去殺」爲證，足見縱使是孔子心目中的善人，亦須爲邦百年?才能達到勝殘去殺的境界。又論語「既庶矣，又何加焉?曰，富之。既富矣，又何加焉?曰，教之」管子「倉廩足而後知禮節，衣食足而後知榮辱」。此等說法，皆爲上述註釋的佐證。吳稚暉說：「在期月，三年之中，一面導齊以政刑，一面竭力富之；待民免成，而民有恆產，倉廩既實，衣食既足，再齊以德禮」。亦即孔子答覆冉有所言的「敎之」之義。吳稚暉認爲導齊以德禮，是內聖之學。導齊以政刑，是外王之事。倘不先問民生疾苦而侈談正心誠意之道，豈非昧於事理，本末倒置?!吳稚暉慨然說：「三代以後，明乎此理的，惟諸葛公耳」。又說：「內聖外王之道，惟　總理集其大成。知難行易爲內聖極其原，實業計畫爲外王見其端。」吳稚暉通經，目的爲致用。這是他終其身反對性理之學的原因。

三

宋、明理學，打著儒家的旗號，提出居敬、致靜、養心、存性的學說，大大地背離孔、孟親民、安邦、治國的大道，而以六經爲糟粕，六藝爲末務。儒學變宗教化，使中國思想學術陷於迷惘、虛幻、失落者，垂六百年之久。顧亭林起而大聲疾呼，反對空談性命，主張斂華就實，呼籲世人要以讀書爲重。倡達經通史，「經學即理學」，判心性與學術爲兩途。力矯宋、明心學空虛放蕩之弊。而以博學於文、行己有恥爲求學的目的，以經世致用爲志。顧氏經世致用之志，概見於其鉅著「日知錄」、「天下郡國利病書」。兩書雖多出自纂鈔，但均爲顧氏精心之作。可謂體大思精、憂深慮遠。自謂「平生志業，皆在其中。有王者起，得以酌取焉」。顧氏之書，銖積寸累，具受一時推崇，遂開有清一代樸學之先河。

顧亭林，名炎武，性耿介絕俗。明亡，周游四方，載書自隨。所至墾田度地，建立據點，歷覽天下形勝，詳記其山川險要，以與古籍所載相印證。舉凡國家典制，郡邑掌故，天文儀象，與夫河漕兵農之學，靡不窮究原委，探討其利弊得失。因此其所著述，都是與民主日用，朝廷舉措有關。「清學」其後由於政治環境的限制，一變而爲考據之學，便不免大違顧氏的本旨了。

胡適之所講述的大思想家之一戴東原（震），爲樸學開山大師。乾隆時修四庫全書。精小學，著書凡二十餘種。緣樸學中的吳派，以惠棟爲首；皖派則自戴東原肇其端。兩派皆爲反宋明理學。但吳派惟漢儒之言是信。信任緯書，便不免走入五行災異之途。尊古而迷古，不免失治學之道。戴東原在三十三歲前，尚承認宋儒在聖人之道上有一定的貢獻，曾謂「漢儒得其制數，宋儒得其義理」。其後著「孟子字義疏證」，便完全推翻了宋儒「人欲淨盡、天理流行」之說，而認爲是「禍端」。東原致段玉裁書中說：「今人無論邪正，盡以己見名之曰理，而禍斯民，故疏證不得不作」。戴氏以爲，合人情，便合乎天理，謂「理」爲「求諸人情之無憾而後即安」。戴氏以爲，舉凡民之饑寒愁怨，飲食男女，常情隱曲之感，均爲人欲。遂人欲而無疵，便是「理」。戴氏以爲倘若照宋儒的說法，謂天理非人欲，結果所屆，「小之一人受其禍，大之天下受其禍」。戴氏解釋人欲便是人類生存綿延之所繫，亦即理之所在。無人欲則人類將滅絕。他說：「天下必無舍生養之道而得存者。凡事爲皆由於有欲，無欲則無爲矣。有欲而後有爲，有欲而歸於至當不可易謂之理。無欲無爲，又焉有理?!」

戴東原對於天理與人欲的解釋，雖同爲斥程朱，但較上述顏、李學說，又百尺竿頭，更進一步。顏、李都反對宋、元、明理學家的「靜坐主敬」，但卻另來一套「習恭」。習恭乃是每日的言行塡「功過格」。例如顏習齋由於「不求子嗣比內」，便記了一過。不爲求子嗣而與妻子行房，便認爲自己犯過，這是多麼可笑?!顏氏還是未逃出宗教家禁欲的樊籬。戴東原對於天道與人欲的解釋，便沒有那麼的拘泥了。

此外，戴氏認爲歷代統治者之所以未能做到人盡其材的原因，乃是由於擁有權勢的人的私見所蔽。

何謂私?私就是「遂己之好惡，忘人之好惡。往往賊人以逞欲」。換言之，就是將自己的好惡，强加於人。戴氏說：「凡有所施於人，反躬而靜思之，人以此施於我，能受之乎?凡有所責於人，反躬而靜思之，人以此責於我，能盡之乎」?因此，反躬强恕，可以祛私。

何謂蔽？蔽就是「界於疑似而生惑，雜於偏私而害道。求理義而智不足」。於是蔽而自智，任其意見，執以爲理義」。結果是「不知民受其禍之所終極」。在疑與似之間不能作正確的選擇，固執偏私而自命爲替天行道，陷於禍國殃民之境而終不自覺，其原因乃是由於知識之不足。解愚之道，戴氏說：「惟學可以增益其不足，而進於智」。

戴氏認爲爲學須具備淹博、識斷和精審三條件。頗合乎中庸「博學、愼思、審問、明辨、篤行」的科學態度。淸人樸學，大都斤斤於名物、訓詁、證禮、考史，已不復知有學術，大非戴東原精神。

四

當明末淸初的時候，西洋科學已經在發芽滋長，而中國尙處在空疏黑暗裡。顏習齋雖然從宋、元、明的理學圈子裡掙出來，但卻不知世界之大，還憧憬於那三代之治。吳稚暉讚賞他的「破」，但卻有他自己的「立」。吳稚暉有自己的宇宙觀與人生觀。

民國十二年，中國學術界掀起一場科學與玄學的論辯。一邊爲丁在君（文江）、胡適之，另一邊則以張君勵、梁漱溟爲首。也就是中國文化史上擁護理學與排斥理學的一場戰爭。吳稚暉是站在排斥理學的陣營。

要建立自己健全的、合理的人生觀，擇善固執，大前提便逃不過對宇宙的看法，亦即哲學上的本體論。天地從何而來，本來是一個懸而未決的問題。當時替科學作戰的丁在君，也祇到了當時英國的存疑主義。祇有吳稚暉，誠如胡適之所言，卻到了那「不可知的領域」做了一番大規範的假設。吳稚暉說：「在無始之始，有一個混沌得實在可笑，不能用言語來形容的怪物，住在那無何有之鄉，自己對自己說『悶死我也！』說時遲，那時快，自己不知不覺便破裂。頃刻成了大千宇宙，也就是兆兆兆的我。憑它所具的那『不可思量』，合成某某子；若干原子，合作星辰日月、山川草木、鳥獸昆蟲魚鱉，乃至人類。而且還沒有一件東西讓他滿意，留下來永遠不變。這便是我的宇宙觀」。萬類造物，人也是造物。總宇宙算是上帝，吳稚暉不能否定，也不能肯定。而人是一切大造物中的小造物。

一般講宇宙來源，大別分爲本態論，與巨轟說。前者認宇宙在無始之始自來永有。而巨轟說則以爲在億兆年之前，是一個混沌體的突然爆裂，而形成大千宇宙。一九七八年紐約時報雜誌專文，報導一九六五年貝爾電話公司專家彭才思．威爾遜曾測得地球是沉浸在來自天體各方的微弱輻射光中。光源並不是發自地球，也非來自任何已知的星體。以此，巨轟說又得到了進一步的證明。

由於吳稚暉有了這樣的宇宙觀，所以能養成他那淑世、淑人的人生觀。他說：「人之所以尤進於禽獸者，何在乎？即以其前之兩足，發展爲兩手。所作之事愈細，其養生之事愈備。凡可以善生類之羣，補自然之缺者，愈周也」。由於人能以人工補天行，所以吳稚暉說：「人是製器的動物，器械愈備，文明愈高。科學愈進步，道德愈進步」。

工業社會，在道德方面，雖然多爲人所詬病，但就整體而言，諸如福利社會的產生，聯合國以科技協助落後國家的實例，是科學發達之果。是過去所不能想像的。

由於吳稚暉歌頌機器，所以他說：「中山先生的民生主義，不只是要人人有飯吃，而且要大家豐衣足食。」甚至於　中山先生的實業計畫，認爲也祇是中國工業化起始的第一步。吳稚暉在八十辭壽函中說：「意中之工業，常覺　總理實業計畫，僅爲第一次大戰後前進之一步。若迎頭趕上，總理自有千百倍於此之希望」等語。揆諸近四十年來由航空至太空科學之進步，以及復興基地之繁榮成長，吳稚暉實有其先見之明。猶憶當「科玄之戰」時，學術界權威如張君勱、章士釗、鄒秉文之流，尚堅持中國祇有以農立國的前途，吳稚暉審時度勢，認爲除開提倡科學教育、製造機器、以工商立國外，不能達到富國裕民之目的。由此可以證其洞燭機先之處。

吳稚暉對於先總統　蔣公軍國大計，日理萬機，而標榜程朱心性之學，頗不以爲然，曾於民國二十二年九月上書，以極委婉曲折的語言望能悟解「爲政」「治學」之兩途，苦心勸諍。吳稚暉函的結尾段如下：

> 王陽明、曾湘鄉、胡文忠皆良知求闕，以內聖自克。修弓矢，籌長龍快艇，驚江上之輪艦，預言中國將受其制。皆具外王之才。若程朱之不救宋，東林之不救明，似乎皆硜硜之儒耳。齊心之學，執塗人而語之，真所謂玩物喪志者也。
>
> 稿至此，再若寫下，必觸犯甚多。本想寫「內聖外王之學，惟總理集其大成，知難行易為內聖極其原，實業計畫為外王見其端。先生自課以誠正，亦內聖也。重科工之教育，救農村之破產，皆外王也。惟若承望顏色者，日進以齊心之空論，再蹈宋元講學之轍……」，則或為左右所構，以為有意譏誚。智者不失人，亦不失言。故於日以省愆下接之曰：待修瞻謁，再聆訓迪。恭復，敬叩勳安為結。

筆者以爲，吳稚暉這一封諫諍書，也證明了他官不要做，國事不能不問的一貫思想。

吳稚暉善爲說辭，他將人生哲學裡那些艱奧繁複的專用語，歸納爲四個字——「保存」、「創造」。食是爲保存身體，色是爲保存後代，支配慾是爲保存權勢。道德也是保存，使食、色、支配慾能延續得更久。其次，人之所以異於禽獸者，就是禽獸創造得少，人創造得多。天地是大造物，人是二造物。人不但有手，而且有創造的工具。人能用火，且能用機器。因此，人的天職，不但是保存，尤重在創造。

吳稚暉的話，也是典型的鄉下老頭兒談天說地。他說：

（一）人生觀不是人死觀——於相當的食，相當的色，足以維持我生者，皆斟酌盡善，可取則取。

（二）人生觀不止我生觀——人生觀之名詞，乃加於全體生存之人。非祇加於我一個之生人。因此爲拯救全人類，亦儘可殺身。

（三）人生觀共同他生觀——人口將按可居之區域，分配適宜，以節育抑制其繁殖。

（四）人生觀纔有宇宙觀——恃有科學萬能，負有覆天蓋地之大責任，以處辦宇宙之事物。

我們以爲吳稚暉有道家的曠達襟懷，而過墨氏的苦行生活，實歸結於實用主義者的儒家，爲今之大儒。他的宇宙論，導源出他的人生觀。他的人生觀是樂觀、進取、犧牲、奉獻、創造、自強不息。謹錄其箴言，作本文的結尾，且致共勉：

悠悠宇宙，將無窮極。

願吾朋友，勿草草此生。

註釋：

甲、孟子是十三經之一。「孟子說」，就好像「易曰」、「詩云」一樣。乙、「食色性也」與仁內義外是告子所說的兩段話。但孟子祇對第二段話加以駁辯。倘再讀「王如好色，與百性同之，于王何有」一節，即可證孟子對『食色性也』的說法，完全同意。丙、此一段註釋是爲答覆台南教育雜誌（第十九卷七期）對筆者質詢「孟子說過『食色性也』嗎」論文而寫。

（本文作者現任外交部中阿文經協會秘書長）

不是「完人」，士的新典型

■趙淑敏

一、今天的我向昨日之我挑戰，不斷進步
二、革命而不做官與無政府主義者的理想
三、給至粗俗的人一雙草鞋，語同音的奮鬥
四、育種培根，永不灰心後悔的事業

吳稚暉先生，原名吳朓，光緒二十四年戊戌變法失敗後，感覺讀古書對救國沒有幫助，與朋友共約，不再讀線裝書，並改名為「吳敬恆」。因為認為人若缺乏「敬」與「恆」之心，便不足擔負以天下為己任的重責。生於清同治四年，逝於民國四十二年，人生歷程共八十九寒暑。二十三歲中秀才，二十七歲中舉人，參加乙未會試仍未第，適逢康有為聯合各省舉人公車上書，亦曾列名其上。光緒二十三年，時任教於北洋大學堂，與康有為初會於北京，論及當時中國亟須變革之大害，康以為最需改革的是「女人裹小腳，吸鴉片，考八股」，吳稚暉所見相同，此後實踐已諾，遂未曾再參加科舉考試。不過此時的吳稚暉仍為舊時代的士大夫，並無革「命」思想，因此對戊戌變法的評語乃是「要保住這條辮子」。依然認愛國必須忠君（註①）。

後任教上海南洋公學三年，赴日留學入日本高等師範學堂，因清駐日本公使蔡鈞拒絕擔保學生入成城學校事，率學生前往爭論，最後為日警所拘捕，驅逐出境。深覺士可殺不可辱，曾跳皇宮護城河自殺尸諫未死，由蔡元培先生護送回國。此時思想已變從改革維新而激烈革命。成立愛國學社，發起張園演說會，蘇報案發生，為避禍出走英倫。民前七年（一九〇五），與中山先生於倫敦相見，並於是年冬終於排除心理障礙加入同盟會。一九〇七年在巴黎創革命宣傳雜誌「新世紀」週刊，共出一百二十一期，不堪賠累於一九一〇年停刊。一九一一年，辛亥革命爆發後，國父由美至英從事外交活動，吳先生共研未來建國大計並襄助文件的草擬。民國元年中華民國成立，終其生吳稚暉護持中華民國政府不遺餘力，但從不曾出任官職。

寫前代學人風範，似乎都應持最嚴肅的心態，用最嚴肅的筆法著墨，但是對吳稚暉先生卻難下筆，因為後人雖將之奉入廟堂，吳先生卻絕不適成為廟堂裡的牌位。儘管政府所頒的褒揚令與許多紀念文字裡皆稱他爲「一代完人」，然而於研讀他留下的數百萬言的文集與他人所著行誼記事，覺得這四個字實在太籠統而不切實際。吳稚老一向是非常人性化也小民化的，我國歷來推崇「完人」，都是將人性弱點修煉得一點沒有，可以板起面孔端坐廟堂的人物。吳稚暉不是，他從不曾也不屑去斧鑿自己的眞性情，使符合世人心目中「偉人」「夫子」的標準。比如早年他曾看到一本小書「何典」，開頭便是「放屁，放屁，眞正豈有此理」的句子，就欣賞已極，此後直至去世，他的大作泰半都是這樣的文法。他的特立獨行，善善惡惡發揮天然至性於詼諧之間，活到八十九歲，豎立起「士」的新典型，使人可以喜歡他，但絕對不適合一本正經地膜拜他。

很多研究吳稚暉或崇敬他的人，都常常會提到那篇刊出於民國十二年八月至十三年三月上海「太平洋雜誌」的長文——「一個新信仰的宇宙觀與人生觀」——來觀察他的人生觀與宇宙觀。這篇全長七萬餘字的大文，主在與胡適之、張君勱、梁漱溟、梁啓超等人諍論，據吳先生言對當時的科學玄學之戰停戰有功（註②），當然是重要文獻。事實上吳先生一向喜歡長篇大論，一如他與相交的朋友學生晚輩談話一樣，習於反覆以他的「吳氏文法」剖析，讀者必須集中心神閱讀，才可歸納出精髓。他常用俏皮玩笑的筆調詞彙，分析大道理大事物，所以胡適之先生在民國十七年撰「幾個反理學的思想家」一文，曾經譽之爲中國近代的大思想家，與清朝的顧亭林、顏元、戴震並論（註③）。審讀吳稚暉全集，會承認這樣的說法，雖然吳稚老甚愛以「嚼蛆」形容自己的言論，但是常在許多至俚俗的話語中，闡述智慧的哲理。不過不宜引述，假如想在這裡引據，眞得好好做一番所謂的「文抄公」。但是有幾句非常簡單的話，卻很容易說明他的人生觀。

總之，人的天職不但是在保存，而且是在創造。從前我年輕的時候，天天做著八股文，後來就這樣跳了跳，直到現在，愧未能盡造物的責任。不過我們所應當留意的，就是不要一勞永逸。反過來說，也不要因噎廢食，更不要活不耐煩。總是「造」要緊。（註④）

這些看法，對於吳稚暉先生以創造爲人生目的之一的哲學，做了一個很好的歸結。綜觀吳稚老一生行事，他非常勇於任事，有很多的理想，心裡有好多點子，想想還不夠，還急著要付諸實行，就是要創造新猷。不錯，常常產生多做多錯的結果，給他自造成不少困擾。但是他縱使會有短時的氣惱，卻從不氣餒，然後再出發做另一樁他想做的事。在舊時代八股先生出身的人士裡，他是很難得的了，肯於認錯否定以前的自己，改變很多原有的思想與觀念。可是也有永不改變的生活習慣和讀書人的禮數與作風。另外永遠改不了的是他的性格。吳稚暉出身寒苦，長於外家，都過的是最貧窮的日子。在歷史上看見有些受過辛苦的歷史人物，即使成功發達，舊時的遭遇則常在心裡留下陰影，表現在立身處世上，甚而成爲人格的缺陷。在這一點上，吳稚暉的心理十分健全，雖受遇難堪的窮困，卻沒被貧窮所困所傷。僅僅是保留了很多童年的生活習性，如喜歡身居市井的熱鬧，衣食住行力求節儉簡單。也許還超過儉省，見過與追隨過他的人就說他的大禮服馬褂紐絆從未扣全過。而抗戰時期曾居「斗室」，房間僅十二尺見方。當時「中央」曾建屋給他居住，他以不慣容易生病婉拒，並撰「斗室銘」以誌心懷：

山不在高，有草則青；水不在潔，有礬則清。斯是斗室，無庸德馨。談笑或鴻儒，往來亦白丁。

可以彈對牛之琴，可以背臘痢之經。聳臀草際白（指出野恭者），糞味夜來騰。雷臺發癲團之叫，茶客擺龍門之陣，南堆交通煤（交通部），東傾掃盪盆（東壁掃盪報館營業部時傾盆水）。國父云：「阿斗之一」，實中華民國之大國民。（註⑤）

分析吳敬恆先生的性格，從資料中了解，可以說有相當的衝動的成分；雖勇於出頭，礙於現實每不得不虎頭蛇尾。但綜觀其一生，確實有許多見解，是屬於眞正「大」人物的胸襟，足爲後世所紀念式法的。至於他特重親情，很照顧親戚、鄉人和學生；尤其關心「老百姓」與窮人的福祉權益，反倒不值特別强調了。

一、今天的我向昨日之我挑戰，不斷進步

吳稚暉直至把名字從吳朓改成吳敬恆，還是十足的冬烘先生，沒有任何民主的思想。他七歲啓蒙讀的是古書；十八歲開館授徒，教的是古書；二十三歲中童子試，考的是八股制藝；二十五歲考入南菁書院深造，鑽研當然是古典舊籍。到二十七歲中舉，二十八歲初次入京會試，接觸了更廣大的世界，但吳稚暉的個人世界並無改變。乙未，三試未第，正逢國事蜩螗，參加了公車上書，有促請變法的意念，然而　中山先生第一次起事廣州，卻以爲無非又是一次「洪楊之亂」。僅是偶見「何典」，得到「妙句」，因而改變了文風而已。可是正如他自己所說，這是他步向革命急先鋒的第一步。到康有爲創辦强學報用孔子紀年，梁啓超又在上海辦時務報，議論聞所未聞，承認他們是不得了的維新黨，多少受了點暗示，跨過了這第二步。再過年餘，北洋學堂放年假，他到北京去，第

一次也最後一次見到康有爲，論及中國之害，康有爲所提出的八股、小腳、鴉片，吳稚暉表示可以自動不赴考等等，從此也確實沒再考過，絕棄了個人晋身之階。這種態度應當是於入南菁書院那年，在山長黃以周牆上的座右銘「實事求是，莫作調人」，引爲警語，自此奉爲圭臬的實踐。同時受了康梁的影響，竟寫了個三千多字的摺子，於戊戌的大年初一攔了左都御史瞿鴻禨的轎子遞了上去，瞿鴻禨看了，也接了。如此，應當又向前跨過了第三步，然而仍然是不折不扣的傳統舊時代的學者。

第四步，仍在北洋大學堂任敎，北洋學堂卻是新思想培育的搖籃，吳稚暉自以爲已經新得不得了，可是一次出個作文題「率土王臣義」，不料學生都寫的反面文章，氣得他的「吳朓評曰」大大地批駁，認「拾西國亂黨之餘唾，作謀瓜者之倀鬼」「此種議論，其毒皆中於民主、民權之說。」爭議到總辦王修植處，不意總辦也認爲他的看法不對，提出孔孟的例子，不得志於聖君，則有去國之義。如此，再也呆不下去，便辭職南歸到南洋公學敎書，而心中仍憤憤。待康梁在北京變法，以維新黨自居當然興奮，然而仍認爲此舉在保住辮子。

第五步，受了庚子事變的刺激，要組織學生軍不成，次年又主張敎師學生共同治校亦不成，遂到日本求學。應邀到廣東籌辦廣東大學堂，看見官場，格格不入；再赴日本，恰巧　中山先生也在日本，鈕永建邀同往拜訪，心理上的阻礙使他婉拒往見。發生被逐事件回國後，在上海加入了中國教育會，又成立了愛國學社，之後才由「第五步」到了「第六步」，於光緒二十九年（一九〇三）正月，正式倡言革命（註⑥）。

稚暉先生很坦白地承認，在北洋學堂作文事件後五年，原來認爲天經地義的事，完全等於「放屁」。事實上才過一兩年，已經知道不對。而且在加入中國教育會之前，也已經喊出了三句口號：「皇帝與百姓打官司，我助百姓；先生與學生打官司，我助學生；老子與兒子打官司，我助兒子。」主張師生平等（註⑦）。由他的自敍可了解，他是很敢於承認自己昨日錯誤的人，不怕否定過去的自我。從環境的教育接受新的觀念，使自己不斷地進步脫胎換骨，不會爲虛矯的面子妥協，模糊他確定不疑的是非。不過由於性格使然，對於他認爲正確而有理的，會擇善而固執。比如他無數次地表明，燒成灰還是國民黨；燒成灰，還是無政府主義者。原本不屑與中山先生見面，待國父到英倫主動折節結交，互相眞正認識以後，就成爲中山先生最最忠實的朋友，不論在什麼逆境對中山先生建立的民國護持到底。

二、革命而不做官與無政府主義者的理想

以前，很多很久，凡提到吳稚暉先生，都儘量不談他是無政府主義者的事實。這是一種很奇特的心理，正似某些人士一談起他，只會很敏感地指出他是無政府主義的信徒，卻忽略吳先生其他的思想觀念以及事業和貢獻。推敲原因應該有兩個，其一，是吳稚暉常常要分辯的，無政府主義常被「作成了較低主義的共產黨去生吞活剝」（註⑧），其二，恐怕就是認爲無政府主義是反現有政治體制的，不宜强調鼓勵。

目前可以看到有關吳稚暉最早討論無政府主義的文獻，應當是民國前四年（一九〇八）發表於「新世紀」第五八號的一篇文章，題目是「無政府主義可以堅決革命黨之責任心」，他提及民族主義的革命會成爲復仇革命，共和革命僅是過渡，最終是大同革命，便是無政府主義的境界。「無政

府時代雖決無統治之組織，亦不能無關連之組織。欲取關連之組織，非一時可臻于完備。至于無政府黨先欲剷除君主，消滅國界，此實行之期，必不在遠。君主之應剷除，先于道德上被認爲無有尊貴名分（五倫中君父同尊，人知其謬），復于政治上被認爲無有責任之資格（此立憲黨之所能言）。故一經無政府黨起而爲彼等直接之對頭，斷然可望其絕跡于二十世紀之中。苟使中國人而洞知此義，則君主一層之理障，可以全撤。于是推倒滿洲政府，固當毫無遲回。即建設共和民政，自必目爲平常矣。所以欲堅決革命之責任心者，莫若革命黨皆兼播無政府主義」。

所以要引如此長一段原文，就是便於對吳稚暉先生輩的無政府主義，可以了解其原義。他們不要的是統治性的政府，那麼君主當然得先剷除，共和必須經由，最後有個大同世界，斯時仍要有個「關連之組織」。在蘇報案發生後，他不得不出亡國外時，好友陸爾奎資助他費用，因法國爲革命的溫床，不許他赴法，要他去英國。然而由英而法的吳稚暉在那樣一個大環境「進修」，受著國內外思潮與現實的激盪，會醞釀出一種自己的理想國，不足爲怪；或者可以說他的理論太烏托邦，不切實際，但有那樣的理想，毋寧說是一種對中國歷史與時局物極必反的回應。

或許由於對於他的理想，說得太粗糙，不久又寫了一篇，發表於同年的九月十九日「新世紀」第六十五號，題爲「無政府主義以教育爲革命說」，認爲「革命者，破壞也」，而政治革命以抗爭權利爲目的，革命一起，易生革命暴徒；開始奪權於少數强權之手，繼而互相爭奪，肆爲屠戮。公德乃教育的極則，有教育與無教育之別，就可以毫無公德心與富於公德心爲斷。政治革命激起於權利；權利者，適爲公德之反對。「革命與教育離爲二，故其惡果必有所不可逃」。「無政府主義者，主要在喚起人民的公德心，注意于個人與社會之相互，而舍棄一切權利，謀共同之幸樂，此實講教育，而非談革命也」。吳先生在「新世紀」上的文章，常常用最潑辣俚俗的字句筆法，但談及他的無政府主義理論的時候，倒眞的一本正經。自然世人可以批評不夠成熟，甚至「一廂情願」，然而卻可看清他最基本的無政府主義究竟講的什麼。

辛亥革命成功，中華民國政府成立了，有些革命先進進入政府，就似吳稚暉對表侄陳源所說：「革命黨得了志，他們的面目全變了。始終保持著本來面目，沒有染著一些官僚習氣的，只有寥寥幾個人，尤其是孫中山先生。」（註⑨）而吳稚暉祇去南京做過中山先生的客人，絕沒去任一官半職。不但如此，四月下旬，上海同盟會開會，吳稚暉、李石曾、蔡元培、張人傑、汪精衛等幾個在法國常相過從的朋友發起了「進德會」，也有稱之爲「八不會」的。「進德會」的會員，並不都力行「八不」原則，所謂「八不」就是「不賭博、不狎妓、不置妾、不官吏、不議員、不吸煙、不飲酒、不食肉」。有人可以「三不」「四不」「六不」，吳稚暉與李石曾都決定「八不」，吳先生除了抗戰勝利後被鄉人「强迫中獎」讓而未成，當選了國大代表，那八不大體上是身體力行的，而絕不肯出任官職，包括國立大學校長。民國十三年五月十五日，有「致華林書」說：

不過我們自己加上一個無政府黨名目，我們自己戒勅了自己，止幫他革命，不幫他們升官、發財罷了。

這是爲無政府黨加入國民黨的說明，止幫他們革命不幫國民黨人升官發財，更不用說他自己。不過也對人表示，官是不做的，國事則是要關心的。民國三十二年八月一日，國民政府主席林森逝世，各方紛傳他將繼任國府主席，不勝其擾，乃寫了一篇短文否認：

言乎公，小人忝竊大名，必使世界譁笑，愛國豈可辱國？言乎私，犁牛忽披文繡，定將餘年犧牲，惜身不應殺身。

復次，燒了灰，還是國民黨；燒了灰，並是無政府主義者。下自委任末級，上至國府主席，凡屬政府官吏，決不為者，李石曾唱于前，我亦隨其後。已往之歷史可證也。何必亂造謠言？（註⑩）

他的姪孫女吳續新曾言，其叔公的長處是不做官，因吳稚暉對一切都大而化之，如果做官，也一定是個昏官（註⑪）。對於吳稚暉先生的性格分析，一語中的。吳稚老有很多優點，行政能力和縱橫捭闔的才具卻未見高明，假使他也像很多「當仁不讓」的「人傑」一樣，官癮大發，爭權奪位，惟恐官小，將會產生什麼樣的負面影響？稚老不肯爲官，是否多少有點自知之明的成份？依他的性情，即使並非無政府主義者，也不會出任官吏。

吳稚老之所以成爲一個終身無政府主義的信徒，是對各式政府政治的失望，遂訂了一個高標準，遙不可及。因而一再修正，到了民國十六年初，便常說要三千年後才能實行，後來又說要等到兩萬年以後，其含意即是難於實施，不切實際。就像老子倡言「淸心寡欲」「無爲而治」，須多麼高尚品質的人類，才能達到這個境界？因此吾人縱或嚮往，也僅能盼望，卻無法希冀實現吧！

不過人可以訕笑吳稚暉無政府主義的妄想，卻仍得承認非暴力，教育，公德，世界大同，不爭權利，是眞正關心人類天下爲公無私的胸懷。

三、給至粗俗的人一雙草鞋，語同音的奮鬥

小學一年級的孩子，用童稚的語句，在作文簿上發表了他們的感想，記述了他們的生活起居，也讀過了改寫的「西遊記」、「水滸傳」。

廣東籍的男士，山西籍的女子毫無困難地用言語表達了愛意；廈門青年和漢口姑娘因「相談甚歡」進而走上了紅色地毯；台北少年和北京兒童唱同樣歌詞的流行歌曲。

遠遊異國多年的遊子，在家信中忘了國字的正確寫法，畫了一些符號代替，家人明白了「ㄔㄚㄧㄝ」和「ㄍㄨㄟㄩㄢ」，及時地寄出了茶葉和桂圓。

這些都是常見的情形。說起來，全該感謝「注音符號」——若干年前被稱爲注音字母——的東西。大家使用久了，沒什麼希奇，不把它當一回事；某些自命德高學博之士，常鄙夷它的存在，否定它的功能；一些心理有所病變的人士，更敵視它的作用與成就。但是任何人祇要不泯滅理性和良知，便不能抹殺它發展基礎教育，普及國民知識，溝通同胞感情的貢獻。就像很多人僅記得秦代有個暴虐的秦始皇，卻忽視了「書同文字」對中華民族的重要。設想各地南腔北調，又文字各異，國人同胞之間，交通無路，將是一種什麼樣的景況，幸虧有些先知先覺者解決了這個困難。

千百年前，中國就有這樣的問題存在，但很少人去注意。由於幅員廣大、山川阻隔、交通不便，中國早就存在語言複雜、人民思想溝通不易的現象。加上傳統社會封閉保守，習慣安土重遷，過著簡單自然繁衍後代、完糧納稅不問外事的日子，一村一世界，無共通語言也許並非嚴重的事。但

仍造成狹隘的地域觀念，錮塞了人與人之間的情感，甚至盲目排「外」，造成衝突。再者，因爲言、文之間有著距離，使得教育難以普及，使中國幾乎成愚民社會，待有外力衝擊轟開大門，民智不足，即成了無法自富自強的弱點。於是有心人遂想到了「讀音統一」與白話文運動。在這些方面吳稚暉都是先驅者。

早在光緒二十二年（一八九六），吳先生到蘇州陳家爲西席，家人不識字，通信困難。當時每天用餐必有豆芽菜，心中實在厭膩，但也因此得到靈感，乃依康熙字典的等韻，創作了一套拼音字母，稱之爲「豆芽字」教授夫人親友，用無錫土音拼字彼此之間通信。待他流亡倫敦的時候，更正面注意到這事，一心一意想找出一樣可用的工具，幫助「粗俗」的人接受教育。而「新世紀」週刊上的文章，常常以最市井的口語撰文以收痛快之效，甚且用得比國粹的「三字經」更大衆化，是白話文推行的具體實踐。在「新世紀」上他特別闡明主旨以祛衆疑，並不要做「倉頡第二」，所要創造的是注音字母，統一讀音，亦「可以爲至粗俗不識字人之交通工具」，且已有具體概念（註⑫）。很多都說吳稚暉發明了「注音符號」，實事求是的他絕不承認這一點，他並非發明，祇是努力倡導。民國元年蔡元培爲教育總長，邀請數十位各方碩彥，到北京組成「讀音統一會」，吳稚暉被選爲議長主持此事，雖然後來他受不了許多專家先入爲主的成見與自我膨脹的氣燄而求去，卻哀告工作一定要完成。會議也確實繼續舉行，共審定了六千五百餘字的國音，加上當時俚俗通行及學術新字六百餘。政治儘管擾攘，國語逐漸在各地區實行，注音字母在民國七年十一月部令正式公布。吳稚老因讀音統一會決議輯成的「國音彙編草」交部存案，而未頒布，於是發憤增訂爲「國音字典」，民國八年交商務印書館印行。民國十七年教育部國語統一籌備委員會成立，再加重修，改編爲「

國音常用字彙」，二十一年五月教育部公布。台灣光復後推行國語用的「國音標準彙編」就是此書（註⑬）。而標準音取北平音的原因，因「北音久作官話」「北平音，其最大優點，有活口，可隨時到北平將全數之字，不出城門而校定」。「尤其北平音久已爲世界所默認，且爲全國社會人士所愛聽，得心理上之大贊同」（註⑭）。

推行國語，比制定國音遭遇的阻力更大，今天能看到的許多文獻，皆是稚暉先生與各方討論爭辯的文字，他叫的聲嘶力竭，要爲「灶婢廝養」爭取一種自修的工具；要爲二百兆不識字的平民大問題找解決的方法；要爲中國人找一雙無處不可至的「草鞋」，達到統一國語，方便婦孺目的，以普及全民教育。因爲「識字而不連同注音符號，就無異把數千年聖聖相傳的艱難文字，擺起臭架子，開頭先打民衆一陣殺威棍」。

從推行語同音的運動，終吳稚暉的一生都是急先鋒，就這一點，這位前輩先生確實是有大識見無私的先知先覺者。因爲國語並非他的「母語」，他生於武進長於無錫，一輩子說的都是無錫話，說不好國語。據他的學生說，連教英文，都是「無錫英語」。上台演講讓人明白，一半還靠「做工」。但是他並未爲他一人一鄉，要求中國人都說無錫土語，倒吃苦受氣地大力推行國語。無錫話用之於私，國語用於公是很好的制衡，他就曾主張「注音符號」可注國語，也可注方言。這種識見可以讓想不通的人深思。

四、育種培根，永不灰心後悔的事業

別矣！

這座很平凡的草台，要諸君唱出一隻很高的曲子，都珍重則個。

民國十一年，吳稚暉手創的里昂中法大學，由於一些自費生要求與廣東等省保送學生享受平等待遇，而掀起風潮，演出「二十八宿鬧天宮」的鬧劇。他十分氣憤，尊嚴受傷的吳稚暉留下字條在公告欄上，連夜悄然而去。雖然他向來也不是忍讓無理的人，面對的畢竟是他寄予厚望的年輕人，所以僅是悄悄暗退。這件事近年有很多人爲文記述，民國三十六年，曾爲「二十八宿」之一的蘇雪林教授寫了一篇「一個五四時代青年的自白」，對此事件的前因後果描述得十分詳透。這篇文字乃是一篇懺悔錄，至少可以說是以自身的經歷向青年人所貢獻的見證。特別提到「青年人的正義感和熱忱是可以誤用的。」「自由權利之濫用，也是非常危險的——羅蘭夫人的『自由，自由，天下幾多罪惡，假爾之名以行』誠足令人警惕」。五四青年蘇梅爲他的「在暴民政治裡翻筋斗過來」的經驗，做了忠實反省，才感到吳稚暉先生的包容。蘇教授說：「凡屬青年，都免不了要幹幾件糊塗事，吳先生雖屢次受我們之辱，卻始終愛護者我們。他回國以後，勤儉同學和里昂中法學校的同學還纏著他不肯放鬆，日夜包圍著他聒絮，聒得他老人家看不耐煩了，登出一個活死人吳稚暉的哀啓，訃告全國，吳稚暉現在已經死了，你們不必再來尋他吵鬧吧。」

由這件因私人利益鬧起，後來竟忘其所以，自詡爲「是一個極力與黑暗及不公道搏鬥的革命志士」，吳先生面對的方法是不予計較，最後吃不消，也只是刊登一個自訃：

寒門不幸，害及自身，吳稚暉府君，痛於中華民國十二年一月三十一日疾終北京，因屍身難得潰難，權殯於空氣之中。特此訃聞。新鮮活死人吳敬恆泣血稽顙。

吳先生用這樣的「幽默」表示了他的無奈。可是，正似蘇雪林先生所說，他並未因此對青年灰心，拒絕與青年人打交道，仍繼續愛護青年，所以永不失「青年導師」資格。他的作風還是：「皇帝與百姓打交道，我助百姓；先生與學生打官司，我助學生；老子跟兒子打官司，我助兒子」。其實爲勤工儉學的事，蔡元培、李石曾、吳稚暉已經焦頭爛額。學生嫌做工太多讀不到什麼書（註⑮），中法大學的學生抵達里昂校舍的一天，陳毅、李立三等人就曾搶先去佔校舍（註⑯）。紛擾挫折還不止於此，該洩氣到底了，但是民國十四年又創辦一所「海外預備學校」，替他的黨同志盡一份育種培根的心。六十一歲的老者，帶著一羣十到十五歲的孩子，教他們讀書生活，又是一份吃力不討好，責任卻極重的工作。幸虧他教出一個蔣經國先生，否則極可能沒有人知道曾有過這所學校。不過經過採訪，確知吳先生非常操心地做他的「童子軍團團長」，既不揠苗助長，又因材施教，還要容忍頑童的搗蛋。

總之，他注重教育，愛護青年，在北洋學堂時，爲學生批閱作文，他會長篇累牘地評析；在南洋公學，告誡學生注重體操，主張不要查對寫「匿名帖」學生的筆跡；勤工儉學之議，所得僅有抱怨批評，沒得一點回饋；創中法學校，帶學生乘船出洋，爲學生打掃甲板的垃圾，親身設計伙食的菜單，名爲校長，沒拿過一文薪水，卻弄得灰頭土臉離開；推行國語運動，編字典還辦「國語師範學校」，訓練國語教育師資；再於不安定中辦「海外預備學校」；內憂外患頻仍的年月，民國二十年十二月十五日，北平學生示威團到國民黨中央黨部，蔡元培、陳銘樞被打傷，張道藩等中央委員主張扣留被捕學生，吳稚暉則和于右任堅決反對，學生被釋，由吳稚暉「恭送」到門外（註⑰）。過兩天南京學生又發動學潮，毀了中央日報，吳稚老又自告奮勇前往各大學與學生溝通勸告等等。看來似乎他專喜歡爲自己找麻煩，但是從資料上看，儘管挫折頻頻，並不能打擊他的「好事」之心而使之氣餒，此後少攬些閒事。

他主張科學救國；主張「中飯精蟲」的移民政策；維護中山先生建立的黨永做前鋒，這些都不討論了。另須說明的一點，許多人皆以爲吳稚暉出身貧困，又不肯做官，一定永遠貧窮。事實並不如此，他爲海內外敬仰的書家，各方求書太多，深以爲苦，所以在民國三十二年七月十六日，徐悲鴻、張道藩等六人就給他登報訂出「潤例」，俾收「以價制量」的效果。可是沒想到，反而求者更多，收入極爲可觀。但是他「擁護國策」，沒做保值的措置，辛苦所得，都存入銀行，法幣貶值，金圓券亦貶值，所以到台灣後，折合新台幣僅得一百四十二元。已八十數歲的吳稚老，在台灣仍舊賣字貼補生活，誰知存在第四信用合作社又成了倒賬。他爲他自己預結人生之賬時，倒賬賬目則註上「恰當」二字，絕未痛心疾首。後來又有少數進項，分別留給清寒的親戚，但在遺囑上寫了一句「生不帶來，死乃分配，可恥。」這才是他眞正的想法。蔣經國先生在所著「知勉錄」的做人篇引用吳先生的話，說明人空手而來，也將空手離開人間。吳稚暉曾說：

我離開人間的時候，不過多帶走了一條短褲。

吳稚老走的時候，不只多帶走一條短褲，還有一套長袍馬褂和白襪布鞋。他留下的倒不少，除了民國三十八年燬餘的重要資料、著作、書法，還有一個啓發省思的典型。這便是吳稚暉！

註釋：

①吳稚暉全集，卷十六，雜著，戊戌年執教北洋大學對於忠君愛國之意見，一三四～一四二頁。

②前引書，卷一，哲理，一頁。

陳洪、陳凌海，吳稚暉大傳，八九頁引「宇宙不憚煩」再版序。

③杜呈祥，吳稚暉留下的光輝典型，摘自永遠與自然存在，自由青年第十卷第三期。二十六頁。

④吳稚暉全集，卷一，哲理，我的人生觀，一〇五頁。

⑤許多紀念文字皆引「斗室銘」，惟伍稼青著「吳稚暉先生軼事」五十七頁曾特別註解。

⑥吳稚暉全集，卷七，國是與黨務，回憶蔣竹莊先生之回憶，三二〇～三二四頁。

前引戊戌年執教北洋大學對於忠君愛國之意見。

⑦前引書，卷七，三二三頁。

⑧前引書，卷十，國是與黨務，致華林書，一五八三頁。

⑨前引書，卷十八，雜著，附錄吳稚暉年譜簡編，四十頁。

⑩吳稚暉大傳，三一〇頁。

⑪丁慰慈，記我所見所聞的吳稚老，大成雜誌六十期。

⑫吳稚暉全集，卷五，國音與文字學，書神州日報東學西漸篇，四四～六三頁。

⑬齊鐵恨，吳稚暉先生對於國語運動的兩大工作，吳稚暉先生紀念集，十九～二五頁。
⑭吳稚暉全集，三七八～三七九頁。
⑮金沖等，鄧小平傳略，三頁，人民出版社。
⑯李亮恭，稚暉先生與里昂中法學院誕生，吳稚暉先生紀念集，二十三頁。
⑰劉紹唐主編，民國大事日誌，四七六頁，傳記文學出版社。
⑱吳稚暉全集，卷三，七四〇頁。

（本文作者現任東吳大學教授）

吳稚暉先生對反共共大業之貢獻

■湯承業

壹、說明所以「容共」與必須「反共」之理由

貳、力主清黨與力贊北伐

吳稚暉先生（簡稱「稚老」）年長　國父一歲，於民國前七年（一九〇五）四十一歲時，在英倫與　國父相見訂交，並參加同盟會，襄助革命，多所獻替；以至「國父對之總是肅然起敬，尊之如師」。雖然如此，但其終生抱定「做大事，不做大官」之宗旨，例如民國元年堅辭教育總長，民國十五年堅辭總政治部主任，民國十七年堅辭監察院長、中央大學校長，民國三十二年堅辭國府主席，而其勤懇熱烈，唯以做大事爲務。在稚老所做之大事中，首以對反共大業之貢獻爲著。蓋以若無清黨之成功，即無北伐之成功；而北伐不成功，中國不統一，即無抗戰勝利之可言。若非抗戰勝利、焉能廢除不平等條約、以至光復台灣！處於此時此地，緬懷稚老對反共大業之貢獻，特命此題而藉以爲述焉。

壹、說明所以「容共」與必須「反共」之理由

㈠基於民族主義以消滅共產主義

國父與蘇俄代表越飛於民國十二年（一九二三）一月二十六日發表「孫越宣言」，即開始中國國民黨之「聯俄容共」政策；此一政策之決定，在當時有其主觀客觀之雙重原因在也。蘇俄企圖中共在國民黨中寄生寄養，以至成長壯大；國父期望納其於黨中而將之感化融化，以消滅於無形。如稚老說：

民國十一年木司科開東方民族大會，共產黨的張國燾大出鋒頭，幾把國民黨所派的代表不當人看

待。後來越飛等到中國來調查真相，才知道中國人的荒唐程度，與列寧的共產主義尚遠開十萬八千里，不如寄生在國民黨裡，可以徐圖發展。遂甘言媚語，奉承中山先生。……中山先生氣魄甚大，以為那班「露布」少年，經他一感化，就可以消弭其禍，且樂得接受點物質上的接濟。……這是當時容共的真相，也是改組國民黨的動機。（註①）

所謂「樂得接受點物質上的接濟」者，亦爲主觀與客觀之相關環境因素所使然也。當年所以決定聯俄者，即由此而來。如先總統蔣公說：

我們中國國民黨在這裡（廣州）集結革命力量，建立革命政府，要從這裡出師北伐，求得國家的獨立與統一，必須爭取國際上的援助和同情。……適於此時，俄國共黨初得政權，以聯合西方無產階級革命和扶助東方民族獨立為號召。我們國民革命得到他這一消息，無異認為是中國革命的福音來臨，幾乎視為人類的救星。故對於他的援助，自是竭誠歡迎而並不有所致疑。國父聯俄政策的決定，當然這是一個重要關鍵。（註②）

可知「國父的聯俄政策，是基於民族主義的立場」；以及「相信他們要幫助中國國民革命，乃是希望中國達到獨立自由的目的」（註③）。因此，則其「不是認爲共產主義可行於中國，更不應該爲了聯俄而受共黨的要挾，或對共黨有所姑息」（註④）。要之，聯俄固基於民族主義立場，容共亦基於民族主義立場。如稚老說：

總理的聯俄政策，容納共產黨政策，及反視不入國民黨之共產黨，皆無牴觸。聯俄政策，即遺書所謂：「予我國之援助」。自然不是請他共治中國。至於容納共產黨，乃是叫共產黨個人來服從國民黨主義，他便是國民黨。（註⑤）

可見「國父當時聯俄容共政策，乃是求中國革命力量的集中和意志的統一；如果中共願為國民革命努力，那我們盡可把中共這一份力量納入本黨領導之下」（註⑥）。蓋以「國父深信此時只有使中國共產黨份子能在本黨領導之下，受本黨統一指揮，才可防制其製造階級鬥爭，來妨害我國民革命進行」（註⑦）。並且，「如果我們北伐軍事一旦勝利，三民主義就可如期實行，到那時候，共黨要破壞我們國民革命，亦勢所不能了」（註⑧）。

稚老深以國父「雖在民生主義中批評共產的無價值，但迷信他們亦是人類……自然應當容許他們研究研究，將可以漸趨於理論之正軌」（註⑨）。蓋以共產主義理論雖然絕異於三民主義，然而俄共即曾學我以修改其主義，如民國十三年（一九二四）國父說：「至俄國現在所施行的新經濟政策，即其國家資本主義，與吾黨之三民主義相同；故非吾黨學俄國，實為俄國學吾黨」（註⑩）。容共之初，中央大員即意見不一，例如廖仲愷表示贊成，汪兆銘表示反對，胡漢民則調和之，「認為眞正信仰本黨主義之共產黨人，可以個人名義加入國民黨，其言行足以危害本黨者，可隨時淘汰」（註⑪）。國父則深信國民黨紀律嚴明，組織嚴密，主義昌明；故於任何分子加入合作，都可不怕（註⑫）。且表明說：「容共只是容許共產黨員以個人資格加入本黨，實行三民主義，斷不能讓他們在黨內做不合於本黨主義的活動」（註⑬）。又表示：「有我在，共黨必不敢跋扈」（註⑭）。復聲明：「如不服從吾黨，我亦必棄之」（註⑮）。

㈡揭穿共黨寄生成長之陰謀

國父之決定容共，乃以「中國只能有國民黨，不能更有共產黨；惟欲消滅共產黨，必包容而感化之，俾融合於三民主義」（註⑯）。而國際共產黨之陰謀則與國父完全相反，例如第三國際發於中共之命令說：「我們加入國民黨，但仍舊保存我們的組織，並須努力從工人團體中，從國民黨左派中，吸收其有階級覺悟的革命分子，漸漸擴大我們的組織」（註⑰）。中共遵此命令，轉飭其所屬之「中國社會主義青年團」各級組織一體奉行。如說：「本團團員加入國民黨，當受本團各級執行委員會之指揮」（註⑱）。當年留法之曾慕韓獲悉中共此一「密令」之後，認為對國民革命前途「大為不利」，乃往晤在法之老國民黨人王寵惠，請其設法「轉告」中山先生，「但王不以為如何嚴重，而不願表示意見」（註⑲）。其後又懇請國父之老同志謝持為之「轉陳」；然而國父「未為謝持之痛切陳詞所動，大大申斥了告密之老同志，認為自己太不中用，始為共產黨所乘」（註⑳）。並坦然表示：「他自有辦法，他不怕共產黨」（註㉑）。

民國十三年（一九二四）一月二十日中國國民黨第一次在廣州舉行，國父親自主持，黃季陸力言容共之害，林森、謝持、鄧澤如、方瑞麟等亦多擬議提出反對（註㉒）。協調之後，僅由方瑞麟提出「本黨黨章不得加入他黨，應有明文規定」之議案是已（註㉓）。當經李大釗提出保證說：「我黨之加入本黨（國民黨），是為有所貢獻於本黨，斷乎不是為取巧討便宜，借國民黨的名義作共產黨的運動而來的」（註㉔）。大會閉幕後，陳獨秀復作公開聲明：「共產主義者加入國民黨，決不是因爲想赤化國民黨、利用國民黨來做共產黨運動而加入的」（註㉕）。然而，聲明歸聲明，行動歸行動，亦即以聲明掩護行動，以行動變更聲明。其加入之初，即爲顛覆之始。如載：

> ……林祖涵任農民部長之後，推荐其共黨分子彭湃為秘書，……其所設農民講習所，皆由共黨分子包辦，錄取的學生，都是共產派及其外衛分子；各地農民協會和「農團軍」，都亦為共產派操縱。（註㉖）

中國國民黨第一屆中央執行委員會分設八部，即組織、宣傳、青年、工人、農民、軍事、婦女、海外八部，後又增設商民、實業兩部，「共黨分子最注重組織、工人和農民三部」，而三部之秘書皆爲共黨分子（註㉗）。雖然宣傳與青年二部亦極重要，而共黨未能攫到；然而居其名固可行其滲透與顛覆之實，不居其名亦可行其實。如載：

> 共黨以「嚮導」週刊為其機關報，並出版書刊，宣傳馬克斯主義，一方面更滲透本黨的宣傳教育工作。共黨分子和同路人，用唯物論和階級鬥爭思想。來曲解三民主義。（註㉘）

其又在各地「設立講習所、宣傳所等等，以造成牠的爪牙」（註㉙）。並且在各青年組織中，都有共黨之「新學生社」，以「多方引誘學生」（註㉚）。以合法掩護陰謀，以公開掩飾秘密；所損者為國民黨，所利者為共產黨。所以，民國十三年（一九二四）六月一日，「廣州市黨部呈請制止共黨活動」（註㉛）。此時距一全大會閉幕尚未及半年，亦即距李大釗與陳獨秀之聲明亦未及半年。

共產黨慣於使人迷失自己，遺忘自己；人於無所主宰時，彼乃乘而為之宰宰，人於無所主張時，彼乃入而為之主張，如稚老說：

> 那知共產黨的狐狸精，他約略有三樣最要緊的法寶，引人入迷魂陣，幾乎無賢不肖，盡在其彀中。（註㉜）

共產黨之「法寶」，頗似「孫悟空遁入豬精之腹中，盡量的翻觔斗，舞他的金箍棒，豬精毫無辦法」（註㉝）。若將此一法術縮小而言之，則為「人中有人」；若擴大而言之，則為「黨中有黨」（註㉞）。如此，則人中之「人」以主持「人」外之人，黨中之「黨」以主持「黨」外之黨，其陰謀所在，則為「利用別人想做無產階級的心理機會，貌合神離的幫助他，以打倒想做新軍閥的國民黨」（註㉟）。譬如「他們借乙打甲，借丙打乙，借丁打丙；抽絲剝繭的方法，已施於國民黨者，可以完全證實」。他們自定取代國民黨之期限為「二十年」，但其急切之希望則為「二年二月」（註㊱）。蓋其起初加入國民黨之時，雖聲明「止以各個人之資格，服從國民黨主義」；但於「謀逆準備」成熟時，則「遂喧騰其聯共之口號，誣罔總理，挾持輿論，以圖大逞」（註㊲）。即是國父在世時，實已「覺得他們不可教誨，已漸難矯正」（註㊳）。以其既對國父「誣罔」之，尤對輿論「挾持」之，所以稚老直斥其為「共產野獸」！為「吃人惡物」（註㊴）！

羽翼未豐時，則對國父「奉承」之，羽翼稍長時，則對國父「誣罔」之（註㊵）。先在廣州「赤化」國民黨，較之「長江流域掛起青天白日旗」時再「推倒」國民黨，則「豈非事半功倍」（註㊶）？這根本即是一種「陰謀」，一種「策略」。乃所以「一個叫人可怕的共產黨，竟能應時世的要求，除了格來進三民五權的國民黨」；誠如稚老指出：「也就同列寧一般，取銷共產，實行新經濟，要算知道中國國情，不負主義，亦不負祖國了」（註㊷）。共產黨之陰謀與策略如此，國父何必主張「容共」呢？蓋以國父「深知共產必不適宜於中國，尤其是階級鬥爭之共產主義；故自創三民主義，以適合中國」（註㊸）。而其所以主張「容共」，且謂「自有辦法」而「不怕共產黨」者（註㊹）？乃爲「允許共產黨分子之有覺悟者，服從國民黨主義，使之隱銷其逆謀」也（註㊺）。

㈢指出共黨利用「惑人之術」以進行「分化工作」

國父所以申斥老同志「自己太不中用，始爲共產黨所乘」者（註㊻）？乃以許多老同志「無端受鮑羅廷、陳獨秀催眠，在豬精肚皮裡來舞弄金箍棒；幾乎整個國民黨員，都自認有左派右派」（註㊼）。誠如稚老說：「自從有左派右派的分別，無異便是說一半是超越國民黨，一半是放棄國民黨，早已在暗中就沒有了國民黨」（註㊽）。乃爲指出：「止有國民黨或叛徒，並無左派右派可以稱呼」（註㊾）。且說：「這個大毛病，當作爲最應該矯正的中心點」（註㊿）。又列舉史實，以說明國民黨優過共產黨，三民主義優過共產主義，而國父尤其優過列寧多矣（註51）。

共產黨之造謠欺騙，煽亂鼓動，以至能令人「引鏡自照」與「對影搖手」而「莫能自解」；即稚老「亦嘆共黨惑人之術，至可叫絕」（註52）。導致國民黨「內部之縱橫捭闔，不是東風壓倒西風，就是西風壓倒東風」（註53）。甚至能夠指白為黑、無中生有，例如民國十三年（一九二四）十一月，國父北上後，其分化之「陰謀活動，益加積極」，乃於民國十四年（一九二五）一月，在黃埔軍官學校發起「青年軍人聯合會」，以吸收「跨黨分子」，企圖「奪取軍校」（註54）。並撒布謠言，謂蔣校長「也加入了共黨組織，來誘惑軍校學生向他投靠」（註55）。又如民國十六年（一九二七）四月，國民黨中央政治會議發表稚老為總政治部主任，稚老「辭不到任，由副主任陳銘樞及劉文島代理」（註56）。然而共產黨對稚老竟以「趁風打劫」、以「獵得高官」、且「官氣十足」等類之惡語，而大肆誣罵（註57）。雖其狂吠如此，而蔣公仍為蔣公，稚老仍為稚老；國民黨之老同志苟皆如此，何懼共黨特擅其「叫絕」之「惑人之術」！所以稚老說：「如媳婦不遭婆婆的冷淡，吊死鬼如何會誘他上吊」（註58）！又說：「蒼蠅不鑽無縫的鴨蛋，共產黨難道連蒼蠅而不如」（註59）？可知制共反共之首要守則，則為意志堅定，不遺任何可乘之機會；則為思想堅定，不留任何可入之孔隙。

國民黨「為愛人而革命」，共產黨「為恨人而革命」；誠如稚老說：「吾們的主義是由愛發生的，所以同共產主義恰是相反」（註60）。蓋以「中山先生贊成愛人如己，吾們也贊成愛人如己。共產黨不愛人，不能愛人，自然不敢贊同」（註61）。進而言之，共產黨以「恨」為出發點，所以只知「打倒」；且「什麼東西都打倒」。在「打倒」之進行中，則肆行「分化工作」；譬如其為「打倒」國民黨，而先將國民黨分成「左右派」（註62）。稚老指出「左右名目」者，乃「第三國際」所「造作」者；提醒黨人必須認清「左右派之名詞，已為不正當之名詞」。由於「陳獨秀等仍實做其張邦昌、吳三桂而已」；所以黨人對於「左右派」之名詞，「誠有受之而不怒於言、怒於色者，必非丈夫」（註63）！

共產黨爲對國民黨進行其「分化工作」，竟然藉口「幫國民黨爭黨紀」；稚老則呼黨人嚴加心防，切勿中其騙局（註64）。並指出共產黨「必用手段」，以將國民黨「拆得紛紛散」（註65）。唯有如此，方利於其個個擊破、與個個吞蝕，稚老設譬以喻說：

> 有獅子要想吃四條牛，四條牛聚在一起，卻不好下手。於是獅子裝模作樣，叫四條牛由疑成怨，由怨成恨，跑了開去。一隻吃了，便隻隻無倖。（註66）

可知共產黨對國民黨之「分化」與「拆散」者，乃是「很淺的詭計，誰還肯又上他的『惡當』呢」（註67）！所以稚老說：「除了少數的異類，目前竟是大團結」（註68）。所謂「少數」之「異類」者，乃指汪兆銘而言也，蓋以汪某即中其計而上其當，以至以行動表現其「革命者向左邊來」！所以稚老痛心指責其「態度則英雄矣，情形實癡愚也」（註69）。

稚老點破共產黨「造作左右名目」之陰謀說：「凡是左派打右派，無異乎共產黨打國民黨，然而絕不可使人感覺眞是共產黨打國民黨」於是則「必要養成左派領袖，領導左派羣衆，以與所謂右派者對壘」（註70）。如此，則既「借助於左右名義，以排斥一部分之國民黨勢力」。並且「更以新左新右名義，以分化全部之國民黨勢力」（註71）。於是則「屢次分化，屢次打倒，愈打愈少；待時機成熟，便一齊打倒，把自己出頭」（註72）。雖然國民黨根本「無所謂左右派別，更無所謂新左新右」（註73）。而共產黨卻能「利用人之虛榮心、好尚心，立起左右派之名目」（註74）。

並且「形成左派的如何高明」，期能對人引之以趨，惑之以聚（註75）。

共產黨既盡一切手段以分化與分裂國民黨，則其必然阻撓與破壞國民黨之北伐統一；乃如稚老所指出者，乃以其「不欲國民黨羽毛豐，使共產黨難以不摧毀之手段」（註76）。民國十五年（一九二六）國民革命軍北伐途中，對各國人士之「生命財產」，皆負「完全保護」之責（註77）。然於十六年（一九二七）三月二十四日克服南京，「忽發生軍人侵入英美領事館，殺害館員；同時又有侵入教堂，殺害外國傳教士之事」（註78）。經查明，乃爲「少數革命軍官兵受了第六軍政治部主任共產黨員林祖涵的指使」以從事者（註79）；彼等「企圖激起列強與國民革命軍的直接衝突」（註80）。蓋以共產黨之一貫行徑，則爲冒國民黨的名號，行共產黨之惡跡；受損者爲國民黨，獲利者爲共產黨。誠如稚老所指者：「共黨額上不雕字，朝豎改組派之旗幟而出者，夕必逞共產黨屠殺之舉動而行」（註81）。其惡性以至如此，乃所以稚老斥其爲「人頭畜鳴的共產狐狸」（註82）。

(四)發出「護黨救國」通電

北伐軍興以來，所到之地，皆有「黨軍可愛，黨人可殺」之怨聲；此又爲共產黨挑撥黨與軍之關係所致者（註83）。以其企圖造成黨與軍之衝突，所以則極盡能事以造謠生事，例如其讕言北伐軍費「佔一千三百萬」，然而「武裝同志」仍然「饑寒交迫」等「籠統誣蔑」。稚老則適時發出「護黨救國」之通電說：「若非蔣同志深得軍隊信仰，試問此等言論散佈軍中，將令前方發生何等影響」（註84）！雖然稚老極力揭穿共產黨之借口罵人與借刀殺人「中傷」伎倆，然而竟有「少數同志，復被利用」；以致「黨員工作，感到指導之無力」（註85）。以至於在國民黨內「實行黨團主義，而施其偷天換日之手段」（註86）。質言之，即於「北伐以來，共產黨初則阻止出師，以增加人民痛苦，而遂其無產階級暴動之志願。繼則不發餉械，以制國民革命之死命，而擴充其黨團之勢力。終則把持中樞，亂命四下，以擁護太上主席鮑羅廷，而直接受第三國際之支配」（註87）。可知若非稚老精心襄助蔣公以排除萬難而盡速達成北伐統一之使命者，則不但黨已非黨、軍已非軍，且國亦早已非國矣！

共產黨分化法術之「常招」，即爲「左派、右派」與「新左派、新右派」等虛無字眼之玩弄而已（註88）。稚老則直爲指出：「止有國民黨或叛徒，並無左派右派可以稱呼」（註89）。並且厲斥共產黨如此痲醉人之慣用術語，其言者乃「狂言家」，其信者乃「狂信家」（註90）。共產黨每每假借「革命」與「主義」以惑人愚人而陷於其騙術中，稚老則斥其爲「有手段而無主義，已轉變而爲強盜賊黨，絲毫無革命意味」（註91）。且闡明國父說「民生主義便是共產主義，自然是眞共產主義，決不是那馬克斯的僞共產主義，自然即就是蒲魯東巴枯寧相同的主義」（註92）。其既非「革命」，又無「主義」，只知「狐媚」，只知「盜用」，所以國父之容共，乃爲期其「研究」與「覺悟」；以至於銷除其陰謀，防止其搗亂（註93）。亦即「叫他們服從三民主義，停止他們錯誤的共產政策」（註94）。如此，乃「把共產黨轉變爲國民黨，即共產黨自然不存在」（註95）。可謂此乃國父「出於愛之極與仁之極，非如我輩之僅僅受愚也」（註96）。

貳、力主清黨與力贊北伐

(一)舉發共黨「謀叛」事實以制之

稚老所以被稱為思想界「打先鋒的少年」與「打先鋒的大將」者，尤以其「對於禍國殃民的共產主義也有比人更早更深刻的覺悟」（註97）。以至胡適都以敬佩與讚美之心情「把他（稚老）高舉起來，對著全國人大聲呼喚他的名字」（註98）。為紀念與領會稚老對反共大業之貢獻，我們「無論在過去、現在和未來，都值得深思」（註99）。所以然者，乃以稚老特能事未顯而先見，事未著而先斷也。例如胡適於民國四十二年（一九五三）撰文悼念稚老說：

> 我們現在知道了東歐各國被征服的事實，知道北歐被征服的史實，知道整個中國大陸被征服的事實；我們更應該明白，二十六年前若沒有「清黨」「反共」的舉動，中國大陸早已赤化二十多年了，也許整個亞洲也早已赤化多年了。（註100）

稚老「當日挺身出來控訴共產黨盜國的陰謀，是根據他親自經驗觀察得來的事實」（註101）。蓋以民國十五年（一九二六）鈕永建「在上海策動敵後活動，設機關於環龍路志豐里五號」；稚老「是時亦負政治責任。故與鈕永建共同負責主持（註102）。此一「敵後活動」與「政治責任」者，乃為「防共」與「制共」也，因共產黨此刻正各方拉攏反對蔣總司令之首腦人物如陳友仁、何香凝、陳公博、顧孟餘等，積極製造「寧漢分裂」之陰謀（註103）。其時「武漢政府中最活躍的共產黨人便是與馮玉祥密切合作之徐謙，徐氏曾偕馮氏赴莫斯科，其後即變爲馬克斯主義熱烈信徒」。因爲徐氏「完全受鮑羅廷之命行事」，所以「在此共產黨與國民黨左翼混合的政權中，徐氏一時幾行使獨裁之權」（註104）。共產黨當時正爲得勢之際，所以「漢口長沙兩地每日殺人不已，一種恐怖氣氛瀰漫於全國（註105）。因張作霖搜查蘇俄大使館，所發現之「許多文件」中，足以「揭發鮑羅廷對於在漢口之國民黨左派分子行使其完全的控制；又表明中國共產黨之行動係受莫斯科共產國際的指揮」（註106）。可知稚老於民國十六年（一九二七）四月二日向中央監察委員會「舉發共產黨謀叛」之呈文，乃洞悉其「亡黨賣國」之陰謀，已屬「十萬急迫」；所以主張「出以非常之處置，護救非常之巨禍」（註107）。此即關係黨國存亡之「清黨運動」，六月十二日，採取「先發制人」之舉措，「突然對上海的共產黨人打擊，逮捕了數千名的共黨陰謀分子」。六日後，「類似的清除共黨運動，分別在南京及廣州施行」（註108）。蓋以若不急以爲此，則黨已非黨，國亦不國，將何以北伐以求統一？誠如毛子水於民國四十二年（一九五三）感嘆說：「設使當日不清黨，則大陸或便已成爲蘇俄的領土了；設使清黨後而沒有日本軍閥的侵華，則中國大陸必不至淪於共匪」（註109）。此役之重要性如此，可知乃以稚老爲「先見的哲人」（註110），故被稱之爲「革命的聖人」（註111）。

當蘇俄共產黨奪取政權之後，即用「滲透」方法，在世界各國煽動革命，鼓動暴亂；「第一次試驗是在匈牙利，第二次試驗是在土耳其，第三次試驗就是在中國。當時史太林已掌握蘇俄的獨裁政權，他運用『第三國際』的工具，用全力支持共產黨奪取中國的陰謀」（註112）。當其「巨禍臨頭，間不容髮」之時際，稚老乃提出「舉發」之巨文（註113）。此一巨文，即爲「清黨」之先導，當時「採取非常緊急處置，將各地共黨首要危險分子，就近知照治安機關，分別看管，制止活動」（註114）。稚老稱此運動爲「護黨救國運動」，蓋以「此次反對國民黨中共產分子之故，因彼等種種行爲危害本黨及中國」也。李石曾則以「護黨救國運動」，乃爲「以與變相之帝國主義專制政體奮鬥」者，是以「乃具向前革命之性質與決心」也（註115）。總括言之，「清黨之役，表示著思想戰的勝利，與精神武裝的成功；此役也，奠定了後來十年建設、八年抗戰的基礎，吳先生則爲精神作戰的主帥」（註116）。所以，稚老與英哲羅素，雖然俱爲「反共先知」、「反共鬥士」，而爲之「東西映輝」；然而羅素僅爲思想言論反共、而無精神與行動之反共，稚老則既富思想言論反共，又是精神與行動之反共，（註117）。可以說：「他的年紀雖大，越顯出他『白頭少年』的矍鑠精神；看他對於清黨運動所運用的魄力，一枝禿筆勝過十萬毛瑟槍，誰能及得上他呢！」（註118）

㈡消弭「寧漢分裂」之災禍

共產黨製造「寧漢分裂」之後，則「武漢是共產黨有權，國民黨完全無權」（註119）。稚老乃促請中央執行委員會將「所有多半竊據武漢所謂中央機關者，皆應看管監視，免予活動，以免釀成不及阻止之叛亂活動」（註120）。共產黨此一陰謀未得實現，則必然圖謀引起「外患」，以增「內憂」。稚老又爲明白指出，俾以防制。如說：

共產黨陰謀之餘毒，在於引外患以增內憂，造大亂以成恐怖，乘恐怖以行專制。此種犧牲國家以

利個人之策略，實與民眾犧牲個人以救國家之目的不兩立。（註⑿）

稚老研判：「武漢叛徒聽從共產黨計劃，於政治外交上採取退卻策略」者；乃為「見好列强以求緩和各方形勢，徐圖捲土重來之陰謀」（註⑿）。所以，其退卻乃為準備進攻，其媚外乃為擴大叛亂；例如稚老指出共產黨「最近更見好於帝國主義，進而為勾結帝國主義；一面予武漢方面以商業上之利益，一面派鄧演達往大連與日本主義及其工具謀切實之結合」（註⒀）。針對其各種陰謀，稚老促請「即令各級黨部及各軍政機關，即行制止一切極端行動，免致愛國狂熱為彼黨陰謀利用，至於不可收拾」（註⒁）。並且主張「所有對外問題，統由國民政府根據本黨外交方針，嚴重交涉；我國民全體暫持鎮靜之態度，俾外交行程，循序進展，而一致為之後援」（註⒂）。當大軍進行北伐之際，稚老之用心誠為周矣、至矣！以論稚老之心情，則為「為黨為國計，為革命前途計，均宜防止此種嚴重形勢之發展，以期保障我軍之勝利，而完成統一大業」（註⒃）。

稚老乃為「一貫反共，並非僅為護黨」（註⒄）。基於「不去害馬，終難善羣」之義理（註⒅）；故其「認為非打倒中共，不足以護國」（註⒆），所以然者，乃以共產黨較之陳炯明而為尤凶尤惡，如稚老說：

陳炯明不過想謀害總理的生命，他們卻要在總理死後謀害總理的精神，把馬克斯主義牛克斯主義來謀害總理的三民主義。（註⒇）

共產黨之凶惡如此，所以稚老說：「治理中國止有國民黨，沒有聯了共產黨來共治之可能」（註⑬¹）。因為共產黨為「殺人放火」之「盧布黨」或「蘿菠黨」，所以稚老指斥說：「殺人放火，難道也可做主義嗎」？「把四萬萬人殺到剩下他們幾個大蘿菠，就算是革命嗎」（註⑬²）？以「殺人放火」為「主義」，以「殺人放火」為「革命」；則可謂「吃人之方法，完成成熟」（註⑬³）。稚老乃指嗜殺成性之共產黨徒為「世界上最懶惰的人」，「因為「他們想把國民黨殺光了，他們就好睡覺去」（註⑬⁴）。然而其所已殺與所欲殺者，乃為人民，乃為人類，絕不僅以國民黨為限；所以稚老警告說：「若不及早遏制」此一「殺人放火」之赤禍，「人類將滅十分之七」（註⑬⁵）。

國民政府於民國十六年（一九二七）四月十八日在南京成立，首先發布「奠都南京宣告，揭櫫驅逐共產分子」（註⑬⁶）。國民革命軍北伐進展之速，實為莫斯科共產國際之「始料所不及」，此刻「若其僅利用武漢左派的組織，和聯席會議的名義，決不能與南京中央相抗衡，更不能達成其毀滅本黨，阻止北伐的目的」；於是則「唯有力促汪兆銘由法經莫斯科回國」（註⑬⁷）。恰巧汪「在巴黎接到邀請回國的電報」，乃即「取道柏林東歸，並經過莫斯科稍事勾留，洽得蘇聯政府和第三國際約定給予全力支持之後，回到國內」（註⑬⁸）。其對革命仍無信心，尤對共黨仍不瞭解。抵滬，稚老迎之，汪對稚老說：

據本人觀察，國民黨與共產黨亦不易繼續相安；但本人希望暫能維持合作，自己願負調和之責。（註⑬⁹）

既不能「相安」，則何能「合作」？則其觀念不淸與態度不明者可知。正當「淸黨」之緊要時際，彼則竟願出而「調和」之，則調和無異爲共黨請命。蔣總司令與汪氏「在上海數度晤談，懇切告以爲謀自共產主義者手中挽救國民黨，必須實行淸黨，並要求汪留在上海」（註⑭）。稚老亦獨與汪氏懇談，「列舉事實，指出共黨篡奪黨權之陰謀」。汪則「似同意」而「未贊成」，面對「事實」亦無法「反駁」；詎料其竟與陳獨秀發表「共同宣言」，主張繼續「國共合作」（註⑭）。稚老乃怒詰汪氏說：「這是怎麼一回事！中國從此而由兩黨共同統治了嗎」（註⑭）？汪則未作「明確解答」，便悄然登輪「前往武漢」；與共黨「拉攏」一起，進行「倒蔣」計畫（註⑭）。稚老則直指其陰謀說：「倒蔣不是打倒蔣介石一個人，乃是打倒蔣一類的反共兵力」（註⑭）。深以汪氏到武漢「去同那班狐狸精相處一陣，終要等有一天親眼看見了原形，他才自動的想法子脫離虎口」（註⑭）。稚老之所以徹底反共，乃由於其能徹底知共，如其痛斥共酋說：「把列寧的恨世認做革命，尤其把鮑羅廷那班賊强盜，算做革命黨，更十分叫耳朵吃虧」（註⑭）！

㈢摧潰共黨攻擊領袖之毒計

共產黨深知稚老力主淸黨，而爲淸黨主將；蔣公力主北伐，而爲北伐主帥。淸黨成功，則其難以竊權；北伐成功，則其難以奪權。然而其旣無法阻遏淸黨，又無力阻撓北伐；則唯有攻擊領袖，孤立領袖，使領袖脫離幹部，脫離羣衆。例如其大罵蔣公「是個軍閥」，又罵支持與擁戴蔣公者，爲「他的爪牙」（註⑭）。其攻擊之慣技，則向爲一口罵而衆口響應，一地罵而各地呼應；以期積非成是，善惡莫辨。其欲蔣公脫離幹部，則說「凡是蔣介石的學生、部下，都是他的工具、走狗」

。其欲蔣公脫離羣衆，則極盡揑造之能事，以「宣傳蔣介石的罪惡，使民衆攻擊蔣介石」（註148）。其所以既誹領袖、又謗幹部者，則如稚老說：「敵人所希望的，是你放手、讓步、不幹」（註149）！而其目的，仍然爲使領袖由失卻幹部而失卻民衆，如此則爲「把『將』同『帥』取銷了，雖有車馬砲，還下什麼棋」（註150）？

稚老之反擊，極爲簡捷有力；如說：「反革命是什麼罪名？動輒加上，是共產黨的把戲」（註151）！「共產黨沒有一句眞話，以能騙人爲第一種道德」（註152）。「說鬼話，用騙術，都算做最高革命方法」（註153）。「我反對殺人放火，所以反對共產黨到底」（註154）。且舉實例說：「共產黨在宜興、無錫起事，殺人放火之外，還要搶劫」（註155）。又引汪兆銘之言以證之說：

> 就是因為汪先生「兩件大事」的文上，有幾句真心話，他說：「但廣州人民，經此一番殺人放火、姦淫搶劫的慘禍，是我刻心刻骨，一世也不能忘的；我除了殺盡共產黨之外，還有什麼希望」！若是一個「人心是肉做」的東西，不能說這話也是假的。（註156）

既指鮑羅廷以憤斥共黨惡徒說：「我們最大的理由，不甘中國爲蘇俄支配，一也；不願聽中山先生終爲列寧消滅，二也」（註157）。復指汪兆銘以怒責共黨工具說：「我輩愛先生，敬禮則如父，期望則如子；而先生今日狀態，已變成殭屍及瘋漢；我等哭笑皆不得，痛苦極矣」（註158）！如此之斥，直令其惡徒進不得亦退不得；如此之責。直令其工具哭不得亦笑不得。愈斥其惡徒，則愈因清黨而愈益促進革命團結，則斥惡徒亦無異於斥工具也。愈責其工具，則愈因北伐而愈益增強革命力量，則責工具亦無異於責惡徒也。在此筆槍舌彈之激戰中，其優劣勝敗，已為明顯之映照。而稚老於清黨與北伐之兩役中，「寫的文章很多」，則清黨必勝、北伐必成者，乃可預知與斷言也（註⑲）。

㈣厲行「清黨大計」之「魄力」

清黨若能迅速勝利，北伐必能迅速成功；若清黨失敗，則北伐雖成功，亦終必失敗。蓋以北伐軍出師未及二月，即於九月六日克漢陽，七日克漢口；未及三月，即於十月十日克武昌。次年（十六年）三月二十二日克上海，二十三日克南京。大江以南盡為國民革命軍所有，則揮軍北向，統一在即。奈於此時，黨竟分裂，府亦分裂，其癥結所在，即為共產黨之擁鮑羅廷而拉汪兆銘；而汪則曲解「容共」為「聯共」（註⑯）。共黨則藉「聯共」之糖衣為掩護，利用北伐軍之節節勝利而迅速發展組織，故其勢力乃因軍事之進展而不斷膨脹瀰漫（註⑯）。並且「在各地已公然揭出打倒國民黨、打倒三民主義之標語」（註⑯）。甚至竟然企圖在上海乘機暴動，建立政權。如先總統蔣公述說：

> 國民革命軍指向上海，上海本黨所領導的勞工羣眾實行總罷工以為響應。共黨分子所乘機組織工人糾察隊，發給槍械，企圖乘機暴動，成立勞工市政府，挑起列強在上海與國民革命軍的衝突。正在這個時候，國民革命軍佔領了上海，我即於三月二十六日由九江進駐上海，親自鎮攝這遠東第一個國際市場，免為武漢之續。四月十二日，為了防制共黨的暴動，我軍與當地的工會與商會

合作，收繳赤色糾察隊的槍械，監視共黨煽亂分子，上海遂得歸於平定。（註163）

當時上海之戒嚴司令爲白崇禧，茲誌其對工人糾察隊之「鎮壓繳械」簡況於次：

> 上海戒嚴司令白崇禧指揮第二十六軍，於四月十二日上午二時許開始行動，對於共產黨私兵——工人糾察隊總指揮處所在之地的「閘北商務俱樂部」，以及為他們所盤踞的「閘北總工會本部」、「閘北商務總廠」、「天通庵路天主堂」、「南市華商電車公司」、「南市三山會館」、「浦東三區警察署」等處，同時加以搜查，乃和預料將被搜查而加強戒備的「糾察隊」之間，發生槍戰，互有傷亡。但到了上午八時左右，各處都被繳械。（註164）

雖然白崇禧當天發出布告，嚴禁罷工，否則嚴處。但共產黨仍然煽動工人，於十三日由上海總工會宣告「全面罷工」，並在閘北青雲路廣場召開市民大會，擴大鼓動。共產黨徒呼號「新軍閥和帝國主義者繳了我們工人的槍械，殺了我們工人，我們的委員長汪壽華也被殺死了」（汪本名何松林，實際爲四月十五日被處死刑）。煽動羣衆衝往寶山路第二十六軍第二師司令部，發生衝突，雙方皆有傷亡（註165）。赤禍氣燄如此，可知清黨刻不容緩，否則絕難達成北伐任務。唯以舉大事須以密成，所以稚老與張人傑、蔡元培、李石曾等均住在司令部內，「朝夕與蔣總司令討論清黨大計」（註166）。並且，「實行之前，隨介公同往外交紅樓，稚公主張均不出紅樓數日，以密其事」（註167）。

白崇禧所以能於半天之內，達成「鎮壓繳械」以肅清上海共黨者，則稚老提供情報之確實，乃爲成功之關鍵。蓋以稚老早於清黨之前一年，即與鈕永建駐滬同當「敵後活動」與「政治責任」（註⑯⑧）。蔣公由潯抵滬之後，則尤經常與稚老密晤以商大計（註⑯⑨）。可知乃爲經年籌謀，而得以一朝奏功也。共產黨向以密以謀人、幽以陷人而自炫自耀，詎料稚老竟能密以勝幽、幽以制密，竟將滬市赤類同時成擒，且其頭目汪壽華亦未漏網。共黨大失敗之後，仍然煽動羣衆，再作反撲，於是再撲再滅，死灰終無復燃之力。此一人全勝之全功，不獨足以大振北伐軍之志氣，且可直令武漢政權聞而震懾，直令北方軍閥望而震慄。所以，上海清黨速捷速成之全勝全功，則爲北伐統一之必速必全之先勝先聲與先成先程。

親與其後之白崇禧，對稚老之籌事周密與行事嚴密，極感敬服；事後曾奉函對於「稚老等主持清黨工作展現的魄力，表示敬意。同時表示，今後願追隨其後，生死在所不辭」（註⑰⑩）。稚老所以特對此役籌之周密與行之嚴密者，蓋以其視爲關係黨國前途之「大事」也。汪兆銘對此曾逞其狡辯說：

> 反共是一件大事，恢復中央黨部也是一件大事，兩件大事都應該鄭重的做去。我和吳稚暉見解不同的地方，就是他把反共一件大事看得重，而把反特委（特別委員會）一件大事看得輕。須知道如果只是反共便算了事，那麼張作霖也是反共的，陳廉伯也是反共的，我們和他們有什麼分別？（註⑰①）

似乎汪氏乃亦言之成理，實則盡非也。誠如稚老說：「現在國民黨內有共產派與非共產派，而黨外更有吳佩孚（註⑰²）。處此情勢之中，若不反共第一，淸黨第一，則國民黨如何自存？如何自立？即汪兆銘亦說：「軍閥利用國民黨內爭來牽制，共產黨利用國民黨內爭來搗亂；國民黨的同志還是團結起來，擔負國民革命的責任罷」（註⑰³）。共黨寄生於國民黨內，何能無「內爭」？且共黨寄存於國民黨內，何能求「團結」？即閻錫山亦知反共爲首要之重要大事，例如稚老曾引述閻氏之言說：「現在最要緊的：一是剿匪，二是整頓官方，三是財政」（註⑰⁴）。因爲「搗亂」之因素存在，則「官方」與「財政」皆無從整頓；不整頓則永遠有「內爭」，永遠無「團結」。稚老大展「魄力」以完成「淸黨大計」之盛舉。則「搗亂」與「內爭」之因素得而淸除之，乃所以奠定北伐成功與抗戰勝利之基礎。旣然因抗戰勝利而光復台灣，則我們今日處於復興基地，在繁榮之社會中享受現代化生活，飮水思源，因蒙其德澤而皆應感懷於稚老也。

註釋：

①吳稚暉：「書汪先生最近言論後」，刊「吳稚暉先生全集」（簡稱「全集」），卷九，頁九二八。
②蔣中正：「蘇俄在中國」第一編、第二章、第七節：「我的遊俄觀感」。
③同註②，第十一節：「本黨對共黨的彈劾與國父的指示」。
④同註③。
⑤吳稚暉：「國共兩黨關係之說明」（民國十六年）刊「全集」，卷九，頁九一七。
⑥同註②。

⑦同註②。

⑧同註②。

⑨吳稚暉：「邵元沖逝世十五周年紀念詞」（民國三十九年十二月十三日），刊「全集」，卷十、頁一六八〇。

⑩秦孝儀：「先聖後聖其揆一也」，刊台北「中央日報」（民國六十六年四月十二日）。

⑪胡漢民：「革命與反革命最顯著的一幕」，刊「中國現代史叢刊」（台北正中書局印行，民國五十九年出版），第三冊。

⑫同註⑪。

⑬鄒魯：「與共產黨奮鬥和北上侍疾」，刊「回顧錄」（台北，三民書局印行，民國六十三年出版）第一冊。

⑭同註⑩參閱註⑬。

⑮劉成禺：「先總理舊德錄」，刊「國史館館刊」，創刊號（民國三十七年出版）。

⑯註⑩引語。

⑰李璜：「中共在歐擴大組織及鼓動鬥爭」，刊「學鈍室回憶錄」（台北，傳記文學社印行，民國六十二年出版），第六章。

⑱同註⑰。

⑲同註⑰。

⑳同註⑰。

㉑同註⑰。

㉒黃季陸：「談當年容共一幕」，刊台北「聯合報」（民國四十六年六月二十九日）。

㉓一全大會會議紀錄毛筆原件（黨史會庫存）。

㉔李大釗：「爲共產黨加入國民黨之聲明書」（黨史會庫存原件）。

㉕陳實庵（獨秀）：「國民黨與共產主義者」（註⑩引）。

㉖蔣中正：「共黨顚覆工作的開始」，刊同註②、第十節。

㉗同註㉖。

㉘同註㉖。

㉙同註⑬。

㉚鄒魯遺著：「鄒海濱生前雜稿之七」，刊台北「天文台報」（民國四十六年二月十二日）。

㉛中國國民黨中央黨史會編印：「中國國民黨七十年大事年表」，頁六二（民國十三年六月一日）。

㉜吳稚暉：「初以眞憑實據與汪精衛商榷書」（民國十六年），刊「全集」，卷九，頁八七二。

㉝同註㉜。

㉞同註③。

㉟吳稚暉：「致中央監察委員會請查辦共產黨文」（民國十六年四月二日），刊「全集」，卷九，頁八〇九。

㊱同註㉟。

㊲同註㉟。

㊳同註⑨。

㊴同註⑨。

㊵參閱註①。

㊶吳稚暉：「『全民革命與國民革命』的商榷」（民國十七年五月三十一日），刊「全集」，卷八，頁六四〇。
㊷吳稚暉：「答鄧家彥書」（民國十四年），刊「全集」，卷八，頁五七一。
㊸同註㉟。
㊹參閱註㉑。
㊺同註㉟。
㊻參閱註⑳。
㊼吳稚暉：「中央半月刊弁言」（民國十六年），刊「全集」，卷八，頁六二三。
㊽同註㊼。
㊾同註㊼。
㊿同註㊼。
51吳稚暉：「中國存亡問題序」，刊「全集」，卷十，頁一六二四。
52吳稚暉：「彈劾共產黨兩大要案序」（民國十六年七月），刊「全集」，卷九，頁八二八。
53吳稚暉：「讀了汪先生的『兩件大事』」（民國十六年十二月），刊「全集」，卷九，頁九〇二。
54蔣中正：「國父北上及逝世以後」，刊同註②第十二節。
55同註54。
56陳凌海：「吳稚暉先生年譜簡編」（六十三歲，民國十六年）。
57吳稚暉：「答一般頌與駡者」（民國十六年），刊「全集」，卷八，頁六二二。
58吳稚暉：「對近來學潮之感想」（民國二十年二月十七日），刊「全集」，卷八，頁七三三。

⑲同註⑱。
⑳吳稚暉：「黨的重要性和黨的責任」（民國十六年），刊「全集」，卷九，頁九一八。
㉑同註⑳。
㉒參閱註⑳。吳稚暉：「再以眞憑實據與汪精衛商榷書」（民國十六年），刊「全集」，卷九，頁八八七。
㉓同註㉒。
㉔吳稚暉：「讀了汪先生『分共以後』的贅言」（民國十六年十一月二十九日），刊「全集」，卷九，頁八三六。
㉕同註㉔。
㉖同註㉔。
㉗同註㉔。
㉘同註㉔。
㉙同註㉒。
⑳同註㉒。
㉑吳稚暉：「三以忠告之言警告汪精衛書」（民國十六年），刊「全集」，卷九，頁八九九。
㉒同註㉒。
㉓同註㉑。
㉔同註㉒。
㉕同註㉒。
㉖蔣經國：「沉思於慈湖之畔」（民國六十八年十二月十二日），刊「蔣總統經國先生言論著述彙編」第十二册，

頁五一五。
⑰蔣中正：「從誓師北伐、經全面清共，到南京定都」、刊同註②，第十四節。
⑱同註⑰。
⑲譚慧生：「吳稚暉」，刊「民國偉人傳記」（高雄，百成書局印行，民國六十五年六月出版），頁四七六。
⑳同註⑰。
㉑吳稚暉：「致閻錫山電」（民國十八年），刊「全集」卷八，頁六七〇。
㉒同註㊹。
㉓同註㉟。
㉔吳稚暉：「與中央監察委員鄧澤如等護黨救國之通電」（民國十六年四月九日），「全集」，卷九，頁八一四。
㉕同註⑪。
㉖同註⑪。
㉗同註⑪。
㉘參閱註⑩、註⑪、註⑫、註⑬、註⑭、註⑮。
㉙參閱註㊾。
㉚吳稚暉：「中央日報創刊祝詞」（民國十七年二月一日），刊「全集」，卷八，頁六三二。
㉛同註52。
㉜吳稚暉：「共產黨扳了一個從犯來了——無政府主義者」，刊「全集」，卷九，頁九七八。
㉝參閱註㊸。

⑼吳稚暉：「致汪精衞書」（民國十六年七月二十七日），刊「全集」，卷九，頁八二九。
⑽參閱註㊷。
⑾同註⑼。
⑿楊愷齡：「吳稚暉先生的思想與人格」，刊台北「中央日報」（民國四十二年三月二十五日）。
⒀何其坦：「吳稚暉外傳」㈡，刊台北「民族晚報」（民國七十一年八月十二日）。
⒁同註⒀
⑽胡適：「追念吳稚暉先生」刊「吳稚暉先生紀念集」，頁一一。
⑽同註⑽。
⑽陳凌海：「吳稚暉先生年譜簡編」（六十二歲，民國十五年）。
⑽同註⑽（六十三歲，民國十六年）。
⑽董顯光：「蔣總統傳」，第七章：「清黨與寧漢分立」。
⑽同註⑽。
⑽同註⑽。
⑽吳稚暉：「致中央監察委員會請查辦共產黨文」（民國十六年四月二日），刊「全集」卷九，頁八〇九。
⑽同註⑽。
⑽毛子水：「因稚老逝世而引起的傷感」，刊「吳稚暉先生紀念集」，頁三一。
⑾同註⑽。
⑾蔣中正：「對吳敬恆先生百年誕辰紀念致詞」（民國五十三年三月二十五日），刊「蔣總統思想言論集」，卷二

九，頁八七。

(112)張文伯：「吳敬恆先生傳記」，五：「持顛扶危的精神」。

(113)同註(112)。參閱註(107)。

(114)蔣中正：「蘇俄在中國」，第一編，第二章，第十四節。

(115)黨史會庫藏第二屆中央監察委員會文卷。參閱：李石曾先生文集，上冊，頁二四八。

(116)張其昀：「吳先生之精神」，刊台北「中央日報」（民國四十二年十二月二日）。

(117)丁慰慈：「吳稚暉先生的思想」，刊「三民主義半月刊」，第三十五期（民國四十三年十月一日出版）。

(118)時希聖：「吳稚暉言行錄」書牘：「例言」（上海，廣益書局印行，民國十八年八月初版，十九年五月再版）。

(119)吳稚暉：「弱者之結語」（民國十六年），刊「全集」卷八，頁六一五。

(120)吳稚暉：「促中央執行委員會常務委員來南京文」（民國十六年四月十五日）刊「全集」，卷八，頁六〇三。

(121)吳稚暉：「武漢共黨擬總退卻計劃圖不利於我應籌劃對策案」（民國十六年七月），刊「全集」，卷九、八二六。

(121)同註(121)。

(123)同註(121)。

(124)同註(121)。

(125)同註(121)。

(126)同註(121)。

(127)沈覲鼎：「我知道的稚老故事」，刊台北「中國一周」周刊，第二三七期（民國四十三年十一月八日出版）。

(128)吳稚暉：「致默盦函」，刊「全集」，卷十，頁一五一〇。
(129)同註(127)。
(130)吳稚暉：「總理廣州蒙難五周年紀念會演說詞」（民國十六年六月十六日），刊「全集」，卷九，頁八二四。
(131)吳稚暉：「昨日國民黨員會議席上之重要談話」（民國十六年四月），刊「全集」，卷九，頁八二四。
(132)同註(130)。
(133)吳稚暉：「經濟侵略下之中國序」（民國十四年八月一日），刊「全集」，卷十，頁一六〇三。
(134)同註(130)。
(135)同註(133)。
(136)同註(103)。
(137)同註(114)，第十五節：「武漢左派的悲劇」。
(138)古屋奎二（日人）：「蔣總統秘錄」，第六冊，頁一四一：「汪兆銘不聽勸告」（台北，中央日報社譯印，民國六十五年四月出版）。
(139)同註(138)。
(140)同註(138)。
(141)蔣夢麟：「一個富有意義的人生」，刊「吳稚暉先生百年誕辰紀念集」，頁五〇。
(142)同註(138)。
(143)同註(138)。
(144)吳稚暉：「讀了汪先生『分共以後』的贅言」（民國十六年十一月二十九日），刊「全集」，卷九，頁八三六。

⑭⑤吳稚暉：「書汪精衛銑電後」（民國十六年十二月），刊「全集」，卷九，頁八五八。
⑭⑥吳稚暉：「致汪精衛書」（民國十六年七月二十七日），刊「全集」，卷九，頁八二九。
⑭⑦吳稚暉：「再致陳德徵書」（民國十六年五月二十六日），刊「全集」，卷二，頁二二六。
⑭⑧同註⑬⑧，頁一四五：「共產黨橫加誹謗」。
⑭⑨蔣經國：「永遠與自然同在」刊台北「新生報」（民國四十二年十二月九日）。
⑮⑩同註⑭④。
⑮①同註⑭④。
⑮②同註⑭⑥。
⑮③同註⑭⑥。
⑮④同註⑪⑨。
⑮⑤同註⑭④。
⑮⑥吳稚暉：「讀了汪先生的『兩件大事』」（民國十六年十二月），刊「全集」，卷九，頁九〇二。
⑮⑦吳稚暉：「對共黨問題談話」（民國十六年三月十二日），刊「全集」，卷九，頁八〇五。
⑮⑧同註⑭⑥。
⑮⑨梁寒操：「追念近代中國思想界的超人吳稚暉先生」，刊台北「中華日報」（民國五十三年三月二十五日）。
⑯⓪同註⑬⑧。參閱註⑬①。吳稚暉：「國共兩黨關係之說明」（民國十六年）刊「全集」，卷九，頁九一七。
⑯①陳哲三：「吳稚暉先生翊贊先總統蔣公定亂統一」，刊台北「近代中國雙月刊」第十八期（民國六十九年八月出版）。

⑯²吳相湘：「吳稚暉促進國家統一，刊「民國百人傳」，第一冊（台北，傳記文學社印行，民國六十年出版）。
⑯³同註⑪⁴。
⑯⁴同註⑬⁸，頁一五三：「肅清上海共黨」。
⑯⁵同註⑯⁴。
⑯⁶同註⑩³。
⑯⁷李石曾：「稚暉先生六十年來公誼私交之關係」刊「李石曾先生文集」，上冊，頁三九七。
⑯⁸參閱註⑩²。
⑯⁹參閱註⑯¹、註⑯²。
⑰⁰台北，近代中國雙月刊：「李石曾先生百年誕辰口述歷史座談會紀實」（劉崇仁發言）、（第十六期，頁五六，民國六十九年四月出版）
⑰¹同註⑮⁶，頁九一五、附載：「汪精衛兩件大事」。
⑰²吳稚暉：「安不忘危」（民國十五年五月二十三日）刊「全集」，卷八，頁五九二。
⑰³同註⑰¹。
⑰⁴吳稚暉：「閻錫山之錯誤」（民國十九年二月二十七日），刊「全集」，卷八，頁六七五。

（本文作者現任中研院中山人文社會科學研究所研究員）

綜合討論

■編輯部

時　間：七十九年十月廿日上午九時
地　點：台北市復興南路「文苑」
主　席：蔣永敬（政治大學歷史研究所教授）
論文撰述：丁慰慈（外交部中阿文經協會秘書長）
趙淑敏（東吳大學教授）
湯承業（中研院中山人文社會科學研究所研究員）
特約討論：方祖燊（師大教授）
章君穀（名傳記作家）
項達言（總統府參議）
徐瑜（青年日報副刊主編）
周玉山（政大國關中心研究員）
張文伯（前司法行政部次長）

主席致詞

非常感謝諸位先生的參加。今天研討的近代學人是開國元老吳稚暉先生，他是我國近代著名的教育家、社會改革家，長期獻身革命，且又不失文人風骨，非常值得後人敬仰。透過今天三篇論文的闡釋及幾位參與討論的學者說明，相信對當前的世道人心、社會風氣均會有所裨益。文工會選他為近代有風範的學人之一，實在是很恰當的。

祝主任致詞

繼連橫、嚴復、張季鸞之後，今天的研討會以吳稚暉先生為主題。吳先生是近代學術界、文化界中一位值得敬佩的前輩，不僅為開國元老之一，而且性情幽默，亦莊亦諧，一些看似隨談的話，其實都含有深刻的哲理。他雖然一生對國家貢獻良多，卻一直抱持著「做大事不做大官」的精神，不過如遇國家有重大決策時，他仍會挺身而出，不論是對國父、蔣公或經國先生，他都曾針對國是提出自己的建言，對國家過去數十年來的發展有很大的影響。今天參加討論的學者專家，都是對吳先生的思想言行有深入的研究，而且吳稚暉先生的表侄陳凌海先生提供了許多珍貴的圖片，相信這場研討會必然精彩可期。

論文發表（略）

特約討論

方祖燊：

從趙淑敏女士的「不是『完人』，士的新典型」的論文，使我們了解吳稚暉先生思想的轉變、參加革命工作的經過，他的崇高的人格（做事不願做官）與無政府主義者的理想，還有他主持制定注音符號、推行國語運動的事蹟。

我在這裡僅對吳稚暉先生推行國語的事情，加點補充。

民國元年（一九一二）十二月，教育總長蔡元培請吳稚暉先生籌備召開「讀音統一會」，主要的原因正如趙教授的論文所說的，是早在光緒二十一年（一八九五），他創作一套「豆芽字母」，跟他的家人通信用。光緒末年，他在巴黎，於「新世紀」週刊上發表文章，就已提出補救漢文的缺點，造字母，統一讀音的理論；所以國父將統一國音這件事囑咐吳稚暉先生。

讀音統一會是在民國二年二月十五日，在北平召開，到會有各省及海外語文專家學者的代表四十四人。吳稚暉被推選爲議長，王照（作有「官話字母」）爲副議長。吳稚暉先生認爲我國各地的方言有好幾百種，說話不能相通，字的讀音，各地也不一樣，要設法統一；要從方音中選擇一種，作爲法定的「國音」；再根據國音，製定一套「字母」，作爲注音的符號；然後再根據審定的標準國音和注音字母，編一部「國音字典」，傳播全國各地。大家學會注音字母，就可以很容易拼出讀出文字的讀音。這樣，不出十年二十年國音通行，國語自然就統一了。那時候，全國的人就可以用一種標準的國語來談話，來溝通意見了。這個「語同音」的理想，實在是偉大極了。

大家一個字一個字的審定讀音，足足開了兩個多月的會議，一共審定了六千五百多字的國音，又造了科學等新字六百多字，如化學在「辛、甲」旁邊加「金」成「鋅、鉀」之類。這大抵也是出於吳先生的主意。因爲講官話的人多，審定的音十之八九跟北京音相同，但也摻進了其他鄉音。又幾經研討會議，最後才製定了三十九個注音字母，和陰、陽、上、去、入五聲和濁音等符號。到五月二十二日，才告閉會。用注音字母代替了反切、直讀和讀若法，在我國語言、文字的讀音上也有一個統一的標準了。這在我國的文化的發展上，是極大的貢獻。民國九年（一九二〇）十二月二十四日，吳稚暉先生編的「國音字典」修訂公佈，共收一萬三千多字，是我國最早的一部國音字典。

以上是我個人對吳稚暉先生在推行國音貢獻上的一些補充意見。

章君穀：

對於吳稚暉先生的生平、思想、各位均已報告甚多，我實在也沒有什麼可以補充。我身體不好，能來參加此次座談，內心感到鼓舞，荒廢已久的筆，我希望能再重新拾起，以答謝多年來愛護我的一些傳記作品的朋友們。

我最欽佩吳稚暉先生「做大事不做大官」的精神，而他在民國十六年主張「清黨」，我認爲意義非常重大，今天我們能有在台灣這種繁榮安定的局面，「清黨」可說是一重大的關鍵。這也是他對反共事業最大的貢獻。吳稚暉先生所以被稱爲思想界「打先鋒的少年」、「打先鋒的大將」者，此至於胡適都以敬佩與讚美的心情「把他（稚老）高舉起來，對著全國人大聲呼喚他的名字」，我認爲正是因爲他能於事未顯而先見，事未著而先斷。假使當時不清黨，或許大陸早已淪爲蘇俄的領士。因此也可知，吳稚暉先生何以會被譽為「革命的聖人」、「先見的哲人」了。

項達言：

拜讀三位教授的大作以及暢聆高論，把吳稚老一生的言行功業作了詳盡的敍述：丁先生談學術思想，趙女士談品格風範，湯先生講反共功績，既翔實又完美，令人欽佩萬分。茲將個人對稚老的膚淺體認，略加補述：

一、丁先生引述胡適論中國近三百年來四個思想家，把稚老與顧炎武、顏元、戴震並列，同時丁先生特將稚老的思想詳為闡述，鞭辟入裡，個人深表贊同與敬佩。由於宋、明理學扭曲了儒家學說的方向，把人生實用、積極進取的學說，導入虛論理命，著重天理人欲之分，祇尚空談而不務實際的心性之學，以致阻礙了長久以來的社會進步。稚老與顧亭林、顏習齋、戴東原都反對心性理命之學，主張躬行實踐。尤其是稚老力主保存、創造，是一位通經致用的實行家。他認為當此新的時代，除了提倡科學教育、製造機器，以工商立國之外，不能達到富國裕民的目的。由於稚老的高瞻遠矚，洞燭機先，導致今天復興基地的台灣，經濟起飛，工商業發達，社會繁榮進步，這都是拜他當年倡導科學校園之所賜，令人感念彌深。

二、稚老從一個「愛國就要忠君」的頭巾氣重的冬烘先生，漸漸傾向君主立憲，最後進步到成為民主革命的急先鋒，實在是他思想敏銳、擇善固執，而將自我加以脫胎換骨。當年他對中山先生的認知，只以為是個「紅眉毛、綠眼睛」的綠林豪傑或江洋大盜；直到一九〇七年在倫敦與中山先生相結識，欽佩他也曾讀書破萬卷，具備一種自然的偉大，才訂下深摯的友誼，並加入同盟會，成爲中山先生最忠實的革命伙伴；中山先生臨終時的遺囑，稚老也是當場證明人之一。終中山先生有生之年，對稚老可謂敬重有加。尤其後來繼當大任的總統 蔣公，更是時常求教於稚老，尊之如師，以此而解決黨國若干疑難的大事。史蹟斑可考，茲不贅述。個人有幸曾參與「吳稚暉先生全集」的編輯工作。對於稚老忠黨愛國、嫉惡爲仇的情操，常見其寓正義於滑稽突梯之中，像斥責反動賣國份子如汪精衞之流，其嬉笑怒罵皆成文章，又爲稚老形成一特立獨行的風格。

三、稚老是反共的先覺，民國十六年國民黨的清黨運動，就是他任中央監察委員時所主導的。假如當時國民黨不當機立斷急速將中共逐出黨外，那麼大陸恐怕早已在六十多年前就已遭受赤化的命運了，今天在台灣也不可能存有這個維持民國法統的反共政府，更談不上以三民主義統一中國了。這是關係著國家民族存亡絕續的大事。僅此一端，稚老的功業已是昭垂不朽。

四、稚老對國家民族最大的貢獻，還是在推行國語運動。我國自秦漢以後，書已同文，但以幅員遼闊，各地方言繁雜，文字與語言迄未能同音，有礙民族情感的融通以及國家實質的統一。稚老自民國元年起至四十二年逝世爲止，始終爲推行國語，鍥而不捨。今天在台灣，國語已推行得非常徹底，無論在都市、在鄉村、在山地、在海濱，幾乎人人都能說一口純正的國語，消弭了地域觀念於無形，將來對統一國家、融合民族，以及後世子孫，都將受莫大的裨益。這在中華民族歷史上自有不可磨滅的大功，值得大書特書。稚老實已樹立了書生報國「做大事不做大官」的典型。

張文伯：

首先我認爲，做大事的吳稚暉先生，不論清黨、抗戰、反共等大事，有的至今尚未完成，如反共、統一等，都有待我們繼續去奮鬥。

今天的三篇論文我都一一拜讀，覺得文筆都很生動，引證資料也豐富、確實。丁慰慈先生就其學術思想加以闡析，把稚老的人生觀、宇宙論清楚地呈現，尤其是一生思想的轉折處，也能處理得脈絡分明；趙淑敏女士之文，則敍述生動，很吸引人，像「育種培根，永不灰心後悔的事業」等標題，就十分醒目。湯先生的文章則著重在反共事業上的陳述，正如方才章君穀先生所言，如果沒有民國十六年的「清黨」，就沒有後來國家的統一，這一點實在是非常重要的。

徐瑜：

我個人認爲，吳稚暉先生的人格風範足以涵蓋立德、立功、立言三層面。他能創新、實踐，但不求名利。趙教授的文章，用平實、平淡的描敍手法，把稚老淡泊的人格充分傳達出來，令人印象深刻。至於丁先生「吳稚暉批判宋明理學」一文，我個人倒有自己的一點看法。事實上，宋明理學的思潮在清代已有轉變，到了民國也有不同的觀點。發生在民國初年這一段科學與玄學的爭執，與其說是吳稚老去批判宋明理學，倒不如說是時代思潮的激盪，因爲基本上，從理學發展出來的道德政治觀，民國以來，本質上要有改變，這種改變是指在政治、科學、哲學等領域的分化上愈來愈清楚，這是現代社會科學演進的一種必然現象。在稚老參加那一段論戰時，假如我們閱讀那一段時間的許多文章可以發現，當時在研究社會科學的領域方面，這幾項的區分並不是很理想，因此有時談哲學，突然跳到科學，一下子又變成政治學的領域，在論戰過程中難免有些混淆，所以，我覺得這一部分並不是稚老的主要思想體系，而是他在促進時代創新、進化，或是推動時代思潮向前發展時，他個人對過去若干陋儒抱持理學不放的人的一些批判，這是我從另一角度來省察科學與玄學爭執的看法。

另外，湯教授的文章舉證均有出處，資料充分，我不敢妄置一詞。以上是我對這三篇文章的一些意見。

周玉山：

中文世界的書刊，有百分之八十是用簡體字排成的，所以台灣地區的出版品，成爲微弱的聲音。由於吳稚暉先生是清黨的健將，所以大陸上提到吳先生，多屬都是負面的評價。他實有功於國民黨與中華民國，如能透過這場座談會的研討，使其思想、行事多少得以彰顯於世，是十分有意義的。

三位先生的大作均惠我良多，如丁先生在文中提到吳先生不贊成蔣公談心性修養，這是很珍貴的資料。而蔣公在吳稚暉反對之下，依然繼續談心性，我想是有其原因的，因爲蔣公雖是江南人，但其性情剛烈，尤其是青年時代，所以他重心性修養，以資平衡。所謂性情急者宜佩葦，性情和緩者宜佩弦，像朱自清先生字佩弦，可以想見他的性情平和，藉此平衡，所以蔣公談心性未嘗不是一件好事，對其事功也沒有妨礙。

趙教授在文中引述吳先生很稱許的兩句話：「實事求是，莫做調人」，據我所知，吳稚暉先生曾一度例外，做過國父與陳烱明之間的調人，結果陳烱明欲置國父於死地在先，又悍然拒絕悔過在後，吳最後只好放棄調人的角色，而且終其一生不再做調人，當然，他有個前提就是「實事求是」

。

湯教授談到「聯俄容共」的背景、「清黨」的經過。從湯教授的大作中，可以歸納出三句話來說明國父「聯俄容共」的動機，即國父希望化共產黨爲國民黨、化共產主義爲三民主義、化階級革命爲國民革命。但很不幸的，國父逝世之後，共產黨就不再遮掩，甚至坐大到無以復加的地步。民國十年七月中國共產黨成立時，黨員只有五十七人，「清黨」前夕，黨員人數增加一千倍，有五萬多人。從另一角度觀之，清黨時死亡的人數超過十萬人，可是共產黨並未消滅殆盡，因此。我有一個歷史的沉思：是否清黨做得有點過火？清黨是必要的，如果沒有此舉，國民黨以及中華民國，可能提早二十年就失去了大陸，因此蔣公與吳稚暉先生對黨、對國家的貢獻是可以肯定的。我說的不是清黨的本質，而是清黨的內容，是否有點過頭？以致當時很多知識分子，像魯迅，因見到清黨的血，而對政府心生不滿，國民黨在大陸時期不能獲得更多知識分子的心，與清黨和其他事件或許有關吧？據我所知，現在許多中共領袖都是所謂的「烈士」之後，「殺父之仇，不共戴天」，歷史的仇恨只怕很難在他們有生之年平息，像李鵬就是「烈士」之後，是否我們要記取這歷史的教訓？共產主義原起於一種思想運動，思想的問題很難用軍事的手段加以消滅，最好的方法就是以更高超的思想來吸引國人，這也是今後我們必須著力之處，即加强思想運動。

湯教授也提到「孫越聯合宣言」，我想做一點補充。我們現在談到這篇宣言，都强調國父是反共的先知，能預知共產主義、蘇維埃制度的爲禍，這當然與後來的發展相符，不過宣言中提到：上述制度不適用於中國，因爲中國沒有實施的條件，這主要是根據馬克思主義得來的。馬克思預言共產政權是在資本主義高度發展、靡爛至崩潰時，才象一隻火浴的鳳凰冉冉上升。中國當時尚未實施實業計劃，未資本主義化，並不符合馬克思的定義，這說法是強而有力的，因爲他用馬克思理論否定馬克思主義在中國實現的可能性。令共產黨啞口無言。謝謝。

綜合討論

陳逸：

吳稚老是無錫人，我也是無錫人，聽了今天的座談後，我實在是沒有什麼可補充的，不過我想說一個人——吳稚老的外甥儲福興先生，他一生都跟著稚老，照顧其生活，擔任其秘書，因此他對稚老是認識最深的，也曾寫過一本書詳述。我補充這些供大家參考。

趙淑敏：

吳稚暉先生喜歡說，也常寫一些粗話，但在這些粗話背後，卻常有引人深思之處，很多人往往只見這些粗話，而沒有去加以深思，因此，如果我們能翻開吳稚暉先生的全集，仔細體會，當可在這些粗話背後，發現其先見之明的地方。

（張堂錡記錄整理）

蔡元培：百年樹人

蔡元培以新的觀念建立我國教育新制度，並在北京大學樹立了自由研究的學風，在中央研究院爲科學的研究奠下了基礎。在中國近代史上，是極有貢獻的教育家，也是一位具有卓見的政治家。

蔡元培先生的生平與志業

■陶英惠

在中國近代史上，蔡元培先生（一八六八—一九四〇）是極有貢獻的教育家，也是一位具有卓見的政治家。在身跨學術、政治兩界的學人中，他更是最有風骨的一人。在生前，備受各界人士的推崇；故世後，尤令人長相追思！當民國二十九年三月五日病逝香港時，各黨各派的人士均致電弔唁其家屬，雖然時值抗戰最艱苦之期，中央仍通令全國各地於三月二十四日舉行追悼大會，中共亦於四月十四日在延安集會悼念。

民國五十七年元月十一日，爲蔡先生百年誕辰，中央研究院特在南港蔡元培紀念館舉行紀念會暨銅像揭幕典禮，先總統蔣公中正特親臨會場瞻視銅像致敬。近幾年來，大陸上也爲蔡先生舉行了一連串的紀念活動：如設立紀念館、成立「蔡元培研究會」、舉辦學術討論會、拍攝「蔡元培生平」影片、塑造銅像，及到香港掃墓等。民國以來的學者，像這樣備受國共雙方尊重的人，實不多見。

蔡先生是一位在多方面有所貢獻的人物。他的一生，幾皆與教育、學術、文化事業有關。他在獲得了傳統的科舉功名後，又兩度遊學歐洲，埋頭學習，以擷取新知。故能在主持全國教育行政時，以新的觀念建立我國教育的新制度，並在北京大學樹立了自由研究的學風，在中央研究院爲科學的研究奠下了基礎。茲就其重要的生平與志業，作一簡單介紹。

壹、家世

蔡元培先生，字鶴卿，又字仲申、民友、孑民，並曾化名蔡振、周子餘，淸同治六年十二月十七日（一八六八年一月十一日）生於浙江省紹興府山陰縣城內筆飛衖故宅。其先世於明朝末年由諸暨遷山陰，從高祖開始全家都經商，只有六叔寶炯（銘恩，字茗珊）以廩膳生鄉試中式。元培在六叔的幫助和指導下，讀了許多經史典籍，如：四書、五經、史記、漢書、文史通義、說文等。所以他雖生爲商家子，但終於走到讀書的路上去，從而決定了他以後發展的方向。

人的性格，泰半來自早年家庭的影響。元培的父親寶煜（又名光普，字耀山），爲人長厚，慷慨好施，據說在任錢莊經理時，因某年獲利甚厚而加倍發放年終獎金，爲東家不滿，責令賠償，遂於光緒三年（一八七七）鬱悒以歿。當時元培僅十一歲，兄弟孤苦無依，又沒有積蓄，幸賴母親周太夫人典質衣飾，克勤克儉，撫養成人；並時時勉勵他「自立」、「不依賴」。在雙親的潛移默化下，他不僅養成了自奉甚儉的習慣，而且惻隱爲懷，經常周濟寒士。其寬厚的天性，是遺傳自父親；至於不苟取、不妄言的態度，則得自母教。

元培有兄弟四人，姊妹三人：長兄元鈖（鑑清），長他兩歲，曾在上海崇實石印局任職。三弟元堅（鏡清），小他兩歲，曾在紹興錢莊業中任職。四弟六歲殤。大姊十九歲去世，二姊十八歲去世，七妹二歲殤。

在婚姻方面，元培一生凡三娶：光緒十五年（一八八九）三月，與王昭（仲明）女士結婚。二十六年（一九〇〇）五月初九日，王夫人病逝。二十七年（一九〇一）十一月二十二日續娶黃世振（仲玉）女士。民國十年一月一日，黃夫人病逝北京。十二年七月十日續娶周峻（養浩）女士。周夫人於六十四年七月病逝上海。

元培共有五子：阿根、無忌、柏齡、懷新、英多；二女：威廉、睟盎。

貳、舊學時代

元培六歲（一八七二）入家塾，十四歲（一八八〇）受業於會稽八股文名家王懋脩（子莊），從讀禮記、左傳等。十七歲（一八八三）補諸生，開始廣泛的自由讀書。十八歲（一八八四）充塾師兩年，為從事教育工作之始。二十歲（一八八六）起，在會稽名藏書家徐樹蘭、徐友蘭家校書，得博覽羣書，學問大進。二十三歲（一八八九）參加浙江鄉試（己丑親政恩科），獲中第二十三名舉人，翌年入京會試中式，為貢士，因殿試朝考的名次均以字為標準，他自量寫得不好，所以未參加本科殿試即返鄉。二十六歲（一八九二）再入京補行殿試，中壬辰科二甲第三十四名進士，獲授翰林院庶吉士。二十八歲（一八九四）散館，升補編修。在考場上一帆風順；在舊學方面也奠下了深厚的根柢。時中日甲午之戰爆發，國人自夢中覺醒，維新圖强的呼聲高唱入雲。元培的思想，也有了顯著的轉變，開始涉獵譯自外文之書報刊物，並留意世界事物，又學習日文，以間接吸取新知。

叁、委身教育與運動革命

光緒二十四年（一八九八）八月，戊戌政變發生，元培認為康、梁之所以失敗，是由於不先培養革新人才，而欲以少數人弋取政權，排斥頑舊，不能不情見勢絀。同時，他也看清楚了滿清政府的無可希望，以及革命的不可避免，於九月初一日毅然拋棄了翰林院編修的官職，返里興辦教育。於此，可見他從事教育工作的動機所在。

同年十月底，元培應邀出任紹郡中西學堂總理（校長），立即進行一連串的改革。這是他服務於新式學堂的開始，也是畢生盡瘁於文教事業的起點。校中的功課，有我國舊學，也有粗淺的西洋學科。教員中也有新舊兩派，他與杜亞泉等提倡新思想，時與舊派辯論，舊派運動堂董出面干涉，遂於光緒二十六年（一九〇〇）九月七日憤而辭職。翌年在上海擔任南洋公學特班總教習，鼓勵學生自由閱讀，並於批改課業的評語中，多提倡民權之說。

光緒二十八年（一九〇二）三月，元培與蔣智由等組織中國教育會，被推爲會長。該會的目的爲：「教育中國男女青年開發其智識，而增進其國家觀念，以爲他日恢復國權之基礎。」並宣稱：「欲造成理想的國民，以建立理想的國家。」這個理想的國家，「純然共和思想，所以從國民做起」。爲了「造成共和國的國民，必欲共和的教育，要共和的教育，所以先立共和的教育會。」這一鮮明的革命的教育宗旨，使該會隱然成爲東南各省進行革命的大本營。

就在中國教育會成立的同一個月，元培又與蔣智由、吳彥復、林白水、陳範等商談興辦女學事，八月初一日，所制定之愛國女學校開辦簡章公布，推蔣智由爲總理，不到一個月，蔣去日本，改推元培繼任。同年十一月三日正式開學。他所以成立愛國女學校，係鑒於中國向來有男尊女卑的成見，他認爲男女的不平等，是由於男女對社會所盡的義務不同；要想使其平等，首先應該使他們在社會上所盡的義務相等，也就是社會上各種職業，男女應同時參加。要達到這一點，非從教育著手不可。

同年十月，南洋公學發生風潮，元培助退學生組織愛國學社，聘吳敬恆（稚暉）、章炳麟（太炎）爲教員，師生公言革命無忌。又與「蘇報」訂約，每日由學社教員撰論說一篇，「蘇報」遂成爲學社的機關報。

光緒二十九年（一九〇三）正月，又與吳敬恆等發起張園演說會，發表排滿革命言論。由於言論日趨激烈，革命的旗幟越來越鮮明，到了五月初，清政府乃有查拿新黨的風說，元培也在黑名單之內。而教育會與學社內部，又爲了主屬問題發生爭執，他對這次內鬨甚爲氣憤，乃於五月二十日赴青島習德語，作留學德國的準備。至閏五月初五日，「蘇報案」發生，上海的革命運動，受一嚴重打擊。

同年七月，元培自青島返回上海，創辦「俄事警聞」日報，以喚起國民對俄國佔領東北的注意，不直接談革命，常繹述俄國虛無黨歷史作間接鼓吹。光緒三十年（一九〇四）正月，將「俄事警聞」改爲「警鐘日報」。六月，辭警鐘日報編務，接任愛國女學校校長。是年冬，光復會成立，被推爲會長，秘密結納各地會黨，預備進行暗殺與暴動。光緒三十一年（一九〇五）九月，由何海樵介紹加入同盟會，並被推爲上海分會會長。

從戊戌政變到同盟會成立這段期間，元培毅然放棄了十年寒窗、夢寐以求的翰林頭銜以及很好的出路，回到紹興轉赴上海，藉著教育工作來宣傳革命，凡是與革命有關的組織，他無不參加活動，或爲主要發起人，或擔負其重要責任，然後與國民革命運動匯合。這些國內革命的伏流，不僅直接間接促進了同盟會的組織，也爲辛亥革命建立了一個不拔的根基。

清末，知識分子參加革命行列的很多，但其中具有傳統功名者很少，而身爲翰林高官者尤不多見，元培就是其中之一。他之所以參加革命，實導源於其愛國心與自由思想；而環境對他的影響，也不容忽視。他生長在浙東，凡明清之際如黃梨洲、張蒼水、全謝山諸大儒的民族思想，他都潛接而默識之。嚴復譯「天演論」的時候，常說「尊民叛君、尊今叛古」的話；「物競」、「爭存」，更成為當時的口頭禪。梁啓超的高唱「破壞」，譯嗣同的「衝決網羅」，以及俞正燮「認識人權」、「認識時代」等見解，在在都深印在他的腦海裡。同時，他又吸收了十九世紀民主自由的新思想，醞釀激盪，自不會再為忠君的舊觀念所束縛。但是他所主張的是政治革命，並非狹隘的種族革命。他的學製炸彈，預備暗殺、暴動以及組織光復會，加入同盟會等一連串的革命行動，都應該從這個方向去看。

肆、赴德留學

光緒三十三年（一九〇七）五月，元培在新任駐德公使孫寶琦的協助下，以使館職員名義隨同赴德留學。先在柏林一年，學習德語，兼作家庭中文教師，並為商務印書館編譯書籍。翌年遷居來比錫，於陽曆十月十五日進來比錫大學聽課。所聽的課程有：哲學史、文學史、文明史、心理學、美學、美術史、民族學等，範圍非常廣泛，既未專攻一門，也沒有攻讀學位，後來雖勉自收縮，以美學與美術史為主，輔以民族學。他是從中國傳統的博學風氣裡面陶鎔出來的人，再經在來比錫大學三年的苦讀，吸取西方近代文明的精粹，使其氣度與識見更為雍容博大。

國內的革命運動，這時正日趨蓬勃。武昌起義後，元培立即到柏林與留德學界共同宣傳和募款；不久接陳其美電報，乃取道西伯利亞東歸，於十月十一日到上海，結束了初次留學生活，開始為新建立的中華民國貢獻其心力。

伍、確立民國教育方針

民國成立，孫中山先生在南京就任臨時大總統，元培被任命爲首任教育部總長；臨時政府北遷後，仍蟬聯教育總長。這時，國體已由專制改爲民主，除舊佈新，一切草創；而各方對新教育的精神、制度和內容，頗多意見。元培認爲當時教育界所提倡的軍國民主義及實利主義，固爲救時之必要，而不可不以公民道德教育爲中堅。欲養成公民道德，不可不使有一種哲學上的世界觀與人生觀。而涵養此等觀念，不可不注重美育。因將清季學部的「忠君、尊孔、尚公、尚武、尚實」五項教育宗旨加以修正，改爲：軍國民教育、實利主義教育、公民道德教育、世界觀教育及美感教育五項。又在所召開的臨時教育會議上闡明民國教育方針的重要意義，權利與義務的正當關係，並提出各項重要議案在會中討論。

元培在教育總長任內，曾對全國教育進行一些重要改革，如頒布教育宗旨、修正學校制度、大學特別注重文理兩科、將經科併入文科、小學實行男女同校、廢除讀經、取消舊時獎勵辦法、特設社會教育司以普及教育等，都是奠基礎、開風氣的工作。

在政治上，元培則努力促進國家統一。當時，光復會與同盟會，因少數首領政見稍殊，致使兩會之衝突漸趨激烈。元培因與兩會都有關係，不願見其自相殘殺，自回國後，頗盡調停之力。

民國元年（一九一二）六月（以下均爲陽曆），內閣總理唐紹儀爲王芝祥督直問題，因總統袁世凱漠視國務員副署權力，憤而辭職。元培亦堅請連帶辭職。他在辭呈中，直指政見不合，難有建樹。雖備受挽留，義無反顧。合則留，不合則去，這種有所不爲的政治家風度，實開民國之先河。

元培於七月十四日獲准辭職，九月十六日偕眷再度赴德，仍到來比錫，在大學聽講，並在世界文明史研究所研究。

民國二年三月，宋教仁遇刺案發生，南北惡感日深，元培特自歐洲兼程返國，奔走調停，以免地方受到殘害，終因袁世凱缺乏誠意而告失敗。及二次革命爆發，乃與吳敬恆、張繼等在上海創辦「公論」晚報，列舉袁氏罪狀，口誅筆伐，不遺餘力。九月，二次革命失敗，元培再度赴歐，住巴黎近郊一年。及歐戰發生，遷居法國西南部，於習法語、編書外，並與李煜瀛（石曾）等辦理留法勤工儉學會，籌組華法教育會，被推爲中國會長，已不像初次留學時那樣專一。

民國五年九月一日，教育總長范源廉電請元培擔任北京大學校長，遂於十月二日自法啓程返國。十二月二十六日，被任命爲北大校長。民國六年一月四日，到校就職。

陸、倡導學術自由——整頓北京大學

元培欲以教育救國的意願，在戊戌政變時就已決定。於留德期間，對比較著名的大學，如柏林大學、門興大學及來比錫大學等，留有非常深刻的印象；他對大學的觀念，也深受其影響。他希望他所主持的北京大學，能與德國大學相頡頏，懷有力爭學術地位的雄心。因此，在就任北大校長後，立即推行了一連串重大而新穎的改革。

那時，一般人仍留有科舉時代的遺毒，認爲學校是變相的科舉，上大學是謀個人入仕途的出身。元培首先要糾正的就是這種錯誤的觀念。他要學生認清大學教育的宗旨，是研究高深學問，大學生應以研究學術爲天責，不可把大學視爲升官發財的階梯。他深知北大學生沒有高尚的娛樂與自動的組織，是走向腐敗、對學術沒有興趣的重要原因之一，便對症下藥，除廣延積學與熱心的教員，認眞教授，倡辦各種刊物，以提高學生研究學問的興會外，並提倡課外的高尙娛樂，如組織進德會、音樂會、平民學校與平民演講團等，以發揚學生自動的精神，養成服務社會的能力。校中頓時呈現出一片蓬勃的朝氣。

對聘請教員的原則，元培是抱人才主義，只問學問能力之有無，不問其思想、派別、年齡、資格和國籍爲何，保持了講學研究的絕對自由。在他所聘請的教員中，新舊派都有，儘管他支持新派，但對舊派人物也保有相當的尊重。眞正做到了無所不容，無所不包。

在學校行政方面，元培所表現的則是民主作風。他實行教授治校的辦法，首先設評議會，爲商決校政的最高機關；次成立各科教授會、教務會議、行政會議等，使教職員都能貢獻他的意見，盡他的力量。

元培認爲大學是囊括大典、網羅衆家的學府，所以又在北大努力培養自由研究的學風，對於各家學說，是依照各國大學的通例，循思想自由原則，取兼容並包主義。無論何種學派，苟其言之成理，持之有故，尙不達自然淘汰的命運，即使彼此相反，也聽他們自然發展。因爲他素信學術上的派別是相對的，不是絕對的；而眞理愈辯愈明，只有使各種不同的主張並存，才能使學生有自由選擇的餘地，不致抱專己守殘的陋見。他雖主張學術研究自由，可是並不主張假借學術的名義，作任何違背眞理的宣傳。例如馬克思的思想，他以爲在大學裡是可以研究的；可是研究的目的決不是爲共黨作宣傳，而是爲學生解惑去蠱；因爲有好奇心而無辨別力，是青年被誘惑誤入歧途的根源。他這種休休有容的態度，不僅使北大氣象爲之一新，就是五四運動的產生，也與他的提倡思想自由、研究自由有很大的關係。

由於我國素無思想自由的習慣，每好以己派壓制他派；所以元培這種辦學方針，頓時成爲守舊人士非議的目標。民國八年三月十八日，林紓（琴南）在公言報嚴詞指責北大，元培則一一據實駁斥。在蔡、林「新舊之爭」以後的一個多月，由於巴黎和會山東問題交涉的失敗，北京各校學生乃於五月四日遊行示威。當時，學生們以「外爭主權、內除國賊」爲目標，動機非常純潔。但親日派既集矢於北大，更遷怒於元培，再加上政客的推波助瀾，想乘機奪取此校，元培不得不於五月九日留書辭職出京，而風潮益形擴大。元培在各方挽勸下，不願爲個人的去留問題而牽動學校，遂同意回任。在此後數年中，他遊歷歐美各國考察教育，或出席國際會議，或爲退還庚款而努力。民國十一年冬，金佛郎案發生，他痛心於政治清明之無望，乃於十二年一月十七日憤而辭職，以不合作爲抗議。於七月間重往歐洲，繼續研究學問。直到十五年二月，方由歐返國，即留在南方參加國民革命的北伐大業。七月八日，辭去北大校長職務。綜計元培「居北京大學校長的名義，十年有半，而實際在校辦事，不過五年有半。」

自民國六年至十五年，元培以革命黨員兼教育家的身分，置身於北洋軍閥統治勢力之下，擔任北大校長，企圖以教育文化的革新，來達成國民革命所不易達成的任務。他在北大經營的結果，不僅使北大面目一新，也使整個社會、文化及政治方面，起了顯著的變化；一切傳統的思想，均遭到了嚴重的衝擊，分別予以重行估價。在此以前，一般人對軍閥的惡勢力，仍然心存畏懼；但經過這番奮鬥，他們的假面具被戳穿了，反抗惡勢力的勇氣相對的增長了。從而奠下以後國民革命成功的基礎。

柒、教育學術化——創設大學院

民國十六年四月，國民政府奠都南京。教育界的先進們欲徹底整理學制系統，於是在中央創設「中華民國大學院」，以取代原來的教育部，總攬全國學術及教育行政事宜。同時在地方上試行大學區制，分全國為若干大學區，區內設國立大學一所，大學校長總理本區內一切學術教育事宜。凡試行大學區之省份，即取消教育廳，將教育廳一切職權移歸大學辦理。在民國教育史上，這是一次很大的變動。其創議和策劃的主要人物是蔡元培和李煜瀛，國民政府乃任元培為大學院院長。

大學院於十六年六月完成立法程序；大學區則指定先在江蘇、浙江、北平三地試辦。不料，大學院甫經成立，即因地位特殊，陳意過高，而一部分人士，又以名非習見，頗多懷疑，於是攻擊之聲四起。元培在一年之內，四次修改大學院組織法，以遷就反對者的意見，仍無濟於事。而江蘇、北平兩大學區內，對新制的反對，尤其劇烈。十七年八月十四日，國民黨五中全會第五次大會議決：依建國大綱設立五院，在行政院下設有教育部。元培眼見政府組織變更，其所手創之大學院已無法保存，乃於十七日呈辭本兼各職，十月三日獲准；二十三日，政府明令改大學院為教育部，所有大學院一切事宜，均由教育部辦理。十八年七月，大學區也全部結束，恢復教育廳舊制。元培對教育之理想：「以學者為行政之指導，以學術化代官僚化」，遂成曇花之一現。

民國十六、七年，正值黨國由分裂趨於統一，處在多事之秋；一方面致力於軍閥之掃除工作，一方面也要彌縫黨內的歧見。元培置身其中，曾擔任浙江臨時政治會議委員，並代理主席；任上海政治委員會委員，與張人傑（靜江）、吳敬恆等聯名發表護黨救國通電，國民黨全面清黨；國民黨中央特別委員會成立，元培爲委員之一，並被推爲國民政府常務委員；又曾任代司法部部長、監察院院長等要職，盡智盡力，奔走調停，辛勤備至。

捌、領導學術研究——主持中央研究院

民國十六年五月九日，中央政治會議第九十次會議，秉承孫中山先生擬設中央學術院爲全國最高學術研究機關之計畫，採納元培等之建議，議決設立中央研究院籌備處，並推蔡元培、李煜瀛、張人傑等爲籌備委員。但在七月四日國民政府公布的大學院組織條例第七條中規定：「本院設立中央研究院，其組織條例另定之。」十月，大學院正式成立，乃根據組織條例聘請中央研究院籌備員三十餘人。十一月二十日，籌備會通過「中華民國大學院中央研究院組織條例」七條。根據該條例，可知中央研究院由最初所擬設之獨立研究機關，改爲屬於大學院下所設許多國立學術研究機關之一；直到十七年四月十日，國民政府公布「修正中央研究院組織條例」，始改「中華民國大學院中央研究院」爲「國立中央研究院」，成爲不屬於大學院的一個獨立研究機構，並於四月二十三日特任蔡元培爲院長。

元培認爲教育與學術是立國的根本，而科學研究尤爲一切事業的基礎，所以努力於科學研究的促進。他對我國科學事業最大的貢獻，就是中央研究院的設立。集中專門人才，分設各種研究所，使中國科學研究進入一新的時代。就名義言，該院爲全國最高的學術研究機關；就職責言，實兼學術的研究、發表及獎勵諸務。有了此一有系統而代表全國的學術團體，國內的學術工作得有中心，可以促進各機關的合作，提高研究工作的效率；遇有國際學術會議，也可藉此組織彼此接洽，並由

此組織以轉與國內各學術機關或專門學者商洽推進。所以該院的設立，在我國科學事業上，是極具重大意義的。民國二十四年七月，元培發表啓事，辭去了其他二十三個兼職、停止接受寫件、停止介紹職業，聚精會神，全力主持中央研究院院務，領導學術界人士向專門研究的路途邁進，以實現培養人才、學術救國的素願。

及至抗戰開始，中央研究院隨同政府西遷。二十六年十一月十一日上海失陷，元培於二十七日自滬乘船赴港，二十九日抵達後，不久遷居九龍。原想稍事休息，即轉赴後方；祠因健康不佳，香港在醫藥方面較內地方便，所以未能即行。終因年事日高，又憂傷國事，精神日感不支。二十九年三月三日，不愼失足跌倒，病勢加劇，延至五日上午，這位「終身盡忠於國家和文化而不及其私的公民」，遂與世長辭，享年七十四歲，卜葬於香港仔華人永遠墳場。三月十六日，國民政府明令褒揚，用示崇重勳者之至意。

玖、著述

元培以清末名翰林，復留學歐西，借用他稱讚胡適的話來說，他眞正是「舊學邃密，而新知深沉」。但由於他求知若渴，興趣過於廣泛，以致所學龐雜；學成後，又因行政事務過繁，以後沒有撰寫太多學術性的專著，所留下來的多半是些譯述或散篇文字；可是其貢獻和所發生的深遠影響，則遠非純學術性著作可比。他的著述，經過多次整理編印，爲數頗多。茲僅就其已輯印成册者，分爲兩類摘要開列如下：

(一)蔡元培編撰或譯述之專書自行交書店出版者

1. 學堂教科論，上海，普通學書室，光緒二十七年九月石印出版。
2. 文變（編選），上海，商務印書館代印，光緒二十八年出版。
3. 哲學要領，上海，商務印書館，光緒二十九年九月出版。
4. 妖怪學講義錄總論，上海，亞泉學館，光緒三十二年八月出版，後歸商務印書館。
5. 倫理學原理，上海，商務印書館，宣統元年九月出版。
6. 中國倫理學史，上海，商務印書館，宣統二年七月出版。
7. 中學修身教科書，上海，商務印書館，民國元年五月出版。
8. 哲學大綱，上海，商務印書館，民國四年一月出版。
9. 石頭記索隱，上海，商務印書館，民國六年九月出版。（初在「小說月報」七卷一至六期連載）
10. 華工學校講義，民國五年八月起在「旅歐雜誌」連載，至八年八月在巴黎印成專書。
11. 藝術談概，上海，商務印書館，東方文庫第六十八種，民國十二年十二月出版。（初名「賴斐爾——歐洲美術小史之一」，於民國五年八月在「東方雜誌」第十三卷第八、九號連載。）
12. 簡易哲學綱要（列爲「現代師範教科書」之一），上海，商務印書館，民國十三年八月出版。

㈡由他人代爲輯印之文集

1.蔡孑民先生言行錄，北大新潮社編印，民國九年十月出版。
2.蔡元培言行錄，隴西約翰編，上海，廣益書局，民國二十年五月出版。
3.蔡孑民先生傳略，高平叔編，重慶，商務印書館，民國三十二年三月出版。
4.蔡元培選集，北京，中華書局編印，一九五九年出版。
5.蔡元培先生遺文類鈔，孫德中編，台北，復興書局，民國五十年一月出版。
6.蔡元培民族學論著，中國民族學會編，台北，中華書局，民國五十一年一月出版。
7.蔡元培選集（六冊），台北，文星書店編印，民國五十六年一月出版。
8.蔡元培自述，台北，傳記文學社編印，民國五十六年九月出版。
9.蔡元培先生全集，孫常煒編，台北，商務印書館，民國五十七年三月出版。
10.蔡元培教育文選，高平叔編，北京，人民教育出版社，一九八〇年二月出版。
11.蔡元培美學文選，文藝美學叢書編輯委員會編，北京大學出版社，一九八三年四月出版。
12.蔡元培全集（一—七卷），高平叔編，北京，中華書局，一九八四年九月至一九八九年七月出版。
13.蔡元培論著專集，高平叔編，係就蔡元培論著按學科性質編選，現已出版七冊：①蔡元培論科學與技術，石家莊市，河北科學技術出版社，一九八五年七月出版；②蔡元培政治論著，石家莊市，河北人民出版社，一九八五年八月出版；③蔡元培哲學論著，石家莊市，河北人民出版社，一九八五年八月出版；④蔡元培語言及文學論著，石家莊市，河北人民出版社，一九八五年十月出版；⑤蔡元培美育論集，長沙，湖南教育出版社，一九八七年四月出版；⑥蔡元培教育論集，長沙，湖南教育出版社，一九八七年四月出版；⑦蔡元培史學論集，長沙、湖南教育出版社，一九八七年十月出版。

14. 蔡元培先生手迹，啓功、牟小東編，北京大學出版社，一九八八年四月出版。

15. 蔡元培張元濟往來書札，台北，中央研究院中國文哲研究所籌備處編印，民國七十九年六月出版。

至於根據上列各書改頭換面影印或重排印行者，不再贅述。

拾、結語

綜觀元培的一生：在辛亥以前，他是革命家；在辛亥以後，他是教育家。辛亥以前，雖然也曾盡力於教育事業，如在學校裡鼓吹民權、介紹進化論、宣揚虛無主義等，似乎是將教育當手段，藉此以培養革新人才，而達到革命的目的。但他也眞正相信教育的永久價值，所以在蜚聲翰苑和辭去教育總長之後，仍再遠赴歐洲留學，接受新時代的教育，以充實自己；然後再以所學貢獻於國人。

自光緒二十四年（一八九八）他決定獻身於教育工作起，到民國二十九年（一九四〇）病逝的四十餘年間，我國在教育、學術、文化等方面的種種活動，大多與元培有關，或爲直接參與其事，或曾間接受其影響。在新舊過渡時期，我國在新教育方面的人才，仍嫌貧乏，尤其缺少像元培這樣融傳統與現代、治中西於一爐的大師，故爲各方所推崇、借重。不僅國內如此，世界各國對他的卓越貢獻，也多予以肯定。例如民國十年，元培在被派往歐美考察教育及學術研究機關狀況的途中，法國里昂大學授予文學博士榮譽博士學位，此爲該校首次贈外國人以名譽博士學位；美國紐約大學則授予法學博士榮譽學位，哥倫比亞大學原定於擧行畢業典禮時也授以榮譽學位，因元培適在旅途中，通知的電報輾轉投遞，未能及時收到；及至到達紐約時，已逾該校畢業典禮之期，僅出席其校長巴特萊的招待宴會，發表演講而已。法國總統並頒贈三等榮光寶星勛章，以酬謝他在促進中法文化交流方面所作的貢獻；泰戈爾聘他爲印度國際大學中國學院的護導（Patron）。晚年滯留香港期間，因不便正式應酬，港督羅富國爵士曾在暗中保護有加；及至病逝時，雖在抗日戰爭最緊張的時刻，參加致祭和執紼者卻逾萬人，各學校及商店多主動下半旗誌哀，港督也請行政局華人非官守議員羅旭龢代表致祭，其場面之感人，在香港是空前的，眞是備極哀榮！

在近代中國思想史上，蔡元培是承先啓後、繼往開來的人物。他的眞知灼見，至今讀來，仍令人覺得歷久彌新！他那不朽的志業和完美的人格，更足以垂範士林，楷模後世！

參考資料

(1)蔡元培：自寫年譜，收錄在高平叔編「蔡元培全集」第七卷，頁二六七—三二三。
(2)高平叔：蔡元培的家世與家庭生活，見山西社會科學院編印「晋陽學刊」，一九八六年第一期，頁五二—六〇。
(3)高平叔：蔡元培生平概述——爲紀念蔡元培先生誕生一百二十周年而作，一九八八年，中國人民政治協商會議天津市委員會翻印，共三十二頁。

（本文作者現任中研院近史所研究員）

蔡元培先生的教育風範

■王煥琛

壹、前言

一個偉人之所以能夠偉大，他的風範要有博大精深的學養，崇高的品德，高瞻遠矚的理想，傳道的熱忱，對國家民族以及全人類的忠愛，力謀全民福利。尤有嚴謹的生活，及平易近人的態度。蔡元培先生就是這樣的一位偉人。煥琛近二十多年，因撰寫「留學教育」「教育行政與會議」等書不時搜集教育史料，也不時與黃霉殘篇爛紙為伍，雖艱苦，但閱讀不少原始史料，尤以不少名人史料，常引以為榮。但在拜讀之下，也常感觸在人羣的社會中有兩種典型的人物，最值得我們懷念和崇敬的。一種典型，是為了國家民族之生存，拋頭顱，灑熱血，沙場捐軀，從容就義的英雄烈士。另一種典型，是有學問，有見識，有抱負，公而忘私，知難受命的仁勇之士。如果以時間的尺度來衡量，前者的犧牲，只有短暫的一瞬；後者的犧牲要經過長期的煎熬奮鬥，一如蠟炬成灰，將個人寶貴生命，通過長年宵旰辛勞，終至病入膏肓，鞠躬盡瘁，死而後已。這兩種人格，雖然同樣的偉大，但是兩相比較起來，後者實更難於前者，蔡元培先生誠屬後者這一典型的人物，令人敬仰不已。

蔡先生對於舊學曾下過苦功，所以他能連試皆捷，十七歲中秀才，二十三歲中舉人，二十四歲進士及第，二十六歲補翰林院庶吉士，二十八歲補翰林院偏修。曾被淸宰相翁同龢譽為「年少通經，文極古藻，雋才也」。可見蔡先生舊學根基是如何的深厚。同時他三度留學歐美，對西方學術也很有研究，舉凡哲學、文學、人類學、文化史、心理學、美學等頗具有心得，而在美學方面造詣尤深。他的著作有「中國倫理學史」、「哲學大綱」、「石頭記索隱」、「賴斐爾」，德育三十篇，智育十篇，教育及其他論文約九十三篇。譯書有包爾生（Paulsen）「倫理學原理」節譯科培「哲學要領」及中學修身教科書五冊。

蔡先生畢生盡瘁教育。他在十八歲至十九歲（一八八四—一八八五）便開始當塾師，二十八歲（一八九四）任北平李氏京寓家庭教師半年，三十三歲（一八九九）受聘中西學堂監督，三十五歲（一九〇一）聘任上海澄衷學校名譽教員，並代總理一月，又任上海南洋公學特班總教習。三十六歲（一九〇二）與吳稚暉、章太炎等發起籌組中國教育會，被推任會長。是年又和蔣觀雲等創辦愛國女學校，後兼任該校校長，三十九歲（一九〇五）參加革命，加入光復會、寧興會，又加入中國革命同盟會（中國國民黨前身）。四〇歲（一九〇六）紹興學務所任總理，又受聘京師譯學任國文兼西洋史教習。四十六歲（民國元年一九一二）任中華民國第一任教育總長，五〇歲—六〇歲（民國五年—十五年一九一六—一九二五）任北京大學校長，五十三歲（民國八年一九一九）發起組織中華新教育共進社編譯東西洋學術新書並發行雜誌。六十一歲（民國十六年一九二七）任大學院長，六十二歲至七十四歲（民國十七年—二十九年一九二八—一九四〇）特任中央研究院院長，六十三歲（民國十八年一九二九）又受任北京大學校長未就任，陳大齊代理。六十九歲（民國二十四年一九三五）召開國立中央研究院第一屆評議會，七十二歲（民國二十七年一九三八）在香港召開中央研院院務會議，七十四歲（民國二十九年一九四〇）三月五日，病逝香港。（註①）

由上述蔡先生個人小檔案摘錄看來，他在中華民國開國史上永遠被人紀念的，不止於他的勳名，而是他的學術思想，他對教育的新理念最多。在他生平事蹟中，也以教育事業成績最卓著。因之特將「蔡元培先生的教育風範」跟大家研討，惟時間及篇幅有限，謹以犖犖大端，敬請教正是幸！

貳、主持教育部、倡導民主教育的風範

蔡先生不僅是一位教育實行家，而且是一位教育思想家。他的教育思想，博大精深貫通中外，首先倡導民主教育主張，而以五育的理論，實爲蔡先生教育思想的精華。

民國元年，蔡先生在全國臨時教育會議，發表他的民主教育的主張，他說：

「民國教育方針，應從受教育者本身著想。有如何能力，方能盡如何責任；受如何教育，始能具如何能力。」裴斯泰洛齊（J. H. Pestalozzi）有言：「昔之教育，使兒童受教於成人。今之教育，乃使成人受教於兒童」；謂成人不敢自存成見，當立於兒童之地位而體驗之，以定教育之方法也。君主時代之教育，以君主之利己主義爲目的。現在民國，須立於國民之地位而體驗其在世界，在社會，有如何之責任。這就是我國民主教育的先聲，他認爲不可「把被教育的人，造成一種特別器具，給抱有他種目的的人去應用。」更强調辦理教育行政民主化——學術化、義務化、平民化。遂於民國元年公佈教育宗旨：「注重道德教育，以實利教育、軍國民教育輔之，更以美感教育完成其道德」。請讀者暫不必說：「那個，太陳舊了，我早知道了。」請細讀蔡先生在民國元年二月發表「對於教育方針的意見」乙文的摘錄，就會看出大道理來：

> 教育有二大別：曰隸屬於政治者，曰超軼乎政治者。專制時代（兼立憲時代而含專制性質者言之），教育家循政府之方針以標準其教育，為純粹之隸屬政治者。共和時代，教育者得立於人民之地位，以定標準，乃得有超軼政治之教育。

隸屬政治之教育，騰於眾口者，曰軍國民主義之教育……曰實利主義之教育；……曰公民道德之教育。……世所謂最良之教育，不外以最大多數之最大幸福為鵠的。然人不能有生而無死。現世之幸福，臨死而消滅。人而僅以臨死消滅之幸福為鵠的，則所謂人生，有何等價值乎？就一人言之，殺身成仁也，舍生取義也，舍己而為羣也；就一社會言之，爭民族之自由，不瀝全民族最後一滴血不已也；有何等意義乎？

以現世幸福為鵠的者，政治家也，教育家則否！蓋世界之有二方面，如紙之有表裡；一為現象，一為實體。現象世界之事為政治，實體世界之事為宗教。教育者，立於現象世界，而有事於實體世界者也。故以實體世界之觀念，為其究竟之目的；而以現象世界之幸福，為其達於實體觀念之作用，提撕實體觀念之方法如何？曰：消極方面，使對於現象世界，無厭棄，亦無執著。積極方面，使對於實體世界，非常渴慕，而漸進於領悟。循思想自由、言論自由之公例，不以一流派之哲學，一宗門之教義梏其心；而惟時時懸一無方體，無終始之世界觀以為鵠。如是之教育，吾無以名之，名之曰世界觀之教育。

雖然，世界觀之教育，非可以旦旦而聒之也；且其與現象世界之關係，又非可以枯槁單簡之言說襲而取之也，然則何道之由？曰，由美感之教育。美感者，合美麗與尊嚴而言之，介乎現象世界與實體世界之間，而為之津梁；此康德所發，而哲學家未有反對之者也。在現象世界，凡人皆有愛、惡、驚、懼、喜、怒、悲、樂之情，隨離合生死禍福利害而流轉。至美術，則即以此等現象為資料，而能使對立者生美感以外，一無雜念，例如采蓮煮豆，飲食之事也；一入詩歌，則成與趣。火山赤舌，大風破舟，可駭可怖之景也；一入圖畫，則轉堪展玩。是則對現象世界無厭棄亦無執著者也。人既脫離一切現象界相對之感而為渾然之美感，則即與造物為友，而接觸實體世界之觀念矣。故教育家欲由現象世界而引以達於實體世界之觀念，不可不用美感之教育。（註②）

由上述看來，蔡先生以「軍國民教育、實利主義教育、公民道德教育三者爲隸屬政治之教育，爲現象世界。世界觀教育、美感教育二者爲超軼政治之教育，爲實體世界。」以培養健全國民，誠爲他識見遠大。

蔡先生鑒於我國近百年來，屢受列强侵略，喪權辱國，割地賠款，爲國家生存計，不能不提倡軍國民教育，又爲防止軍人的專權，也以提倡軍國民教育爲最佳的方法。他所主張全國皆兵，在使全國國民都具有軍事的自衞能力，以求國家的富强。這也正是我們今日所積極努力的國民兵制，爲國防建設的主要動力。

先生又鑒於實行全國皆兵，在軍事上是足以自衞一切了，但沒有經濟能力的供應，自衞力量仍爲薄弱，所以必須補以實利主義的教育，「以人民生計爲普通教育之中堅」，「我國地寶不發，實業界之組織幼稚，人民失業者至多，而國甚貧，實利主義之教育，國亦爲當務之急也。」而講軍國民主義、實利主義，而無公民道德爲其基礎，則難免彼此間的利害衝突，而形成社會不安的狀態，我國國民正因爲缺少此項道德，所以「上下交爭利，而國危矣。」再者無道德則軍國民主義，亦易爲私鬥，甚至成爲帝國主義的侵略工具。實利主義，易造成貧富懸殊的現象，引起資本家和勞動者衝突的慘劇。於是蔡先生提出公民道德以資補救。他所謂公民道德，以自由、平等、博愛三者爲本，他並指出其就是等於我國「義」「恕」「仁」三者；「義」「恕」「仁」這三項道德，正可以救治我國人的一般「私」的毛病。有了「義」，自己固然不願以私害公，並且見了別人的營私舞弊行爲，還能見義勇爲，起而干涉。有了「恕」，處處以推己及「人」爲念，自然私的觀念，也就無由發生了。有了「仁」，則不但能大公無私，更且擴而充之，處處以大我存心，親親而仁民，仁民而愛物，「私」的觀念，當然一些兒也沒有立足的餘地了。

蔡先生最高的教育理想，在求世界觀教育的實現。他認爲公民道德教育雖爲一切教育的中心，但仍然是隸屬於政治的教育。政治的目的，在求最大多數人的最大幸福，政治的理想，即以達到大同的境界。但這些仍然不超越現象世界的幸福；教育家不僅要追求現象世界的幸福，還要懸一更高的理想，以追求實體世界的幸福爲鵠的。先生以爲現象世界和實體世界如一紙的表裡，不可強分爲二，政治致力於實體世界之事，並以擺脫現世幸福爲作用，失之過遠。惟有教育家始能認淸彼此的關係，立於現象世界而有事於實體世界，也即以實體世界之觀念爲其究竟之目的，而以現象世界之幸福爲達到於實體觀念的作用。

此外蔡先生更以美感教育爲實行世界觀教育的方法。他認爲唯有藉美感教育爲津梁，才能達到實體世界。因美感教育雖以現象世界的種種現象爲資料，（現象世界有創造，也有破壞；有可喜可愛，也有可怕可怖）——凡人皆有愛、惡、驚、懼、喜、怒、悲、樂之情，隨著離、合、生、死、福、利、害之現象而流轉的。可是一入圖畫詩歌，則完全不同，它卻能予人以美的感受，使人渾然忘我，破利害，忘悲歡，而達到與造物爲友的境界，此種境界實已接觸到實體世界。

今日國民教育以養成德、智、體、羣、美五育均衡發展之健全國民爲宗旨（註③），足見七十八年前蔡已提倡體（軍國民教育）、智（實利教育）、德（公民道德）、美（美感教育）及羣（世界觀教育）五育，有先見之明，因前三者教育是「立國」的根本，後二者是「做人」的基礎，也是現代世界各國所追隨的教育目標。尤以他所倡導軍國民教育，且諄諄以養成公民道德爲前提，同時先生所用「美感」和「世界觀」兩種定義，雖不易明瞭，實在說來，二者可說是中國儒家的正統思想，孔子所說「志於道，據於德，依於仁，游於藝」綜合起來，就是美感教育；頂天立地，繼往開來的精神，還不就是世界觀教育的正確解釋麼？撫今思昔，先生忠於國家精神，令人誌念不已！

同時蔡先生於元年月一月十九日頒布「普通教育暫行辦法」十四條與普通教育暫行課程標準十一條，通令各省宣布施行，其主要工作有：

㈠學堂均改稱學校，監督、堂長一律通稱校長。

㈡初等小學校可以男女同校。

㈢教科書應全編或修改，務合於共和民國之宗旨。

㈣中學與初級師範學校，改爲四年制較前減少一年。

㈤規定初等小學、高等小學與師範學校的學科目及各學生每週每科教授時數表。

㈥規定體操、唱歌、手工、圖畫等爲各學校必修科目，小學中廢止讀經一科。

九月二十八日又公布「小學校令」四十七條、「中學校令」十六條、「師範教育令」十三條。十月二十二日又公布「大學令」二十二條、「專門學校令」十二條等，這些令即是今日我們所謂國民教育法、師範教育法、大學法、專科教育法等。

蔡先生擔任教育總長的時間只有七個月，但對我國初期教育基礎的奠定與是後教育的發展貢獻非常之大。正如王雲五師說：「民國以來教育方針能兼顧各方面，不若清末頭痛醫頭、腳痛醫腳，支離破碎之方針則實由於民國元年蔡先生在第一任教育總長時期內啓示的良範，至於教育行政之具體方案……無一不從民國元年蔡先生任教育總長時，作劃時代的革新。」（註④）

叁、主持北京大學、倡導學術思想、自由研究的教育風範

蔡先生在中國教育史上永久令人仰慕的教育風範，是他主持北京大學，造成了新的學風——「學術自由」、「思想自由」。

蔡先生民國五年接掌北京大學時，學校之校風已敗壞不堪了。因北京大學前身是京師大學堂，龍德（Renville Lund）的博士論文「京師大學堂」（The Imperial University of Peking）結論中說：「當年那些學生們對中西功課都有濃厚興趣，以後在中國各界都曾擔任過重要角色，發生了很大影響。事實上，當時學生當中，不乏爲求升遷之小京官，該類人物渾身官僚官習氣，對學問未必具有熱忱，只圖畢業後得有更佳出路。平時則競爲不正當之消遣，與當時不肖政客同流，此種不良風氣，延續到民國元年，益見敗壞」。當年北大學生顧頡剛回憶說：「那時的北大實在陳舊得很。一切保存著前清『大學堂』的形式，教員和學生，校長和教員，都不生什麼關係，學生有錢的儘可天天逛妓院、打牌、聽戲，校中雖有舍監也從不干涉」。先生到任北大時，首先糾正學生升官發財的求學觀念，及不端的行爲。要求學生立定正大的宗旨，以研究學術爲天責，延聘請積學教授組織各種研究會，以提高學生的研究興趣，和樹立大學學術研究的風氣。先生並特別注重道德教育，要求學生敬愛師友，砥礪德行，負起挽救頽風以振興國家的重任。他自己更能以身作則，以偉大人格的

感召的教育風範，即著手種種革新校務。

㈠革新北大體制，專精學術研究

1.學術分途、調整科系

學術研究為大學教育唯一任務。但「學」與「術」之間，又有不同。蔡先生認為若就大學的文理及農、工、醫、法、商等科而言，則文理兩科，專研學理，是「學」；農工醫法商等科重在應用，是「術」。兩類研習者的旨趣不同，但其學必借術以應用，術必以學為基本，兩者並進始可。惟先生根據我國情況，認為高等教育，應以「學」為基本，以「術」為支幹，而又不可不求其相應。可是當時除北大外，其他公私立大學，多為法商等科，很少兼及文理兩科，主要原因是升官發財的思想太濃厚，遂致重「術」而輕「學」。而一所完全大學，固然要設立各科系，便利各相關學科之研究，但因其範圍及設備也可以「學」與「術」性質不同，分別設校。惟不必有修養年限和學歷高低之差別。他發現北大校舍與經費，實難兼辦各種應用科學部門，故主張集中精力辦好文理法三科，北京大學與北洋大學校址相近，同樣皆設有法科、工科，重複設系，殊無必要。遂主張將北大之土木工與礦冶工，併到北洋，而將北洋法科，併入北大。得北洋大學的同意與教育核准。這樣可使大學教育分工合作，各憑專長特色的發展，為國培育人才（註⑤）。

2.科際整合、重視通識教育

蔡先生亟力反對學術上的專己守殘與自囿門限，主張文理法商工農醫等科通識教育，避免文科流於空疏，理科流於機械。北大遂摒除文理法三科界限，只分設學系，廢學長（文理法學院院長）

，設系主任，北大於民國八年，實施學分制，分大學本科爲兩部、五組、十七系：

甲部　第一組　數學、物理學、天文學等三學系。
　　　第二組　化學、地質學、生物學等三學系。
乙部　第三組　心理學、哲學、教育學等三學系。
　　　第四組　中國文學、英國文學、法國文學、德國文學等四學系。
　　　第五組　經濟學、史學、政治學、法律學等四學系。

學生可以先習同一部共同科，至第三年再習分組科目，然後再增進選修科目，於四年期畢業，使學生所學課程，在本系之外，還有組（系際）的相關科目；本組以外，還有部（文、理）的選修，（他部之基礎科目）的融通（毛子水先生北大當年主修中國文學，選修數學課程）因此大學所學課程得貫會融通，經世致用。與今日歐美所謂「學系組合」（Growping Departments）或教學研究單位（U.E.R.）、或以問題爲基礎之學系（Problem-bassek departments）（註⑥）。日本「學羣」制等科際整合的精神來看，蔡先生更算爲創舉的先聲。

同時蔡先生崇尚自由民主教育，强調應立於受教者的地位，順應個性、能力之發展，遂首倡「選科制」取代「年級制」。辦學者可以根據社會需要以及人才來增減學系和學科。學生也可以就自己性向來選擇學系和學科。而所謂選科，是學生只有相對的選科，無絕對的選修，除必修科以外的學科，才有選擇。這在我國大學教育史是一個重大的進步！

3.軍事教育——提倡軍訓體育

蔡先生以「軍國民教育」爲五個教育宗旨之一，曾對學生：「北大學生之願受軍事訓練的常特別助成，曾集這些學生編成學生軍，聘白雄遠任教練之責，也請蔣百里、黃膺白訓練演講，白君勤懇而有理，歷十年如一日，實爲難得的軍人。」（註⑦）顧孟餘於先生去世時說：「大戰之後，先生遊歷歐美，皆汲汲提倡青年體育，朝野議論，多重軍備，乃憬然國際和平，國際公法之不可靠，返校力勸學生注重體育，並添設兵操、射擊，及軍事學諸課程，其眼光之遠大及期待青年之殷，於此見之。」（註⑧）當時的北大，對於游泳、女生舞蹈等類亟力推行，他猶認爲學生體健，是現在辦教育的生死關鍵，一切都建築於體健之上。

4.創辦研究所，促進學術研究

民國七年（一九一八），在蔡先生領導下，北大首先籌設各科研究所，計有國文學、英文學、哲學（以上文科研究所）。數學、物理學、化學（以上理科研究所）。法律學、政治學、經濟學（以上法學研究所）。各研究所之任務規定：(1)研究學術，(2)研究教授法，(3)對特別問題研究，(4)中國舊學鈎沈，(5)審定譯名，(6)譯述名著，(7)介紹新書，(8)徵集通訊員，(9)發行雜誌，(10)懸賞徵文。當時主持研究者（研究所主任教員），俱爲一時之選人士如文科(1)哲學：胡適；中國哲學胡適；心理學陳大齊；論理學章士釗。(2)國文：沈尹默；古文黃侃，文字學錢玄同，國語錢玄同。(3)英文：黃振聲、辜湯生。理科：(1)數學秦汾，(2)物理張大椿，(3)化學俞同奎。法科：(1)法律黃右昌，(2)憲法王寵惠，(3)政治張耀曾、經濟馬寅初。各科研究主任教員，由各科研究會推定。

自民國九年（一九二〇）起改組爲自然科學、社會科學、外國文學、國學等四種研究所。

北大開辦研究所之後，針對先生之理念，確具有下列特色（註⑨）：

(1)研究所招取的研究生，只問學力，而不問資格。

(2)實行導師制自由研究，不必按時上課。

(3)報名塡寫研究項目，呈送著作，經委員會審查合格者得領「研究證」到所研究，如不能常到所研究者，得以通信研究，期限由研究生自定，可以隨時延長，無所謂畢業，亦不給文憑。

自北大創辦研究所後，清華、燕京等始相繼設置，迄至民國二十三年（一九三四）教育部始正式公佈「大學研究院暫行組織規程」規定「大學爲招收大學本科畢業生研究高深學術，並供給教員便利進修研究，得設研究院。」足見先生民初對大學學術研究，所具前瞻性之眼光及創辦研究所之魄力。

(二)以學術思想自由之研究，延攬教師

1.學術自由、思想自由的研究

蔡先生認爲「大學之所以大」，就是因爲它代表「學術自由」「思想自由」。他常說：「『大學者，研究高深學問者也。』『囊括大典，網羅衆家之學府也』。中庸曰：『萬物並育，而不相害，道並行不相悖』，足以形容之，各學派『常樊然並峙於集中，此思想自由之通則，而大學之所以爲大也。』」先生主持北大時即本持上述教育理念對於各家學說，乃依各間大學之通則，循思想自由原則，取兼容並包主義，「無論何種學說苟言之成理，持之有故。尚不達自然淘汰之命運者，雖彼此相反，而悉聽其自由發展。」（註⑩）因之先生深信學術上派別是相對的，不是絕對的，而眞理愈辨愈明，惟有讓各種不同的學說並存，才能使學生有自由比較、選擇的餘地，不致抱專己守殘的陋見。例如當時北大教師在文學方面：絕對提倡白話文學有胡適、錢玄同等，仍極端維護文言文學有劉

師培、黃侃等。陳漢章一派的文學，與沈尹默一派的也不相同。先生一概聽憑據理分庭抗禮，各行其是。當時北大在學術上「新舊共張，無所缺畸」，在學生則「隨其好尚，各尊所聞。」北大則皆「甚願百慮殊途，不拘一格，以容納之」。北洋軍閥時代，時有政治勢力干涉北大之謠言，有人曾向他建議解除陳獨秀聘約，並約制胡適言論，以保全北大，先生爲了維護學術自由，毅然表示「這些事我都不怕，我忍辱至此，皆爲學術，但忍辱是有止境的，北京大學一切的事，都在我蔡元培一人身上，與這些人毫不相干。」（註⑪）但他主張學術自由，可是並不主張假借學術的名義，作任何違背眞理的宣傳，不但不主張，而且反對。例如，對於馬克思的學說，他認爲在大學裡是可以研究的，可是研究的目的，決不是爲共產黨作宣傳，而是爲學生解惑去蠱。因爲有好奇心而無辨別力是青年被誘惑誤入歧途的根源（註⑫）。

北大除了學校有各種社團作學術研討活動之外，先生提創辦各種刊物，藉以提高學術研究之風氣。當時北大師生之刊物有⑴學校刊物：最先創辦的是「北京大學日刊」，民國六年以後繼有「北京大學月刊」、「國學季刊」、「社會科學季刊」、「歌謠週刊」等。⑵教授自辦刊物：有「新青年」、「每週評論」、「努力週報」、「讀書雜誌」、「語絲週刊」、「現代評論」、「猛進週刊」等，其中以傳佈新思想的「新青年」雜誌，對社會民心影響最大。⑶學生自辦刊物：可以「新潮」月刊爲主要代表，該刊物以表現批評精神、科學主義及革新思想爲宗旨（註⑬）。以上各刊物，充分表現北大師生學術的認知與實踐，對當時學校學風、社會學術風氣具有極大影響力。

2.爲提高學術水準、延攬積學教師

爲了提高北大學術水準，培養學生研究高深學問的志趣與能力，廣延積學教師任教，先生聘請教師的原則：是抱人才主義，只問學問能力之有無，而不問其資格、年齡、思想派別和國籍爲何？

(1)不限資格：先生用人唯才，不問學歷出身。教授中從舊時代的進士，新時代的博士，到新舊任何資格都沒有的人，只要有學問，也都被同樣的禮遇，例如先生有一天在報端見到署名梁漱溟之論文，大加激賞，但不知道梁氏地址，特地到報館查其通訊處，親自造訪，請他出任教授，梁某大驚說：「我現在只是中學才畢業的學生，自己還沒有大學資格，那裡敢去當有名北大教授呢?!」蔡先生回答說：「你那一篇論文，便有當大學教授的資格。在外國考博士還不是只憑論文來審定嗎？」竟下聘書：這破天荒的創舉，足見蔡先生愛實學發掘人才的勇氣，也是中外盛傳的佳話（註⑭）。

(2)不問年齡：在當時教師中，二十多歲有徐寶璜、胡適、梁漱溟、朱家驊，老翁有崔適、辜鴻銘等六七十歲。

(3)不忌思想派別：(1)就政黨言：帝制復辟派：有劉師培（主帝制）、辜鴻銘（主復辟），國民黨人有蔡元培、王寵惠。共產黨：有李大釗、陳獨秀等。無政府主義派：李石曾等。(2)就史學言：信古派：陳漢章等，疑古派有錢玄同、胡適、沈尹默等。甲骨考古派有王國維。唯物史觀派有李友釗等。(3)就文學言：文言派有黃侃、陳介石、劉師培、林損等，改良有朱希祖，白話派有胡適、陳獨秀、周作人、劉復等。(4)就語言文字學言：舊派有黃侃等。新派有錢玄同、劉復等。(5)就經學言，今文學派有崔適等。古文學派有陳漢章。要之，新派以胡適、陳獨秀爲領首，舊派以劉師培、黃侃爲領首。

(4)不分國籍：當時北大各科都有幾個外國籍教師，都是由中外使館介紹的，學識未必都好，或一意敷衍，先生到校之後，幾經斟酌，即按著合約上的條件，辭退不能勝任幾人，有一位法國籍教師要控告蔡先生，也有一位英國籍教師，請其公使朱爾典來與先生談判，先生不答應，朱爾典走時說：「蔡元培是不要再做校長的了！」先生一笑置之，這種露出帝國主義對待半殖民地的態度，幸賴先生不為所屈，而他們也無可奈何；同時他也不斷物色各國一流學者專家如杜威（Jhon Dewey）、羅素（Bertrant Russell）、杜里舒（Haths Driesch）、泰戈爾（R. Tagore）等來北大講學。

(三)教授治校，推展校政

先生一向致力於學術思想自由及民主教育，故對於大學行政亟力主張「民主（教授）治校，重建校園倫理」。他在民國八年（一九一九）九月間回任北大校長對全體學生歡迎會演說：「我初到北京大學，就知道以前的辦法，是一切校務都由校長與學監主任庶務主任少數人辦理，而學長（院長）沒有與聞的。我認為不妥。所以第一步組織評議會，給多數教授的代表，議決立法方面的事宜，恢復學長（院長）的權限，給他們分任行政方面的事。但校長與學長，仍是少數，所以第二步組織各門教授會，由各教授與所公舉的教授會主任分任教務。將來更要組織行政會議，把教務以外的事務均取合議制。並要按事務性質，組織各種委員會，來研究各種事務。」（註⑮）到了民國九年（一九二〇）北大已本教授治校的宗旨，組織健全的評議會、行政會議、教務會議、總務處四大部，重要職員皆以教授為限。照此辦法，無論何人來任校長，都不能任意所欲來辦事。即使照德國的辦法一年換一個校長，亦不成問題。民國十一年（一九二二）先生發表教育獨立議，也主張教授治校，校長公舉。顧孟餘說得好：「先生長北大數年，以政治環境關係，在校之時少，而離校之時多。離校之時，校務不但不陷停頓，且能依照計畫以進行者，則以先生已樹立評議會及各種委員會之制度，此種制度之精神，在以教授治理教務，用民主治校制度決定政策。以分工方法，處理各種興革事宜。然而非校長之清公雅量，則此制度無由樹立，非師生絕對信賴校長，此制度不易推行也。」（註⑯）

這種民主主義之教授治校制，在中國教育史上眞是創舉。

㈣倡行學生自治，宜用輔導方法

上述教授治校之外，先生還倡行學生自治，重視師生的情誼，以重建校園倫理。先生曾說「學生自治的益處：自治會可以把治者與被治者的分別去掉，不要別人來管理了。所以我覺得……關係是重大得很，實驗這種自治的制度，我想有兩方面益處：⑴縱的方面：諸君自治比被治好的……將來出校傳到中學、或是師範學校，提倡自治總可以應用，斷不至把自己從前所受弊害，向別的學生圖報復了。⑵橫的方面，是五四後，全國人以學生爲先導，都願意跟著學生的動向走。民國從前也曾掛起自治的招牌，但不久就被政府取去。因爲國民不懂自治，也就任他取去。如令學生實行自治作個先導——由學生傳之各地方，一定可以提起國民自治的精神。」（註⑰）同時倡導學生各種社團組織作自治的活動，北大在先生未任校長之前，腐敗到了極點，學生對於學術沒有與會，又沒有高尚娛樂與社團活動，遂不得不於校外，競爲不正當的消遣。先生到了北大，才對症下藥加以整頓，每系成立一個學會，可以辦理各種自治活動，並廣延積學與熱心教師，認眞教授，組織各種研究會。如進德會，有不賭、不嫖、不娶妾的三條基本戒。與不作官吏、不作議員、不飲酒、不食肉、不吸煙的五條選戒以挽救奔競及遊蕩的不良惡習。又如亟力贊助成立體育會、音樂會、書法研究會等自治活動，以供正當的消遣；贊助消費合作社、學生銀行、校役夜班、平民學校、平民講演團與新潮等雜誌。以發揚學生自治的精神，養成服務社會的能力。

在倡導「學術自由」「思想自由」聲中，惟先生仍堅守大家要遵守校紀。「先生在北京大學校長任內，學生因爲不肯交講義費，聚了幾百人，要求免費，其勢洶洶，先生堅守校紀，不肯通融，秩序大亂，先生在紅樓門口揮拳作勢，怒目大聲道：「我給你們決鬥，包圍先生的學生紛紛後退」（註⑱）另一說：「我是沒抵抗的，讓你們打好了」（包鷺賓記），具徵先生平日非常愛護學生，學生也很愛戴先生，這正是先生的人格感召哩。

當時新舊思潮相互攻擊，先生即倡導用輔導方法說：「用洪水來比新思潮，很有幾分相像。它的來勢很勇猛！把舊日的習慣衝破了……對付洪水，如鯀的用湮法，便愈湮愈決，不可收拾。所以禹改用疏導，這些水歸了江河，不但無害，反有灌溉之利了。對付新思潮，也要捨湮法用導法——輔導方法。讓它自由發展，實是有利無害的。孟子說：『禹之治，行其所無事。』這正是舊派對新派的好的方法」（註⑲）。先生在北大可謂領導學生有方，學生們向學愛國，亦非他校可比的。

(五)推廣教育，領導全國革新運動

今日大學的三大任務：教學、研究與推廣。北大早在七十年前已負起了推廣教育，蔡先生不僅使北大面目一新，成爲一所現代化的大學。更重要的是他對社會負起推廣教育，有很大的貢獻，除了學辦校役夜班、平民夜校、平民講演團以及通俗教育外。因他所倡導「學術自由」、「思想自由」、「學術救國」遂產生了民國六年新文化運動和民國八年「五四愛國運動」。

1.新文化運動

新文化運動雖然不是蔡先生所直接推動的，但若不是他的倡導「學術自由」和「思想自由」對於各家學說破除門戶之見，採見兼容並蓄的態度，焉能使各種不同的新舊思想融合匯成新文化運動如：

(1)新文學運動——白話文學運動

先生早在光緒末年於上海辦報時，即主張作白話文，「以爲通俗易解可以普及常識」。迄至出長北大，更本著公正、客觀之態度，支持校內教授之文學革命——白話文學或國語文學運動。先生素認爲「文學是傳導思想的工具」而「白話文爲文學革命的條件」。他曾舉東西洋與中國史實，證明文言到白話是中外文學的共同的趨勢。北大教授如胡適、錢玄同、沈尹默、劉復（半農）、李大釗、周作人、周樹人（魯迅）等，先生也和他們相互呼應，公開討論，白話文學，一時蔚成風氣，教育部遂於民國九年三月，通告國民學校文言體教科書，分期作廢，逐漸改用語體文（註⑳），全國各地的白話期刊雜誌紛紛發行，促進了民衆教育的普及。

(2)用科學方法整理固有文化

新文化運動，就是以科學的方法，將中國固有的文化，分門別類的整理，並重新估定其價值。先生認爲：「何者國粹？何者國糟要用科學的態度，現代的眼光，也就是合理的標準去區別。凡是不合理的舊道德、舊思想、舊制度，都要加以批評。」（註㉑）有人認爲這次新文化運動爲中國的啓明運動，相當歐洲十八世紀文藝復興運動（Rehaissunce）。羅志希（家倫）師說：「就人本主義和對於古代文化重行評價，一方面來說，則新文化運動頗似文藝運動。就披荊斬棘，掃除思想和制度上的障礙及其在政治上社會上的影響來說，則頗似啓明運動（Enlightenment Movement）。」（註㉒）

2. 五四愛國運動

民國八年（一九一九），我國國民憤慨巴黎和會，把山東權利讓與日本，羣怨北京政府某些人，甘心情願地出賣國家主權。在這種沮喪和憤慨的愛國情操下，以北大爲核心的北京各大學學生開始有自發性的集會，其中較重要的一次是五月三日晚，在北大法科大禮堂的北京大專學生代表臨時緊急會議，決定把原定在五月七日的遊行提前在五月四日舉行，以便表示國人對列强的抗議。

五月四日恰好星期日，下午一時半左右，三千多名學生在天安門前廣場集合參加遊行，他們分別代表北京十三所大專學校，遊行路線計畫，是經過東交民巷，崇文門大街等商業鬧區，沿途散發宣言，舉著白布寫著「外抗强權」、「內除國賊」、「還我青島」、「打倒賣國賊曹、陸、章」等標語，羣衆遊行秩序良好，連政府派來的巡警都沒發現有何使用暴力的徵兆，但在東交民巷，向各國公使遞交抗議書，隊伍經過東長安街到交通總長曹汝霖公館時，示威的羣衆便轉變得無比憤怒，先和警察衝突，打進了曹寓，放火燒房，更毆打了回國述職的駐日公使章宗祥，政府下令拘捕參與遊行的學生三十二名。京中十四校長赴警廳保釋未允，又赴部赴院，北大校長蔡元培先生至願一人抵罪；於是北京各校響應愛國運動齊罷課，風潮愈形擴大，形成「六三」示威事件，和上海、南京、天津、長沙、武漢，甚至瀋陽等地的罷課、罷工、罷市，相繼展開。至此，北京政府不得不下令撤免曹汝霖、陸宗輿、章宗祥等三人職務，這次事件遂告平息。但五四愛國運動，對中國知識份子參加公共事務和政治改革的意識，從此得激勵。而這個時期中國社會一連串的改革要求，包括新思潮的蓬發、文學革命、政治改革和青年學生的愛國活動，造成當時中國社會巨變的運動，其領導人物或爲大學教授如胡適、陳獨秀、錢玄同，或爲傑出的學生如顧頡剛、羅家倫、傅斯年等，他們用白話，發表新詩、小說，高舉著科學（賽先生）和民主（德先生）的口號，並把各類思想呈現到我國社會大衆前。

的確，這兩種運動，後來又結合成一股巨流，激起了學術界的科學化運動，掀起了思想界的自由運動，於是使古代的舊思想大受批評，西洋的新思潮大量湧入，造成學術界空前的大波瀾。另方面更激勵青年愛國情操，熱心政治，再加上思想的改變，更導致政治的革新。五四運動之於民國十三年國民黨的改組，及其後的國民革命軍北伐，也都不無間接的關係。這一連串波瀾壯闊而深切遠大的影響，我們不能不歸功於蔡先生的倡導的「學術自由」、「思想自由」、「學術救國」、「讀書不忘救國，救國不忘讀書」之崇高理想與名言。

肆、主持中央研究院，科學教育的風範

蔡先生遠在清末，已看出中國學術沒有進步的原因，是爲它沒有自然科學的基礎。先生曾說：

> 自漢以後，雖思想家輩出，而其大旨不出儒家之範圍，——以晦庵之勤學，象山、陽明之穎悟，而所得乃止於此，是何故哉？一、無自然科學以為之基礎；二、無論理學以為思想之規則；三、

學問與政治結合；四、無異國學說相比較，此其所以自漢以來，歷二千年，而學說之進步僅僅也。（註㉓）

同時他指出：科學與國家民族的關係說：「要知道一個民族或國家要在世界上立得腳——而且要光榮的立住——是要以學術為基礎的。尤其是在這競爭劇烈的二十世紀，更要倚靠學術。所以學術昌明的國家沒有不強盛的；反之，學術幼稚和知識蒙昧的民族，沒有不貧弱。」「我們中國人在世界上原來很有貢獻的——如發明指南針、印刷術、火藥之類——所以現時國力雖不足，而仍為談世界文化者所重視。不過經過兩千年專制的錮蔽，學術遂致落伍，試問在現代的學術界，我們中國人對於人類幸福有貢獻的究有幾個人呢？無怪人家漸漸的看不起我們了。我們以後要想雪去被人輕視的恥辱，恢復我們固有的光榮，祇有從學術方面努力，提高我們的科學知識，更進一步對世界為一種新的貢獻。這些都是不能不首先屬望於一般青年學子的（註㉔）」可見先生對科學有極深之認識，並認為不致力於科學之進步及學術研究之創新，不足以立國於當世。民國十六年四月，國民政府建都南京後，先生遂即與李石曾、張靜江諸先生提議籌設國立中央研究院，為全國最高之學術研究中心。同年十一月先生被推選以大學院長兼任中央研究院院長，積極策畫科學之研究及指導，聯絡獎勵學術研究，聘專家學者，致力於科學學術的研究，直到他逝世時（民國二十九年）先後成立研究所有：

(1)物理研究所：研究員丁燮林、楊肇源、嚴濟慈、胡剛復等，(2)化學研究所：研究員趙燏黃、沈慈輝，(3)工程研究所：研究員王季同，(4)地質研究所：研究員李四光、葉良輔、何作霖、李捷、田奇璃，⑸天文研究所：研究員余青松、高平子、陳遵嬀等，⑹氣象研究所：研究員竺可楨、胡煥庸等，⑺歷史語言研究：歷史組：研究員傅斯年、陳寅恪、丁山、陳垣、容庚，語言組：研究員趙元耀、史祿國、羅常培、趙萬里，考古組研究員李濟，⑻心理研究所：所長兼研究員唐鉞，⑼社會科學研究所：社會學組：研究員陳翰笙、陶孟和、王際昌，經濟學組：楊端六、楊銓，法學組研究員王雲五，民族組研究員顧復禮、蔡元培、凌純聲。及⑽動植物研究所等。其總計畫⑴充實現有之研究所及各機關之房屋圖書儀器及人才，⑵總理物質計畫研究委員會之設立，⑶評議會之成立，⑷全國研究會議之召集，⑸教育研究所及圖書館之增設等（註㉕）。蔡先生主持中央研究院的主要辦法，是挑選純正有的學者任各研究所所長，用有科學知識並有領導能力者任總幹事。延聘科學人才，推進研究工作。對於學術研究，先生更充分尊重各學者的意見，使其自行研究發展，以尋求眞理。並參加國際學術會議，所以中央研究院雖經費不多，卻能於短時期內，得到若干引起世界學者注目的成績。中央研究院更就有關各科目設立評議會，評議員由國立大學教授初選，由評議會複選，其用意在能得一時優秀人才組成崇高的學術團體。

先生主持中央研究院樹立風範：以自然科學爲中心，偏設關於自然科學的各種研究所。在歷史考古方面，整理刊佈舊史料，大規模的開掘地下古器物。選舉評議員、組織評議會、決定院長人選。又使各就所長，自由發展其才能，並不加干涉，他奠定了我國科學研究的根基，爲國家爭取國際學術上之地位，在古今中外的教育家，堪與比擬的實在不多。

伍、結語

總之蔡元培先生的教育風範，永垂我國教育史上，也永照我國教育園地上，正如羅志希（家倫）師說：「先生凝結了中國固有文化的精英，採擷西洋文化的優美。融合哲學、美學、科學於一生，使先生的事業，不特繼往，而開來……。」（註㉖）先生之偉大，不止於學術思想，而還有先生的光明磊落的人格：思想開明、心胸寬宏樂於與人爲善。吳稚暉先生說：「蔡先生之爲人，眞如孔子所謂『君子和而不同』。他對什麼人，都很和氣，然而絕不因爲和氣，就人云亦云。蔡先生所到之地，誰和他相處，都像前人見了程明道（顥）一樣，『如生春風之中』；不過雖在春風之中，很難感到有一種嚴肅之氣。如果我們以之比古人，蔡先生很像周公。『不驕不吝』『一沐三握髮，一飯三吐哺』對什麼事情，也是『抑而思之，夜以繼日；幸而得之，坐以待旦』儼如周公的風度」（註㉗）。蔣夢麟先生試爲蔡先生寫一筆簡照：「先生日常性情溫和，如冬日之可愛，無疾言厲色，處事接物，恬澹從容。無遇達官貴人或引車賣漿之流，態度如一，但遇大事，則剛强之性立見，發言作文，不肯苟同。故先生之中庸，是白刃可蹈之中庸，而非無舉刺之中庸。……先生做人之道，出於孔孟之教，一本於忠恕兩字；知忠，不與世苟同；知恕，能養成寬宏大度。」先生的生活廉潔，王世杰先生說：「蔡先生的私生活用不著多說，即就清廉一端而言，他已經是中國歷史上的模範人物。蔡先生爲公衆服務數十年，死後無一間屋，無一寸土——」（註㉘）同時先生常以孔子的「發憤忘食，樂以忘憂，不知老之將至」，「先生在法國留學時，因天氣極熱，滿身出汗，把房門關起來，再把衣褲脫掉，埋首用功讀書，曾有人來訪他，在門隙一窺，看見先生獨坐室中，一絲不掛，專心讀書，只好輕步退出，不敢敲門。同時他畢生獻身，盡瘁於民主教育，一般青年學生把他當作模範人物（註㉙）。這種學不厭、教不倦」之治學教人的精神，可與孔子媲美，不愧爲近代的孔子，時之聖者，世人欽崇。

最後再引羅志希師所說：「先生太崇高了，『高山仰止，景行行止』。」（註㉚）蔡先生的人格修養，教育的風範，是永不熄的燈塔，光芒燦爛，普照人間，造福衆生。

註釋：

①孫德中、孫常煒　蔡元培先生重要事略繫年記　蔡元培先生全集　商務　六十八年　一—二頁

②蔡元培：對教育方針意見，教育雜誌第十一期　民國元年二月

③總統令公布：國民教育法第一條　民國六十八年五月二十三日

④王雲五：蔡先生的貢獻　民國二十九年三月二十五日，香港大公報（六版）。

⑤蔡元培：我在北京大學的經歷　東方雜誌三十一卷第一號　民國二十三年一月十日

⑥Faricy, W.H., "Grouping Departments", Jonrnal of Higher Education, 45(Feb, 1974), pp 98–111 Weidner, E. W., Interdisciplimary and Higher Education" Internation" Jvurnel of Environmental Studies, England, 1973. pp 205–214.

⑦同註⑤

⑧顧孟餘　憶蔡孑民先生　民國二十九年三月二十四日香港大公報（八版）

⑨陶英惠　蔡元培與北京大學　中研院近代史研究所集刊第五期　民國六十五年　頁二七三

⑩同註⑤
⑪傅斯年　我所景仰的蔡先生之風格　民國二十九年三月二十四日重慶中央日報
⑫陶英惠（同註⑨）
黃炎塔　敬悼吾師蔡孑民先生　民國二十九年三月二十三日重慶大公報（三版）
⑬同註⑨
⑭呂民魂　中華日報　民國五十二年十二月十三日
⑮蔡元培　回任北京大學校長在全體學生歡迎會上之演詞　民國八年九月二十日新潮社蔡孑民先生言行錄
⑯同註⑧
⑰蔡元培　在北京高等師範學生自治會演說詞　蔡元培先生全集　頁七五五—七五七。
⑱蔣夢麟　試為蔡先生寫一筆簡照
⑲蔡元培　洪水與猛獸　民國九年四月一日新青年第七卷第五期
⑳丁致聘　中國近七十年來教育記事　商務　民國五十九年八月　頁八六。
㉑同註⑤
㉒羅家倫　新文化運動的時代的影響　文化教育與青年　台北商務　四十一年　頁五五
㉓蔡元培　中國倫理學　商務　頁一五一—一五九
㉔蔡元培　怎樣配稱做現代學生
㉕蔡元培　中央研究院第一屆院務年會開會致詞，中央研究院過去工作回顧與今後之努力標準　蔡元培先生全集　頁五八九—六〇三

㉖羅家倫　偉大與崇高　民國二十九年三月二十四日重慶中央日報
㉗吳敬恆　蔡先生的志願　民國三十三年一月十一日重慶中央日報
㉘王世杰　追憶蔡先生　民國二十九年三月二十四日重慶中央日報
㉙蔡尚思　蔡元培學術思想傳記　蒲公英出版社　七十五年　四三頁
㉚同註㉖

（本文作者現任政治大學教育系教授）

從現代教育觀點看蔡元培先生的教育主張

■朱麗麗

一、前言
二、美感教育
三、高等教育
四、教育獨立
五、教育機會均等
六、教育行政學術化
七、結論

一、前言

中國近百餘年來的歷史，可說是一部中國現代化史，在此現代化過程中，教育的現代化是一項重要的推動力量。新式的教育制度和教育思想與傳統的舊式教育迥然不同。蔡元培先生在此教育現代化過程中的擘劃經營、開風氣之先，爲我國現代教育奠定了堅實的基礎。

蔡元培先生身處社會劇烈變遷的時代，西方文明如潮水般湧進，中國傳統文化思想隨之動搖。年輕時精研傳統舊學的蔡元培先生，於三十歲左右開始接受西方思想的影響，置身於中西文化思想交流的漩渦，適切的融合中外新舊於一爐（註①）。蔡元培先生的教育思想，雖融合中西，但本質上，革命性多於妥協性，前進色彩多於保守色彩（註②）。因此，蔡元培先生的部份教育觀點被認爲曲高和寡，無法爲當時人所接受，但卻是今日教育工作者所努力追求的理想，而其教育事業亦因而相當具有開創性和前瞻性。本文將從現代教育的觀念回顧蔡元培先生的教育思想和教育事業，一方面驗證其理想之宏大、崇高，另一方面嘗試解釋某些完善之主張無法獲得徹底執行的原因。

許多研究蔡元培先生學術思想的人，視他在「對於教育方針之意見」中所提出的五種教育：即軍國民教育、實利教育、公民道德、世界觀、美育，爲蔡元培先生的中心教育思想（註③）。然而從教育史的角度來研究，此五種觀點的提出，實因當時蔡元培先生任民國以來首任教育部總長，爲除舊佈新，建立教育制度，針對政治體制由專制改爲民主，徵集當時全國教育家，根據清季學部所訂之忠君、尊孔、尚公、尚武、尚實的教育宗旨加以修正，所提出的新教育宗旨的內容（註④）。其中，軍國民教育、實利教育、公民道德教育三者，是爲因應政體之轉變，由尚武、尚實、尚公三者修正而來；世界觀爲蔡元培先生的哲學思想，在民國元年九月二日公佈的教育宗旨中，並未包括此項。雖然蔡元培曾發表「對教育方針之意見」一文，然其所作闡述亦祇說明該教育宗旨的需要和價值，並未列述具體教育實施方針與做法。嚴格的說，除了美感教育外，我們並不能由其他四項主張，去瞭解蔡元培先生對教育現代化的貢獻。因此，以下將由蔡元培先生在教育實施上的作爲去瞭解其教育思想。

二、美感教育

美感教育是蔡元培先生教育思想中最突出者，綜觀現代教育家中無一人如蔡元培先生般對美感教育的重要性有如此深刻的體認，且對美感教育的實施有完整的規劃。

蔡元培先生對美感教育曾發表許多文章或演講，他對美感教育的闡釋，由於當時國家處境或學者的反應，而時有修改（註⑤）。綜合而言，他認爲美感教育可以培養道德心、陶冶感情、完成世界觀教育、代替宗教（註⑥）。蔡元培先生不僅從正面積極地論斷美育的功用，還從反面消極地評論缺乏美育所會產生的流弊：「(1)看得很明白，責備他人也很周密，但是到了自己實行的機會，給小小的利絆住，不能不犧牲主義。(2)借了很好的主義做護身符，放縱卑劣的慾望；到劣跡敗露了，叫反對黨把他的汚點，影射到神聖主義上，增加了發展的阻礙。(3)想用簡單的方法，短少的時間，達他的極端的主義；經了幾次挫折，就覺得沒有希望，發起厭世觀，甚且自殺。」（註⑦）

蔡元培先生對美感教育與世界觀、宗教的關係的解釋，很難讓人理解；再加上當時的社會狀況是經濟破產、社會解體、內憂外患，百姓求安定、求飯吃，民族求自保、自立，此種觀點就顯得有些不切實踐。心理學家馬斯洛（A.H. Maslow）在他的需求層次理論裡，將人類的需求分成五等，由低而高依次爲：生理需求、安全需求、愛與隸屬需求、尊重的需求、自我實現需求，認爲只有在低層次的需求獲得滿足後，才會產生高層次的需求（註⑧）。由此種理論觀點來看，蔡元培先生以美感教育吸引人們「享受人生」（註⑨），在當時自然無法爲人接受。

民國初期環境的限制，使得美感教育不被重視，但並不因此貶低了蔡元培先生對美感教育的貢獻，因爲蔡元培先生對美感教育內容的體認，不限於知性的認知領域（Lognitive domain）和技能領域（psychomotor domain），更注重感性的情意領域（affective domain）（註⑩），極符合全人教育的理想。並且主張在實施上要注重環境陶冶、美感能力的啓發，以及活動式的發展創造，在自由原則下，將個人生命對美感價值的容受性與價值形成能力予以充分發展，既合乎身心的自然成長，又能積極促進個性的發展（註⑪）。此外，民國十一年蔡元培先生曾詳論美育實施的方法，包括家庭美育、學校美育、社會美育，從人出生到死亡（註⑫），他都有詳細的規劃。姑且不論此規劃是否完美，此規劃的完整性、全面性、首創性，皆是頗具價值的。自蔡元培先生逝世之後至今，尚未有任一教育家或教育當局有如此的眼光和規劃。目前中小學雖設有美育的目標、課程和實施要點，實際上仍處於知識或技能領域上的點綴，蔡元培先生欲借美感教育來達成全人教育的理想，不知何時方得以貫徹。

三、高等教育

蔡元培先生曾說「我的興趣，偏於高等教育」（註⑬）。他一生致力於教育志業，無論出掌教育部，主持北京大學，或籌創中央研究院，興趣多是偏重於高等教育。因此，蔡元培先生對於高等教育的論述、見解頗多，本文祇就幾個至今仍爲教育學者重視或較有爭議的主題討論。

1.大學教育以研究學術爲惟一任務

蔡元培先生就任北京大學校長時曾說：「我們第一要改革的，是學生的觀念」（註⑭）。當時的學生進大學並不是對研究學問有興趣，只是想得到一張文憑；以大學爲升官發財的階梯，而老師們也鄉愿地配合學生的需要。爲了改正此種不良風氣，並培養研究學問的學風，蔡元培先生主張學與術分離。他認爲學與術不同，前者是大學研究的範圍，後者是高等專門學術的職責。由於當時升官發財的思想太濃厚，遂致重術而輕學。於是蔡元培先生主張一般文理大學要與其他農工醫法商等科分開。技術性的學科可以獨立爲分科大學。在一般大學裡必須選擇以終身研究學問的人爲老師，而希望學生於研究學問以外，別無其他的目的；至於分科大學，則「爲歸集資料，實地練習起見，方且於學校中設法庭商場等雛形，則大延現任立法吏技師以教之，亦無不可。即學生日日懸畢業後之法吏技師以爲的，亦無不可」（註⑮）。也就是說，大學在培養學者，分科大學則培養專門職業人才。

由於時代的變遷，大學教育常須配合國家經濟建設及社會發展需要，而不再單純的以學術研究爲惟一目的。今日的大學通常需擔負教學、研究、公共服務三種功能（註⑯）。高等教育學校的分類亦複雜得多，綜合大學包括了各科各類的學系，獨立學院可能祇包括一門專業，亦可能有二項專業，專門技術學校更多。獨立學院及專門技術學校固然是培養專業技術人才，綜合大學亦不能不配合社會需要來培育學生。依現行大學法之規定，大學也是以研究高深學術養成專門人才爲宗旨，易言之，大學教育兼重高深學術之研究與專門人才之養成（註⑰）。而實際狀況已是，大學階段已顯少從事學術研究，有志從事學術研究的學生必須進入研究所進修。蔡元培先生主張一般大學與分科大學扮演不同的功能，已頗具現代高等教育功能的雛形；而這主張的動機——爲矯正學生不好好讀書的惡習，更令人尊敬。因爲今日許多大學生在校也是祇爲混一張文憑，並未認眞求知、學習，少數教師亦視大學爲販賣知識之所。

2. 主張教授治校

蔡元培先生因曾留學德國，故對德國大學裡傳統的教授治校的制度頗爲欣賞。在民國元年教育總長任內，就已提出基本構想，但直到任北京大學校長才得以實現此種主張。他在「回任北大校長在歡迎會上演說」中指出「我初到北京大學，就知道一切學務都由校長與學監主任、庶務主任少數人辦理，連學長也沒有與聞的。我以爲不妥，所以第一步組織評議會，給多數的教授代表，議決立法方面的事；恢復學長的權限，給他們分任行政方面的事。但校長與學長，仍是少數，所以第二步組織各門教授會，由各教授與所公舉的教授會主任分任教務。將來要組織行政會議，把教授以外的事務，均取合議制。並要按事務性質，組織各種委員會，來研究各種事務。照此辦法，學校的內部，組織完備，無論任何人來任校長，都不能任意辦事。」（註⑱）另外，在民國十一年時再度主張「大學的事務，都由大學教授所組織的教育委員會主持。大學校長，也由委員會舉出。」（註⑲）此種民主精神的表現，不僅在當時軍閥當政的環境下，特具意義，甚至在今日，仍領先潮流。今日的大學教育，雖然在許多有心人士的呼籲下和努力下，大部份的教務及行政事務，均採合議制，由校務會議、系務會議、及各種委員會議決，但校長的決定和任命仍在教育主管當局。

3.主張通識教育

蔡元培先生反對專己守殘之習，守一先生之言，主張文理主修，兼涉他科。其目的在互相糾正，以免過失。他說「文科學生……視自然科學爲無用，遂不免流爲空疏；理科學生……視哲學爲無用，而陷於機械的世界觀。」（註⑳）他主張打破科別，尤其是文理二科，因爲「文理二科之劃分，甚爲勉强：一則科學中如地理、心理學等兼涉文理；一則習文科者不可不兼習理科，習理科者不可不兼習文科，所以北大的編制，但分十系，廢止文、理、法等科別。」（註㉑）蔡元培先生上述的主張正是目前受到重視的通識教育概念。因爲學科壁壘過份分明必然造成學者一出其專精的狹隘圈子，就變得一無所知，不僅無法與人溝通，也容易有觀念上的偏蔽。因此通識教育主張在學術漸趨專門化，但學科間關係卻是越爲密切的趨勢下，大學生若能涉獵本科以外的知識，將來在知識探索過程中，較易觸類旁通（註㉒）。目前國內新設大學也採學羣制，其含意與蔡元培先生在北大所採之政策有異曲同工之處。

以上由現代教育環境回顧蔡元培先生辦理高等教育時所堅持的幾個理念，愈發顯現他對高等教育認識之清晰，追求理想之情操令人欽佩。

四、教育獨立

依據舒新城先生的解釋，「教育獨立的含義有五種：一為教育經費獨立，二為教育事務獨立，三為教育離政治而獨立，四為教育離宗教而獨立，五為高等教育之學術獨立。凡眞正可稱為教育獨立，必得具備此五種條件。」（註㉓）蔡元培先生在民國十一年的「教育獨立議」中特重教育離政治而獨立及教育離宗教而獨立，亦稍為提到教育經費獨立的意見，但綜觀蔡元培先生所有的言論及在教育上的作為，他對教育獨立的主張實已含蓋了上述五種全部含義。有關高等教育的學術獨立，在前述高等教育部份已反映蔡元培先生學術自由、獨立的主張，在此不再贅言；至於教育事務獨立則是人事、經濟、行政等獨立的自然結果。因此，以下將討論蔡元培先生在其他三項相關的看法。

首先，就教育經費獨立而言，民國八年五四運動以後，教育經費被各地軍政財政當局任意推延，藉口停發，以致連學校的辦公費，教職員的生活費，都沒有著落，教育經費只及國家預算七十五分之一（註㉔）。蔡元培先生有見於此，為確保教育的普及和發達，乃提議教育經費獨立，主張國民政府「通令全國財政機關，嗣後所有各省學校專款，及各種教育附稅，暨一切教育收入，求遠悉數撥歸教育機關保管，實行教育會計獨立制度，不准絲毫拖欠，亦不准擅自截留挪用。」（註㉕）依目前經費運用術語而言，當時蔡元培先生是主張教育經費專款專用。國家財政如何運用是一項相當複雜的事務，統籌統支或專款專用，孰優孰劣，不能單從某一角度下定論。在我國現行財政統籌統支原則下，亦有不少人認為教育經費無法適當運用。於民國早期的政治社會環境裡，蔡元培先生的教育經費專款專用的主張是否足以解決當時所面臨的教育問題很難講，但重要的是此種主張反映了一位眞正關懷教育普及的教育家風範。

此外，有關教育不受政治影響而獨立的主張，是由於蔡元培先生認爲教育和政黨在本質上有差異，教育要個性與羣性平均發達，政黨製造一種特別的羣性，抹殺個性；教育是求遠效的，政黨的政策是求近功的。教育的成效，不是一時能達到的。政黨不能常握政權，往往不出數年，便有更迭。教育方針若常跟著政黨改變而變更就沒有成效力量。所以教育事業不可不超然於各派政黨以外（註㉖）。蔡元培先生此種主張，理論上是正確的，但實際上教育不太容易超越政治以外，不受政治影響。因爲任何教育政策的制定有其參照來源，包括哲學、價值、理論及科學（註㉗）。教育政策決定者的政策必定反映了他的政治主張（價值體系的一部份），若其主張與執政黨的理念相去甚遠必無法見容於執政黨，而執政黨亦祇會遴選與其理念接近的教育政策。

至於教育脫離宗教之不良影響，乃因教育是不斷進步的，而教會是保守的；教育是公同的，教會是差別的（註㉘）。蔡元培先生擔心教會辦學傳教，不僅未啓發理智，反而造成愚昧，所以教育事業，不可不超然於各派教會以外。我國歷史向來是政教分離的，不似歐洲國家深受宗教影響，傳統上教義從未成爲教育的一部份，由於民國初期部份外國教會辦學，乃引起蔡元培先生此議。教育脫離宗教的控制已是世界趨勢，這個主張在我國的教育也已達成。

綜上所述，蔡元培先生認爲教育本身有其內在的原則與標準，不應依附外在目的，或受到外在因素的指導與干預，教育獨立的主張相當反映了他是個理想主義者。

五、教育機會均等

教育機會均等是民主社會追求的目標之一。今日教育機會均等的含義爲，不分種族、性別、宗教、社經地位，每個人都有同等的機會接受學校教育。此種思想在今天普爲大家接受，但在七十多年前，努力追求此目標就難能可貴了。

1.重視女子教育權利

蔡元培先生很重視人權，主張男女地位平等，認爲女子的自我發展，「只要是生理心理上相宜的，都可以自由選擇」（註㉙），不必限定，各自分趨，他日之成就，定可與男子同。甚至女子參政亦爲應當，而不能以當時一般婦女程度之似有不足而予否定。他强調「縱不夠，也可用教育補足；不能因暫時的程度關係，而背人道主義，遏世界潮流，剝奪其權利」（註㉚）。基於此種男女平權的觀點，蔡元培先生認爲男子教育機會優於女子是一種不平等，因此很重視女子受教育之權利。

早在西元一九〇二年即在上海創辦愛國女學，此乃我國最早的女子學校。民國元年的壬子學制中，規定設立女子中學和女子高等師範學校，使女子開始享有普通中學與高等師範教育的機會，同時又准許普通初等小學得兼收女性，爲我國小學男女同學的開始。民國九年北京大學准許女生報考，正式收容女生，這是我國公立中等以上學校第一次開放女禁，也是我國教育史上女子眞正享受平等權利與地位的開始。

對女子受教育的內涵，蔡元培先生認爲也應兼重體育、智育、德育之均衡發展，破除一切阻礙身心健全發展之障礙，使婦女能夠獨立自謀生活，而不必事事依賴男子。他雖然主張女子當受教育，但卻不可因而不顧家庭倫理，他說「女子入校求學，固非脫離家庭間固有之天職也。求其實用，固可相輔而行者也」。若「徒知讀書，放棄家事，爲不合於理矣。」（註㉛）

蔡元培先生認爲女子教育目的不僅在於促進女子認識自我、發展自我，同時亦需指導扮演適當的、多元化的角色，此種論點，縱使由今日女權發達的社會來看亦是相當持平而中肯的。

2.主張普及和延伸義務教育之範圍

我國自光緒二十八年以來的新式學制，至民初雖迭有變更，但義務教育大抵以小學教育階段爲限，蔡元培先生認爲增進國民知識乃是改良社會的最佳途徑，所以特別重視義務教育的普及與延伸。他認爲義務教育只施於初等教育階段是不夠的，而主張延伸到中等、高等教育。因爲他眼見歐美各國高等教育學費昂貴，一般人家子女都無法進入大學，高等教育爲資本家所專有，導致社會上勞資對立、貧富不均等問題，所以要使每個人都有上大學之機會（註㉜）。可惜當時國內新式教育仍在起步階段，加上軍閥割據，政治紛爭，國家財力不豐，初等教育尚不能普及全民，更遑論將義務教育延長至中學、大學階段。

除了重視女子教育權利及主張普及並延伸義務教育範圍之外，蔡元培先生爲提倡教育機會平等，還主張發達社會教育，妥善利用通俗教育，使無人不可學，無時不可學，此種教育平權思想，不僅在民初極具前導之特質，即在今日，亦是我們尚未完全實現而需繼續努力之理想。

六、教育行政學術化

蔡元培先生一生貫注於教育事業，除了開辦學校及主持北京大學外，他亦曾二度身任全國最高教育行政主管，對我國近代教育制度的籌畫與發展影響極大。民國元年先生被任命爲教育總長，在任半年，時間雖短，然統領全國教育專家於民國教育之擘畫，頗多建樹，如學制之改良，課程之修訂，義務教育之推行，社會教育之注重，以及大學教育之推廣整頓。民國十六年倡行大學制，雖因遭受反對，二年後即取消，但此種制度的倡行，頗能反映蔡元培先生個人對教育行政學術化的理想，是蔡元培一生教育事業中，令人不可忽視的一環。因此，以下將討論蔡元培先生對大學院制的構想，倡行的理由，及其失敗的原因。

蔡元培先生一向主張教育獨立，不受政治干預。但民國以來我國教育事業問題叢生，教育行政機關主事者腐敗官僚，不知學術教育爲何，故蔡先生亟思貫徹其教育獨立，學術領導行政之理想。民國十六年，蔡元培先生受任教育行政委員會委員，接受李石曾先生之建議，採行法國大學區制度，組織大學院爲全國最高學術及教育行政機關，並受任爲大學院院長。蔡元培先生謂大學院之特點有三：

(1)學術與教育並重，以大學院爲全國最高學術教育機關；
(2)院長制與委員制並重並用，以院長負責行政全責，以大學委員會負責議事及計劃之責；
(3)計劃與實行並進，設中央研究院爲實行科學研究，設勞動大學提倡勞動教育，設音樂院、藝術院實現美化教育（註㉝）。

大學院自成立以後，效果並不良好，各地糾紛時起，廣受批評；尤其是其欲獨立於國民政府及執政黨之外的含意，更招攻擊。總括各方之非難，謂大學區制造成㈠大學教育之畸形發展；㈡經濟分配之不均；㈢偏重學術忽視教育；㈣行政效率減低；㈤易爲少數分子把持等流弊（註㉞）。於是大學區制先後只行於浙江、江蘇、北平三區，便於民國十八年取消，恢復教育部、廳、局的教育行政三級制。

蔡元培先生倡行大學區制的動機，乃欲使教育學術化，行政超然獨立，未料試行結果與原意相反，遭致各方反對。孫常煒先生分析大學區制失敗的原因有三：㈠我國行政上的傳統習慣，㈡我國人事上的傳統觀念，㈢大學校長本人具有決定全區教育經費之支配權（註㉟）。此三種理由限制了中國社會採用大學區制的適宜性。然而大學區制尊重專業知識的領導，主張學術與行政合一，確是教育行政專業化與科層化理想調適之模式（註㊱）。我們不能因此種制度的試行失敗，而貶抑此種制度之優點，因爲「制度之美惡，須經過相當時期始能斷定，若變動太快，則雖優良制度，亦不能表現其成績」，然我國早期新教育制度就是變動太快太輕率（註㊲）。因此，客觀而言，蔡元培先生在推行大學區制時疏忽之處，乃在於沒有經過一說服階段，近代學者已發覺任何革新政策的推動若欲成功，都有一定的程序，而在正式採行新政策前，說服相關的執行者，是一項不可忽視的過程（註㊳），惟有如此才能維持整個施行環境的平衡與和諧。

七、結論

綜合前述可知，蔡元培先生的教育主張，本質上含有濃厚的西方理想主義人文思想的色彩，主張人人平等，因此男女皆有受教育的權利，教育的目的要養成完全的人格，因此德、智、體、羣、美要均衡發展。故蔡元培先生的教育事業，也一直朝著理想的、人本的方向努力，不僅對教育現代化具有啓蒙的意義與革新的貢獻，即令對半世紀後的今日，亦蘊涵深遠的啓示。

註釋：

①楊亮功、伍振鷟，「七十年來教育思想的發展」，中華民國開國七十年之教育，廣文書局，民七一年，頁一二。

②蔡尚思，蔡元培學術思想傳記，元山書局，民七五年，頁二。

③1.同註①，頁一三。

2.方炳林，「蔡元培教育思想」，教育研究所集刊第五輯，國立台灣師範大學，民五五年，頁四九—五三。

3.孫常煒，蔡元培先生的生平及其教育思想，商務印書館，民六五年，頁一九。

④楊亮功，「蔡孑民生生融合中西文化的主張」，中西教育思想之演進與交流，商務印書館，民六一年，頁一二三。

⑤李雄揮，蔡元培美感教育思想評述，自印，民六九年，頁七八。

⑥同註⑤，頁一二八—一三六。

⑦孫常煒，蔡元培先生全集，商務印書館，民五七年，頁四九五—四九六。

⑧張春心，心理學，東華書局，民七一年修訂版，頁四三〇—四三二。

⑨同註⑦，頁九〇九。

⑩美國教育心理學柏隆姆（Bloom, W.），曾把學習目標分爲三大類：認知領域（cognitive domain）、動作技能

領域（psychomotor domain）及情感領域（affective domain），此種分類法普爲全世界所引用。張春興、林清山，教育心理學，東華書局，民七〇年，頁七。

⑪沈慶揚，蔡元培教育思想研究，高雄師範學院教育研究所碩士論文，民七七年，頁一一二。

⑫介紹廿世紀學術權威——蔡元培，華欣文化中心，頁二〇一—二〇九。

⑬「我在教育界的經驗」，蔡元培自述，傳記文學出版社，民五六年，頁四一。

⑭同註⑬，頁一六—一七。

⑮同註⑦，全集第二輯，頁四六四—四六七。

⑯邱兆偉，「現代大學功能的檢討與建議：中美高等教育史實之分析」，世界高等教育改革動向，幼獅文化事業公司，頁二五二—二五三。

⑰同前註，頁二六四。

⑱同註⑦，全集第三，頁七七九—七八〇。

⑲同註⑬，「教育獨立議」，頁八二。

⑳同註①，頁二二六。

㉑同前註。

㉒郭爲藩，「通識的培養——談通才教育與博雅教育」，中國教育的展望，五南圖書公司，民七三年，頁三六。

㉓同註①，頁一七七。

㉔同註①，頁一九二。

㉕同註⑦，全輯第三輯，頁九一四。

㉖同註⑬，教育獨立議，頁八一。
㉗黃昆輝，教育行政學，東華書局，民七八年，頁五三七—五四二。
㉘同註㉖。
㉙同註①，頁二四七。
㉚同前註，頁一五四。
㉛同前註，頁二四六。
㉜同註⑦，全輯第三輯，頁七七五—七七八。
㉝同註①，頁二一七。
㉞同註①，頁一九〇。
㉟孫常煒，蔡元培先生的生平及其教育思想，商務印書館，民六五年，頁五九。
㊱同註㉗，頁七一四。
㊲王鳳喈，中國教育史，正中書局，民六四年一三版，頁三二一。
㊳Rogers, E. M.（1983）. Diffusion of innovation.（3rd ed.）. New York: Free Press.

（本文作者現任國民學校教師研習會副研究員）

■編輯部

綜合討論

時　間：七十九年十一月二十四日上午九時
地　點：台北市復興南路「文苑」
主　席：黃昆輝（行政院政務委員）
論文撰述：陶英惠（中研院近史所研究員）
　　　　王煥琛（政大教育系教授）
　　　　朱麗麗（國民學校教師研習會副研究員）
特約討論：梁尚勇（師範大學校長）
　　　　秦賢次（文學史料專家）
　　　　史濟鍠（中央青年工作會總幹事）
　　　　何進財（教育部社教司副司長）
　　　　陳迺臣（花蓮師範學院院長）
　　　　張　力（中研院近史所副研究員）

主席致詞

黃昆輝：

蔡元培先生是一代學人，具有一代學人的風範。他非常忠愛國家，其憂心憂國的思想，文章中到處可見，實給今日青年學子極大的啓示。他不但觀念新穎，在實際事功的開創上也不遺餘力，而他淡泊名利、不汲汲於名利追逐的精神更是値得我們尊敬。

在教育方面，他對於教育價値、功能均非常重視，而其重視教育的思想，從民國初年擔任教育總長時就已開始。他深遠而準確的眼光，對後代教育發展奠下了厚實的基礎。

蔡元培世界觀的教育，是以美感教育做爲完成世界觀教育的方法，而美感教育則是受到德國思潮的影響。他認爲世界分爲現象世界與實體世界，現象世界主要是屬於政治，而實體世界則屬於宗教。「教育」處於兩者之間，以「美感教育」爲橋樑，能夠超越現象世界進入實體世界。雖然蔡元培說的不多，但我們能了解，人類的努力，應超越現實，追求更高的理想。

我們今天的教育，無非是希望孩子能更健全、均衡的發展，從美感陶冶下手，許多問題或許可以迎刃而解。

另外，他將「道德教育」擺在第一位。所以他說「無道德，不成國家；無道德，不成世界」。而他的「民主教育」，提倡要遵守「教紀」，也就是我們今日的校規。今日我們談民主，也要重視「法治」，也就是「民主法治」。學生有學術研究、思想的自由，但主要還是要遵守社會、學校的規範。所以他說，「學術自由」不能違背眞理。他特別拿馬克思做爲學術的研究，讓學生明辨是非，作思考的訓練，以判斷馬克思主義的缺失。

總之，蔡元培提倡學術自由，能參考德、法各方面的制度、思想，爾後將之引用，並與當時的社會背景相契合，其勇於嘗試、創新的精神是值得我們重視的。

論文發表（略）

特約討論

梁尚勇：

蔡元培先生是一位教育家對我國現代教育影響甚鉅，個人亦從事教育工作，有幾點感想：

第一，蔡元培先生生逢一個新舊思想交替的時代，他天賦甚高，在舊學方面有深厚的根基，年輕時即能歷經鄉試殿試考上進士；其後又鑑於時代潮流，努力吸收新學，並到歐洲各國去留學，對西方哲學亦選得甚多，這種求知的精神的確令人敬佩。他爲什麼從研究國學而後致力西學呢？這其中有一關鍵，即時代的背景因素。民初清末之際，國勢衰弱，處境艱危，對於當時的青年知識分子往往在心理上會造成很大的影響。我們從蔡元培的資料中，知道他二十六歲中進士，並到京城作翰林，但甲午之戰後便辭官返鄉，回到老家去辦學，他學日文、求新知，這當是他在思想上、志趣上一個極重要的轉變。此一轉變，使他頓時警覺到要拯救國家轉弱而强，必須喚醒民衆、培養人才，因而這就成爲蔡先生一生所致力的事業。喚起民衆的努力，可以從他擔任教育總長時設置社會教育司一事看出。當時教育部全部不過有三個司：普通教育司、專門教育司和社會教育司。「社會教育」今天已普爲大衆所知，但在當時可說是一個頗爲新鮮的觀念，後來他在主持北大時，又倡導平民教育，設夜校，幾乎通俗教育都可以說是他企圖喚醒民衆的方法。培養人才更可說是其一生追求的目標，不論是辦大學、做行政，時時不忘提拔人才、培養人才。

另一個時代背景是無論他在北洋政府擔任教育總長，或到北大擔任校長，都是在軍閥政府管轄之下，由於他對他們的看法、作法並不認同，尤其在他自歐返國出掌北大，他已有了新思想、新觀念，更與他們格格不入，因此，蔡先生倡導思想自由、學術自由，似乎顯得特立獨行，但實際上，卻是環境與時代所造成。這一點我們應有所認識。

第二，他一生都是從事教育工作，不論從事行政或教書，都離不開教育的崗位，這可說是學人的另一面貌。他受德國影響很大，因爲他所提倡的許多主張，如學、術要分離，便是德國的學制；又如教授治校的主張，德國的各學校也是如此，不過德國大學的經費與人事受該邦的教育部管轄，教育行政與學術行政分得很清楚，這是應該補充說明的。

總之，蔡先生無論在辦學或主持教育行政都有其令人景仰的一面，他的思想富有前瞻性，於各階段的教育行政，均有獨到的見地和建樹，值得讓現代從事教育工作的人學習。

秦賢次：

關於蔡元培先生的風範，其中最難能可貴的，是在擁有進士、翰林的功名之後，還能夠到西洋去留學的，幾乎再也找不出任何一位和他有相同的經歷；此外，在身爲亞洲第一個共和國下擔任首位教育總長，他在做過這樣高的職位之後，又到法國、德國去留學，長期從事學術研究，這種經歷在當時也是找不到第二人的。

蔡元培在教育制度的建立上貢獻良多，不必再贅述。但是他的「反宗教」，也就是以美育代替宗教，給予當時「反宗教同盟」一些有力的學理依據，他在態度上的支持造成相當大的影響，但現在卻好像鮮少提及或在論文中加以陳述。

另外，蔡元培本人對學生運動抱持何種態度呢？他是位理想自由的教育家，在許多制度上均有創見，而他對於學生運動的看法，一般也較少提及。事實上，蔡元培是認爲學生應該好好在學校用功唸書，並不太主張學生走上街頭，從事政治運動，換言之，他對愛國的學生運動並不是非常贊同，但也不加以阻撓，這一點在論及他的教育思想時也較少提及。

七十年前，蔡元培在北大主張平民教育，認爲每個人不論其地位是否低下，是否貧窮，或是不論男女，都應有受教育的權利，這是一種很基本的民主思想。首先，他在民國七年曾辦一個「校役夜班」，當時北大是首屈一指的大學，共有二百三十多位校役，開學當日，每位校役都身著長衣，胸前帶花去上課。七十多年前的這樣景況迄今好像也從沒有一所大學做過，而認爲學校校役也應有受教育的權利，似乎也未得到認同。

接著，在民國九年，他又辦了一個「平民夜校」，讓那些完全沒有經濟能力，從來沒有受過教育、失學的人，也有機會到北大來唸書，而且是完全免費的。這種「平民夜校」的創辦實有著非常崇高的理想。我想，迄今也沒有一位教育家能像他一樣達到這麼崇高的境界，而且是確實親身提倡並加以履踐。

蔡元培已受到兩岸相同的重視，而且是彼岸對其越來越尊敬，然而我們十幾年來，當局對蔡元培、五四運動好像有點忌諱提及，我想之所以感到忌諱的最主要原因，應是「民權保障同盟」這件事情，這件事和他的民主理念是相關聯的，也算是他在思想上很大的轉變。在介紹蔡元培先生的生平時，似乎應該提及這一點，既然在他一生中曾有過這樣的思想，就應揭示出來，以求全面性、通盤性的了解。

何進財：

蔡元培先生教育思想對後世影響至為深遠，除倡導並力行教育行政學術化，積極輔導學生成立自治組織與活動，訓練具有獨立思考的青年學子外，更早於民國元年即針對中國社會的特性與實際需要，倡議培養國民具有軍事自衛能力之軍國民教育以救國力之弱，力主生計教育使每位國民擁有一技之長，以實利教育救國民之貧窮；提倡道德教育以糾正國人之私心，提振公德。又以美感教育與世界觀教育為其崇高理想，鑑之今日，其遠大的眼光與崇高之理想，確實令人敬佩，值得吾人深思與效法。

蔡先生對美感教育之倡導，對青年學子人格發展有極大之影響，若能强化藝術欣賞，可激發國人淨化心靈，並可避免縱慾及有害之物質享樂，而提昇精神生活。就目前社會風氣而言，蔡先生之遠見確實應予落實，如何强化藝術教育與活動功能，倡導正當休閒，以淨化社會，發揮教化功能，均值得有關主管機關及藝文界全力以赴。

另外，蔡元培對社會教育非常重視，就今日倡導全民教育、終身教育觀點言之，社會教育之發展空間亟待國人開展，也惟有學校教育、家庭教育與社會教育同流並進，教育效果才得以彰顯，教育目標也才能實現。

史濟鍠：

中華民國開國以後，全面建設的理想、目的、程序、步驟及方法，均有 國父的規劃與領導；而教育方面的推動，則有賴於蔡元培先生的構思與經營。二人都可謂是凝結了中國固有文化的精華，採擷西洋文化的優點，並配合哲學、美學及科學於一身。

蔡元培在獲得了傳統的科舉功名後，又兩度遊學歐洲，埋頭學習，以擷取新知，眞是好學不倦，隨時在發掘眞理且終生不懈。

蔡元培最高的教育理想，是在求世界觀教育的實現，並以美感教育作爲實行世界觀教育的方法，可謂開風氣之先。談到美感教育，我們通常喜愛快感，提昇之便爲美感，再晉級便是美的知覺，進而有了美的概念。若用佛家的六識（眼、耳、鼻、舌、身、意），及六境（色、聲、香、味、觸、法）來說明，可知美感教育即已包含美術教育（視感教育爲主）、音樂教育（聽感教育爲主）、戲劇舞蹈教育（綜合視、聽感教育）等，經由發散，逐漸淨化，才能昇華，達到實體世界，所以蔡元培以美感教育爲實行世界觀教育的方法是有其極重大的意義。

蔡先生本身對教育有崇高的理想與抱負，民國五年決定受命主持北京大學，便全力整頓已敗壞不堪的北大校風。首先是糾正學生升官發財的求學觀念及不端的行爲，要求學生立定正大的宗旨，以研究學術爲天職；又延聘飽學教授組織各種研究會，以提高學生的研究興趣和樹立大學學術研究的風氣。並特別注重道德教育，要求學生敬愛師友，砥礪德行，負起挽救頹風，振興國家的重任！他自己更能以身作則，以偉大人格的感召，著手各項校務革新。諸如：㈠學術分途，調整科系，使高等教育以學爲基本，以術爲支幹；㈡科際整合，重視通識教育；㈢提倡軍訓體育，加强國防體育與軍事學課程，使學生重視體健；㈣創辦研究所，促進學術研究；㈤以學術思想自由，延攬各派學者，以求兼容並包的發展；㈥爲提高學術水準，敦請積學教師；㈦重視女子教育權利，民國九年正式招收女生，是男女同校的開始；㈧重視教授治校，建立制度，組織評議會、教授會、行政會議等；㈨倡行學生自治；㈩對社會負起推廣教育工作，進而領導全國革新運動，諸如：校役夜班、平民夜班、平民演講團、通俗教育推廣及五四愛國運動等等。

蔡元培先生的風範留給我們現代人，尤其是歷史、教育系所最大的啓示，我個人認爲有四點：一是好學不倦、新舊兼並的學習精神；二是憂國憂民、學術救國的愛國精神；三是看事深入、周延正確地解決問題的精神；四是積極行動、忠勤爲國服務的精神。

陳迺臣：

個人粗淺的看法，歷史研究的目的，不僅在於緬懷追念過去的成就與光榮，也不僅在於皓首窮經（雖然上述爲歷史而歷史的做法，或爲懷古追思而歷史的做法，也是重要的目的，但並不是完全的或最重要的目的），而是在於和現代相結合，也就是要發掘歷史人物與事件，與我們這個時代、甚至是與以後世代的關係。由這個觀點來看，我們的目的倒不完全是要使歷史事實還原，或是使史料拼湊成比較完整而可信的解釋。這並不是不重要，但更重要的是，歷史到底給予我們什麼啓示？它使我們體悟出那些意義與價值？這次的三篇論文，不但盡力去還原歷史的眞相，而且賦予現代的意義，實令人敬佩。

蔡元培先生在我國近代教育史上，確實是一位影響深遠的教育思想家和實踐者。他是一位開創性的人物，不僅在政治上，即使在教育上也是一位革命性、前衞性的人物。他有許多教育的觀念，遙遙領先於他所屬的那個時代，而仍然對於我們這個時代有很深的影響。例如：教授治校、教育機會均等、學術獨立和自由、通識教育、教育內容多元化、新舊文學兼容並蓄、勇於創新等。

蔡元培是位充滿理想的教育家，但他不尙空談，也非象牙塔裡冥思的幻想者。他是一位有思想基礎、哲學理念的教育實行者。我們也可看出，他的實行並非瑣碎、浮泛的枝節作法，而是有他的教育、社會、政治、文化的整體考量，加上前瞻性的理想色彩，而後再付之於實施。

我們可以看出，一個時代的開創者，往往也是最寂寞的。他的理想並不見得都能爲同時代的人所接納。因此在理想的實現上，也難免挫敗。蔡元培就是一實例。但一時的挫敗，並不表示他所播下的種子，不會在將來春暖花開、大地春回時，發芽開花。今天我們教育上的措施，有許多都是曾深藏於他所埋下的種子當中。

唯一可惜者，蔡先生的教育思想也許博大精深，但在其思想體系的建構上，寫的還是太少，例如他所提到的五種教育，雖然綱擧目張、言簡意賅，但他如能多予細述、討論、辨正，不僅可以給我們研究者方便，也免於不必要的猜測和誤解。又如「世界觀教育」、「美育代替宗教」、「教育與宗教分離」等論題，我們實需進一步地澄清、討論，而不宜遽於下定義。同時像由現象界到實體界，在教育方面的作法，著墨太少，難免語焉不詳，是我們後之來者，需要努力去研究的。

張力：

我們如果要深入了解蔡元培這麼一位重要的學術人物，我個人覺得有必要去仔細閱讀陶英惠先生過去所發表過的有關蔡元培研究的論文。此外陶先生早在多年前就已出版蔡元培前半生的年譜，近年來他仍努力不懈地蒐集相關資料，我們期待他能早日出版蔡元培後半生的年譜，那將是學術界的一項重要貢獻。

蔡元培的思想，其中有教育事業不可不超然於政黨之外的主張。但實際上，教育不太容易超越於政治之外，我個人以爲這是一個很有意思的問題。從蔡元培開始獻身教育事業起，他就一直强調教育獨立於政黨之外的理想。我們也知道在北大的校園裡，蔡校長用人是不限資格、不拘年齡、不計思想派別、不分國籍，這樣才能提高北大的學術水準，培養學生研究高深學問的志趣與能力。蔡元培這種兼容並包的精神，以及經由這種精神建立起來的自由學術風氣，或者可說是「北大精神」，一直是我們所嚮往、津津樂道的。我們是不是應該檢討，爲什麼我們至今還一直做不到，仍停留在嚮往的階段呢？是不是他的想法陳義過高而無法徹底實行呢？如果是，其背後的因素又是什麼？這些都值得我們深思。

最後，我因爲看到大陸出版的「論蔡元培」的論文集，其中有段話頗有意思，請各位參考。在一九八八年五月四日至七日，大陸舉辦了紀念蔡元培誕辰一百二十週年學術討論會。五月四日當天，北大校長丁石孫致開幕詞，指出了蔡先生的教育家風範。他說：「作爲一個教育家，應當了解社會的發展趨勢，因爲他的工作是教育後代的，如果他不了解社會發展趨勢，也就不可能把握教育的方向。縱觀蔡先生的一生，在很多歷史的轉折關頭，他都是站在歷史前進的方向上的。他能正確地把握住了幾十年來社會發展的總趨勢，這是辦好教育的重要前提。」另外，他又指出：「作爲一個偉大的教育家，他所以具有如此深遠的影響，是因為他是能眞正理解年青一代，支持和扶植年輕一代，不遺餘力地幫助他們找出適合自己發展的道路。」我想身為今日的北大校長，要比其他人更能體會蔡元培所代表的精神，所以說出了上面這段發人深省的話，一年之後，以北大學生為主的北京各界人士，為了爭取民主走上街頭，似乎重又展現了七十年前的活力。不料再過一個月，他們竟倒臥在天安門前的血泊中，丁校長也黯然去職。從這次事件可以看出，蔡元培以及當年在北大所創造出來的追求眞理的精神，一直有它潛在的影響力，只要是在一個不合理的社會中，這種影響力必是還會轉換成實際的抗爭行動。

綜合討論

金傳春同學（台大）：

剛才聽秦賢次先生談到蔡元培對學生運動的看法，我想補充的是，蔣夢麟在「西潮」一書中對此有記載，可以參看。

謝同學（東吳大學）：

在朱麗麗女士論文中提到，美感教育未能在中國實行成功，可能是因為中國的貧窮，我覺得這種說法可能失之過簡。印度也很貧窮，但印度文化中非常強調精神層次，而中國卻長期下來仍無法普及，即使如蔡元培者，大聲疾呼、大力規劃，直到今日仍未做得完善。因此，在最近大家談文化建設的時候，是不是能思考其中的社會因素到底在那裡，再予以克服、落實，這是我的一點看法。

另外，我有一個疑問，蔡元培主張以美感教育代替宗教，這種構想是受到歐洲何人的影響?

史濟鍠：

是受到康德的影響。

(張堂錡記錄整理)

胡適：一代哲人

從白話文運動、整理國故，

到中西文化論戰、民主與科學的倡導，

他的影響全面而深遠，

堪稱是一閃亮的文化巨星與思想領袖。

胡適對中國傳統文化的態度

■呂實强

民國七十三年五月，我在「中華民國歷史與文化學術研討會」上，宣讀了一篇論文「胡適對中國傳統文化與宗教的態度」，當場便會引起很激烈的爭辯。現在事過六年，適逢胡適百歲誕辰，中央文工會特舉辦這次具有紀念意義的學術討論會，我想對這樣一個一直在被爭議褒貶的問題，應該有一番認眞的討論，雖然不一定要獲得一個究竟，卻希望能夠坦誠客觀的交換意見，使問題的釐清能更進一步。至於我的文章，只不過爲拋磚引玉，必虛心接受各位專家學者指教。

胡適之被認定爲反傳統反儒家甚至反中國文化，一般至少能列舉三項重要的例證。第一是民國十年六月，他爲吳虞文錄所作的一篇序文。序文中這樣說：

> 吳先生……的非孔文章大體都注意那些根據孔道的種種禮教、法律、制度、風俗。他先證明這些禮法制度都是根據於儒家的基本教條的，然後證明這種種禮法制度都是一些吃人的禮教和一些坑陷人的法律制度。他又從思想史的方面，指出自老子以來也有許多古人不滿意於這些欺人吃人的禮制，使我們知道儒教所極力擁護的禮制，在千百年前早已受思想家的批評與攻擊了，何況在現今這種大變而特變的社會生活之中呢？

又說：

> 這個道理最明顯：何以那種種吃人的禮教制度都不掛別的招牌，偏愛掛孔老先生的招牌呢？正因二千年吃人的禮教法制都掛著孔丘的招牌，故這塊孔丘的招牌——無論是老店，是冒牌——不能

> 不拿下來搥碎，燒去！

最後更說：「我給各位中國少年介紹這位『四川省隻手打孔家店』的老英雄——吳又陵（吳虞字）先生」（註①）！

第二爲胡先生因爲陳序經的提倡全盤西化，引起辯論，陳、吳均認爲他是主張文化折衷的。他乃在獨立評論第一四二號的「編輯後記」中表示：「此時沒有別的路可走，只有努力全盤接受這個新世界的新文明。全盤接受了，舊文化的『惰性』，自然會使他成爲一個折衷調和的中國本位文化。若我們自命做領袖的人也空談折衷選擇，結果只有抱殘守闕而已。古人說：『取法乎上，僅得其中；取法乎中，風斯下矣！』……我們不妨拚命走極端，文化的惰性自然會把我們拖向折衷調和上去的。關於這個問題，我將來也許作專文發表。此時我只借此聲明我是完全贊成陳序經先生的全盤西化論的」（註②）。

第三爲民國五十年十一月六日，胡先生應美國國際開發總署之邀，在「亞東區科學教育會議」開幕時作主題演講「科學發展所需要的社會改革」（Social Changes Necessary for the Growth of Science），其中提到：

> 我認為我們東方這些老文明中沒有多少精神成分。一個文明容忍像婦女纏足那樣慘無人道的習慣到一千多年之久，而差不多沒有一聲抗議，還有甚麼精神文明可說？一個文明容忍「種姓制度」（the Caste System）到好幾千年之久，還有多大精神成分可說？一個文明把人生看作苦痛而不

值得過的，把貧窮和行乞看作美德，把疾病看作天禍，又有甚麼精神價值可說？試想像一個老叫化婆子死在極貧困裡，但臨死還唸著「南無阿彌陀佛」！——臨死還相信她的靈魂可到阿彌陀佛所主宰的極樂世界去——試想像這個老叫化婆有多大的精神價值可說！

接著又說：「現在我們東方人應當開始承認那些老文明中很少精神價值或完全沒有精神價值的時候了」（註③）。

由於上述的第一項，使胡適打倒孔家店和反儒的聲名不脛而走；由於第二項，胡適主張全盤西化的印象，也就深入人心；由於第三項，使許多愛護傳統文化的人不諒解，在他生前與身後，都不斷的遭受批評與攻擊。

但胡適對中國傳統文化的態度究竟如何呢？於此先看他自己的說明。首先，關於「打倒孔家店」及反儒，胡先生於晚年接受哥倫比亞大學口述史計劃的錄音訪問中說：

有許多人認為我是反孔非儒的。在許多方面，我對那經過長期發展的儒教的批評是很嚴厲的。但就全體來說，我在我的一切著作上，對孔子和早期的「仲尼之徒」如孟子，都是相當尊敬的。我國第十二世紀的「新儒學」」）（Neo Confucianism）（理學）的開山宗師的朱熹，也是十分崇敬的。（註④）

民國四十七年，在中央研究院院長的就職典禮上，他更明確的表示：當年他之所謂打倒孔家店，只是要打倒孔家店的權威性、神祕性，並不是要打倒孔家店本身。（註⑤）四十八年春天，華盛頓大學（西雅圖）教授施友忠，在南港的胡先生寓所訪問他，他又重申：他沒有參加「打倒孔家店」運動，他只給吳虞老先生的文錄寫過一篇序。……他自己很尊敬孔子。……他支持吳虞的態度，只是由於他希望一切哲人都得到一個公平估價的平等機會（註⑥）。

於全盤西化，前邊所引胡先生在獨立評論第一四二號的「編輯後記」中，已經表明他這樣的主張是爲了要成就一個折衷調和的中國本位文化。半個月後，他在大公報三月三十一日的星期論文，發表了一篇「試評中國本位的文化建設」，再作表示：

> 我們正可不必替「中國本位」擔憂。我們肯往前看的人們，應該虛心接受這個科學工藝的世界文化和它背後的精神文明，讓那個世界文化和我們的老文化自由接觸，自由切磋琢磨，借它的朝氣銳氣來打掉一點我們的老人文的惰性和暮氣。將來文化大變動的結晶品，當然是一個中國本位的文化，那是毫無可疑的。

他並且指出：「在我們還只僅僅接受了這個世界文化的一點皮毛的時候，侈談『創造』固是大言不慚，而妄談折衷，也是適足爲頑固勢力添一種時髦的煙幕彈」（註⑦）。

三個月之後，他又於六月三十日大公報的星期論文發表了「充分世界化與全盤西化」，文中解釋說：

（全盤西化）這個名詞的確不免有一點語病。……我贊成「全盤西化」，原意只是這個口號最近我於十幾年來「充分」世界化的主張。……所以我現在很誠懇的向各位文化討論者提議：為免除許多無謂的文字或名詞上的爭論起見，與其說「全盤西化」，不如說「充分世界化」。「充分」在數量上即是「儘量」的意思，在精神上即是「用全力」的意思。（註⑧）

他既然有這樣的說明，也就表示了他的本意並不是要全盤西化。稍後，他和陳序經見過面，他還是拒絕陳的「全盤西化」，則他並不贊成「全盤西化」的態度，也便十分明顯了。

另外，從以上他的三篇文章（姑把編輯後記也算一篇）中，大致的也可以看出，他認爲要救中國，必須充分採取近代西方文化的最新工具和方法。他肯定文化自然的折衷調適，而反對選擇折衷的論點，因爲他確信只要讓兩種文化充分的自由接觸，自然便會產生變動與融會，所產生的新的文化，仍然是原有文化的延續和發展，當然仍然是屬於中國，仍然爲中國本位的。不必有任何憂心和顧慮。

於東方文明中，「很少精神價值或完全沒有精神價值」一項，因爲胡先生此時身體已經很差，講過之後，不久便住院診療，繼而回家療養，不久便去世，所以沒有作過對別人批評答辯或解釋的文字。現在所能見到他對這次演講的看法，只有幾點口頭上極簡單的話。一爲他在要去演講時自己認爲：「我的話是三十五年前的老話，但在今天似乎還是沒有人肯說的話」（註⑨）。一爲於他去世前在中研院的酒會中最後一次的講話。因爲李濟先生提到去年十一月間，胡先生的演講，本意是要科學在中國生根，應該有些甚麼改革，誰知卻引起一些不同的反應。使我們對科學在中國的生根與發展，感到悲觀。胡先生在綜合也就是作總結講話中，對於這一點只是說：「我去年說了二十五分鐘的話，引起了『圍勦』，不要去管它，那是小事體，小事體。我挨了四十年的罵，從來不生氣，並且歡迎之至，因爲這代表了自由中國的言論自由和思想自由」（註⑩）。誠然，這些並沒有答覆別人批評中的任何問題，不過仍然可以看出：他認爲那次所講的，還是他從前的老思想，他對別人的批評和攻擊並不同意。那麼他這次演講的內容，到底應該如何解釋呢？也只有根據他從前的觀點，看出一些端倪。

翻閱胡適的著作，談到中西文化的固然很多，但如果以寫於講演「科學發展所需要的社會改革」之前三十五年，而又是專談西洋文明並强調西洋精神文明的，自然應該是於民國十五年六月撰寫的「我們對於西洋近代文明的態度」了。在這篇文章一開始就認爲「今日最沒有根據而又最有毒害的妖言是譏貶西洋文明爲唯物的（Materialistic），而尊崇東方文明爲精神的（Spiritual）」。他解釋說：

> 西洋近代文明，依我的鄙見看來，是建築在三個基本觀念之上：第一，人生的目的是求幸福。第二，所以貧窮是一樁罪惡。第三，所以衰病是一樁罪惡。借用一句東方古話，這就是一種「利用厚生」的文明。
>
> 我們可以大膽地宣言：西方近代文明絕不輕視人類精神上的要求。我們還可以大膽地進一步說：西洋近代文明能夠滿足人類心靈上的要求的程度，遠非東洋舊文明所能夢見。在這一方面看來，西洋近代文明絕非唯物的。乃是理想主義的（Idealistic），乃是精神的（Spiritual）。

而後他指出：「東方文明的最大特色是知足」。他說：

知足的東方人自安於簡陋的生活，故不求物質享受的提高；自安於愚昧，自安於「不識不知」，故不注重真理的發現與技藝器械的發明；自安於現成的環境與命運，故不想征服自然，只求樂天安命，不想改革制度，只圖安分守己，不想革命，只做順民。

這樣受物質環境的拘束與支配，不能跳出來，不能運用人的心思智力來改造環境改良現狀的文明，是懶惰不長進的民族文明，是真正的唯物文明。這種文明只可以遏抑而決不能滿足人類精神上的要求。

他再進而解釋：西洋人決不如此。他們說「不知足是神聖的」。「物質上的不知足產生了今日的鋼鐵世界、汽機世界、電力世界。理智上的不知足產生了今日的科學世界。社會政治制度上的不知足產生了今日的民權世界，自由政體，男女平權的社會，勞工神聖的喊聲，社會主義的運動。神聖的不知足是一切革新一切進化的動力」。於是，乃作一結論性的强調：

這樣充分運用人的聰明智慧來尋求真理以解放人的心靈，來制服天行以供人用，來改造物質的環境，來改革社會政治的制度，來謀人類最大多數的最大幸福，——這樣的文明應該能滿足人類精神上的要求；這樣的文明是精神的文明，是真正理想主義的文明。（註⑪）

從以上所引這篇文章，可以大約看出，胡適在五十年十一月演講中所指的文明中的精神成分，以至精神文明，不過局限於他所說的追求幸福與追求進步的動力，以及由這種動力所產生的成果，那麼和東方文明的中國及各國來比較，說東方文明很少精神價值或完全沒有精神價值，也並非全無理由。至少在他看起來，應該自己先行認清，然後才能主動的去接受那些西方的追求幸福和追求進步的精神，以及由這種精神所產生的各種成果。這次的演講，所以會造成很大的震動，遭受不少的人起來批評攻擊，這可能是胡先生的解說和措詞，不夠周延。因爲如果像三十五年前那篇文章對西洋近代文明的態度的講法，當不至引起那麼大的反對。

現在再進而從正面探討胡適對中國傳統文化的態度。談到中國的傳統文化，主要的自然是儒家，尤其是先秦的孔子。經過了長時間潛心的研究，民國二十三年，他終於完成「說儒」這一篇長達五萬字的文章。文中對儒家的源流，做了一番徹底的考辨，然後給予孔子極高的讚揚與評價。他認爲孔子雖然不是儒教的創始者，但卻是其中興的領袖。儒家的伸展雖然是殷亡以後五六百年的一個偉大的歷史趨勢，孔子卻是這個歷史趨勢中「最偉大的代表者」，他的成績也是這五六百年的歷史運動的一個「莊嚴燦爛的成功」。文中並引了許多與孔子並世或稍後的人對孔子讚美的話，也作爲胡適自己的稱道。如子貢：「仲尼，日月也」；「夫子不可及也，猶天之不可階而升也」；「見其禮而知其政，聞其樂而知其德，由百世之後，等百世之王，莫之能違也。自生民以來，未有夫子也」。宰我：「以予觀夫子，賢於堯舜遠矣」！有若：「豈爲民哉？麒麟之於走獸，鳳凰之於飛鳥，太山之於丘垤，河海之於行潦，類也。聖人之於民，亦類也。出於其類，拔乎其萃，自生民以來，未有盛於孔子也」。孟子也謂：「自生民以來，未有孔子也」。孔子自己亦言：「文王既沒，文不在茲乎」？然後，胡適說：

這就是一個無冠帝王的氣象。他自己擔負起文王以來五百年的中興重擔子來了，他的弟子也期望他像「禹稷耕稼而有天下」，說他「賢于堯舜遠矣」，說他為生民以來所未有，這當然是一個「素王」了。

他引用孔子弟子及再傳賢者的話，來肯定孔子當然是一個素王，可見他對孔子的欽讚，在本質上與歷代知識分子並無差異。

但他對孔子的評價，還不止此，更將孔子和猶太民族的耶穌相比。他解釋說：

猶太民族亡國後的預言，也曾期望一個民族英雄出來，「做萬民的君王和司令」。「使雅各眾（支派）復興，使以色列之中得保全的人民能歸回，——這還是小事——還要作外邦人的光，推行我（耶和華）的救恩，直到地盡頭」。（註⑫）但到了後來，大衛的子孫裡出了個耶穌，他的聰明仁愛得了民眾的擁戴，民眾認他是古代先知預言的「彌賽亞」，稱他為「猶太人的王」。後來他被拘捕了！把他釘在十字架上。……但那個釘死在十字架上的殉道者死了又「復活」了：「好像一粒芥菜子，這原是種子裡最小的，等到長起來，卻比各樣菜都大，且成了一株樹，天上的飛鳥來宿在他的枝上」。他真成了「外邦人的光，直到地盡頭」。

他接著說孔子的故事也是這樣的：

> 殷商民族亡國以後，也曾期望「武丁孫子」裡有一個無所不勝的「武王」起來「大艱是承」，「肇域彼四海」。後來這個希望漸漸形成了一個「五百年必有王者興」的懸記。……果然，亡國後的第六世紀裡，起來一個偉大的「學而不厭，誨人不倦」的聖人。……和他接近的人，仰望他如同仰望日月一樣。……他自己也明白人們對他的期望，也以泰山梁木自待，自信「天生德於予」，自許要做文王、周公的功業。……他死了也「復活」了。……他打破了殷周文化的藩籬，打通了殷周民族的畛域，把那含有部落性的「儒」抬高了，放大了，重新建立在六百年殷周民族共同生活的新基礎之上：他做了那個中興的「儒」的不祧的宗主；他也成了「外邦人的光」，「聲名洋溢乎中國，施及蠻貊，舟車所至，人力所通，……凡有血氣者莫不尊親」。（註⑬）

繼續，他再稱道孔子所提出一個「仁」字的理想世界。仁包括所有的德目，但主要就是要盡人道，做到一個理想的人。這就是孔子最博大又最平實的教義。並進而解釋說：

> 我們看他的大弟子曾參說的話：「士不可不弘毅，任重而道遠。仁以為己任，不亦重乎？死而後已，不亦遠乎？」「仁以為己任」，就是把整個人類看成自己的責任。耶穌在山上，看見民眾紛

紛到來，他很感動，說道：「收成是好的，可惜做工的人太少了」。曾子說的「任重而道遠」，正是同樣的感慨。

既然把整個人類看成自己的責任，孔子遂認定教育可以打破一切階級與界限，乃有「有教無類」這樣最大膽的宣言。有教無類這四個字，在今日好像很平常，但在二千五百年前，這樣平等的教育觀，必定是震動社會的一個革命學說。胡先生繼續指出：

> 因為「有教無類」，所以孔子說：「自行束修以上，吾未嘗無誨焉」。所以他門下有魯國的公孫，有貨殖的商人，有極貧的原憲，有在縲絏之中的公冶長。因為孔子深信教育可以摧破一切階級的畛域，所以他終身「為之不厭，誨人不倦」。（註⑭）

前邊已經談過，胡適自己表示他所以支持吳虞的打孔家店，是爲了要打破後來儒家（或儒教）所形成的權威性，神祕性。對於眞實面目的孔子，他是很尊敬的。如果就以上所引述胡先生心目中的儒教精義，他不但尊敬，甚至願意做一個儒教的教徒，並願意把這種教向全世界傳播。民國二十二年夏，胡適被邀到芝加哥大學比較宗教系作連續六次的演講，總題目是「當前中國的文化趨勢」（Cultural Trends in Present-day China）。演講之後，他又參加了那個比較宗教系主任海頓教授所主持的一個世界性的宗教討論會。在討論會中，胡先生曾以「儒教的使命」（The Task of Confucianism）爲題，發表意見。他說明儒教並不是一種西方人心目中的宗教。但如把宗教當作教化的體系來看，他卻認爲儒教最符合宗教本來的意義。

在這次講話中，他首先說明他曾聲明過，他不是一個儒教徒。後來他聽到一位教授在演說的末尾說：「儒教已經死了，儒教萬歲」！他才想到儒教（那個發展成權威和神祕性的）是死了，他現在大概是一個儒教（這個恢復它本來面目的）徒了。然後他表示，雖然主席宣佈他的講題是「儒教的使命」，但是他實際所要講的，是「儒教作爲一個現代宗教的使命」，他所要談的，正是剛才主席所說的，是從儒教的觀點看現代宗教的使命。儒家的典籍說「禮聞來學，不聞往教」，儒教從來不教它的門徒跑出去站在屋頂上對人們宣講，把佳音帶給大地四方不歸信的異教徒。但這並不是說孔子、孟子和儒家的學者們要把他們的燈放在斗底下（註⑮），不把它放在高處讓人看見。這只是說這些人都有那種知識上的謙虛，所以他們厭惡獨斷的傳教士態度，寧願站在眞理追求者的謙虛立場。這只是說，「這些思想家不肯相信有一個人，無論他是多麼有智慧遠識，能夠說完全懂得一切民族、一切時代生活與道德的一切錯綜複雜的性質。……所以儒教的開創者們，不贊成人的爲人師的欲望」。接著，胡先生强調說：

> 我們想要用來照亮世界的光，也許其實只是一把微弱的火，很快就要消失在黑暗裡。我們想要用來影響全人類的眞理，也許絕不能完全沒有錯；誰要把這眞理不加一點批評變成教條，也許只能毀壞它的生命，使它不能靠後來的新世代的智慧不斷獲得新活力，不斷重新被證實。

這些都是儒教的特色。

據以上所述，胡適乃提出現代宗教的使命：第一是要做一次徹底而嚴格的考察。「我們應當讓自己可以斷定，我們想要與世界分享的眞理經得住時間的考驗，而且全靠它自己的長處存立，不靠迫害者的强暴，也不靠神學家和宗教哲學家的巧辯」。第二爲「配合著自我考察的結果，情願做到內部的種種改造——不但要修改甚或拋棄那些站不住的教條，還要改組每個宗教的制度形式，減少那些形式，甚或，如果必要，取消那些形式」。第三，也是現代宗教最後一個大使命，就是把宗教的意義和範圍擴大、伸長。他解釋說：

我們中國人把宗教叫做「教」，實在是有道理的。一切宗教的開頭都是道德和社會的教化的大體系，歸結卻都變成了信條和儀式的奴性守護者。一切能思想的男女，現在都應當認清楚，宗教與廣義的教育是同在共存的；都應當認清楚，凡是要把人教得更良善、更聰智、更有道德的，都有宗教和精神的價值；更都應當認清楚，科學、藝術、社會生活，都是我們新時代新宗教的新工具，而且正是可以代替那舊時代的種種咒語、儀式懺悔、寺院、教堂的。

最後他再加强調：「現代世界的宗教，必須是一種道德生活，用我們所能掌握的一切教育力量來教導的道德生活。凡是能使人高尚，能使人超脫他那小小的自我的，凡是能領導人去求眞理、去愛人的，都是合乎最老的意義的，合乎最好意義的宗教；那也正是世界上一切偉大宗教的開創者們所竭力尋求的，所想留給人類的宗教」（註⑯）。

從以上的敍述可知，胡適對於儒家的人文主義，不但敬崇，即使將儒家作爲一個宗教——或者可以說是人文教，他也願意做它的教徒，而且更充滿信心的願意把它做爲世界所有現代宗教的榜樣和範本。

與所謂「反傳統」有關的，還有胡適的提倡民主與科學，即所謂「德先生」與「賽先生」。先看自由民主這一方面，胡適雖然極力鼓吹西方的自由主義和民主政制，對中國傳統中自由民主的根基，卻並沒有忽視，而且也給予肯定和讚揚。民國三十八年三月，他從上海來台灣，二十七日下午，在台北市中山堂作了一次演講，題目爲「中國文化裡的自由傳統」。首先他闡明「自由」這個名詞並不是外來的，是中國古代就有的。他解釋說：「自由」可說是一個倒轉的語法，可把它轉回來即爲「由自」，也就是「由自己作主」，不受外來壓迫的意思。他引王安石的一首詩：「風吹屋頂瓦，正打破我頭，我終不恨瓦，此瓦不自由」。這可表示我國古代人對於自由的意義，就是「自己作主的意思」。

接著便表示：兩千多年有記載的歷史與三千多年可以記載的歷史，都可以說明中國人對於自由這種權力，這種意義，也可以說明對於自由的崇拜與推動。世界的自由主義運動也是愛自由、爭取自由、崇拜自由。在世界自由主義運動中，各國的貢獻或有遲早與多少，但都有所努力，中國也在其內。他並且指出：中國自古以來都有人爭取信仰、思想、宗教等的自由，爲此而坐牢與犧牲生命的人不知有多少。中國並有一種很奇怪的制度——諫官制度，相當於現在的監察院。這種諫官是爲了要監督及批評政府，他們都不惜冒很大的危險，寧肯坐牢甚至犧牲生命。古代這種諫官制度可以說是一項自由主義的傳統，就是批評政治的自由。還有一種史官制度，他們專門記載君主的行動，讓君主所行所爲留給千千萬萬年後的人知道。古代齊國一位史官，爲了記載事實，寫下「崔杼弒其君」，連父母都因而被殺，但他逃到晉國，依然將眞象寫出。這可表示他們在堅持言論自由。

繼之他說到中國思想的先鋒老子和孔子，認爲他們也都是自由主義者：

老子說：「民不畏死，奈何以死懼之」？孔子說：「三軍可奪帥也，匹夫不可奪志也」。老子所代表的「無為政治」，有人說這就是無政府主義，反對政府干涉人民，讓人民自然發展，這與孔子所代表的思想都是自由主義者。……孔子當時提出有教無類，可解釋為「有了教育，就沒有階級，沒有界限」。這與後來的科舉制度，都能說明「教育的平等」。這種意見，都可以說是一種自由主義者的思想。

他又提到孟子，認爲：

孟子說：「民為貴，君為輕」，在二、三千年前，這種思想能被提出，實在是一個重要的自由主義者的傳統。孟子說「富貴不能淫，貧賤不能移，威武不能屈」，這是孟子給讀書人一種寶貴的自由主義的精神。（註⑰）

另外，民國四十三年，他在國立台灣大學講「中國古代政治思想史的一個新看法」，再稱道孔子是一個了不得的教育家，孔子的教育哲學可以說是民主自由的教育哲學。他闡釋說：

孔子的教育哲學是「有教無類」，但他的教育教甚麼呢？孔子提出一個很重要的字，就是「仁」字。孔子的著重仁字，可以說前無古人，後無來者。這是了不得的地方。……又說：「修己以安人」。……修己是教育自己的工作，……安人是給人類以和平、快樂。……所以後來儒家的書大學裡的「格物、致知、誠意、正心、修身」是修身的工作，而後面的「齊家、治國、平天下」都是社會的目標。……因為有這個使命，就感到「人」，受教育的「人」，尤其是士大夫階級，格外有一種尊嚴。……就格外有一種責任。所以論語中說：「志士仁人，無求生以害仁，有殺身以成仁」。就是說，遇必要時，寧可殺身以完成人格。……這是兩千五百年以來的一個了不起的傳統。後來范仲淹也說：「先天下之憂而憂，後天下之樂而樂」，這就是因為「修己以安人」而感到「任重而道遠」的緣故。明末顧亭林以為「天下興亡，匹夫有責」，也是這個道理。

他繼續說，不僅孔子如此，孟子也講得很清楚，並再引孟子「威武不能屈……」那一段話。然後將上述的這種傳統，稱之為一種「健全的個人主義」（註⑱）。之後，在哥倫比亞大學口述史的訪問中，他又以「說儒」一文為基礎，肯定孔子為「偉大的民主改革家」。（註⑲）

現在再就科學方面來探討。儘管胡適對於近代西方科學與技術的成就評價甚高，遠為中國所不及。但卻不認為中國會不能追趕，而長期落在後面。所以如此，主要是因為：第一，他認為東西科學的成就之有這樣的差距，只是歷史條件不同，並不是因為中西的哲學或宗教方面有甚麼根本的相異。第二，他認為在中國文化傳統之中，同樣的也具有科學精神和方法。這種見解，在民國十二年批評梁漱溟先生的「東西文化及其哲學」時，已經有所表明（註⑳）。但最具體而完整的解釋，則爲民國四十八年七月，在夏威夷大學主辦的第三次東西哲學家會議中他所宣讀的一篇論文「中國哲學裡的科學精神和方法」。這篇文章的撰寫，是因爲該會前兩次會議中，都討論過：東方從前究竟有沒有科學？東方爲甚麼科學不發達，甚至於沒有科學？於第一個問題，與會者的答案多半是傾向於沒有，或者即使有，也很少超過最淺近最初步的自然史式的知識的科學。第二個問題，則答案很不一致，其中一位相當有聲望的教授諾斯洛浦（Filmer S.C. Northrop）認爲「一個文化，如果只應用由直覺得來的概念，就用不著形式推理和演繹科學。假如科學和哲學所要指示的只是當下可以了解的事物，那麼很明白，人只要觀察、默想，就可以認識這種事物了。直覺和默想的方法也就是惟一靠得住的方法了。這正是東方人的見解，也正是他們的科學很久不能超過自然史階段的原因，——由直覺得來的概念把人限制在那個階段裡了」。

胡適對諾斯洛浦教授和其他人類似這種的說法，大不爲然。所以特別寫了這篇文章，來作深入的分析，嚴正的辨正。在文章中，他首先表示，這一類東西二分的理論是沒有歷史根據的，沒有一個種族或文化，只容納由直覺得來的概念，也沒有一個人只容納由直覺得來的概念。人是一種會思想的動物，每天亦都有實際的需要逼迫他去做推理的工作。爲了推理，便必須充分使用他的理解能力、觀察能力、想像能力、綜合與假設能力、歸納與演繹能力。不論在東方與西方，都是在幾個延續不絕的知識文化傳統中心，經過很長的時間，才發展出科學來。所以這一套將東西二分的解釋是不符合歷史事實的。說一個文化「天然被阻止發展西方式的科學」自是一種沒有根據的悲觀。

繼續進入本題，他引據前哈佛大學校長康南特（James B. Conant），一位第一流的科學家所作的解釋說：

> 十六、十七世紀那些給精確而不受成見影響的探索立下標準的早期研究工作者，他們的先驅是些甚麼人呢？哥伯尼、伽利略、維薩略的精神上的祖先是些甚麼人呢？……我們得向那少數深深浸染了蘇格拉底傳統的人身上去找，得向那些憑著原始的考古方法首先重獲得了希臘羅馬文化的早期學者身上去找。在文藝復興的第一個階段裡，把對於冷靜追求真理的愛好發揚起來的人，都是研究人文的，……盡力抱評判態度而排除成見去運用人類的理智，盡力深入追求，沒有恐懼，也沒有偏好，——這種精神全是靠那些著書討論人文問題的人保持下來的。……佩脫拉克、薄伽邱、馬奇維里、依拉斯莫斯……應當算是近代科學工作者的先驅。依同樣的道理說來，拉伯雷（Rabelais）與蒙丹（Montaigne），發揚了評判的哲學精神，在我看也應當算是近代科學家的前輩。

依據康南特所持的標準，胡適再就中國學術史進行檢討。首先，他認爲在中國古代的知識遺產中，也有一個「蘇格拉底傳統」。自由問答，自由討論，獨立思想、懷疑，熱心而冷靜的求知，都是儒家的傳統。孔子本人即「學而不厭，誨人不倦」；「好古敏以求之」；「發憤忘食，樂以忘憂，不知老之將至」。孔子，像蘇格拉底一樣，也常自認不是一個智者，只是一個愛知者。孔子說：「知之者不如好之者，好之者不如樂知者」；說他自己「嘗終日不食不寢以思，無益，不如學也」；「朝聞道，夕死可矣」。這正是中國的蘇格拉底傳統。孔子很注重知識上的誠實，故言「知之爲知之，不知爲不知，是知也」。如果不知，寧肯存疑。這種存疑的態度，也是中國的蘇格拉底傳統。

談及老子，胡適認爲老子是中國的自然主義創始者。他指出：「這個在老子書裡萌芽，在以後幾百年裡充分生長起來的自然主義宇宙觀，正是經典時代的一份最重要的哲學遺產，自然主義本身最可以代表大膽假設，和積極假設的精神」。下及漢代，他舉王充爲例，來說明道家自然主義的功能。他說：若干儒生如董仲舒等將一套「災異神學」附麗於儒家，並造出一批「讖」、「緯」的著作，來與經書相混淆。但竟然有王充出來，以老子與道家的自然哲學爲基礎加以批評。胡適强調：「用人的理智反對無知和虛妄、詐僞，用創造性的懷疑和建設性的批評反對迷信，反對狂妄的權威。大膽的懷疑追問，沒有恐懼也沒有偏好，正是科學的精神。『虛浮之事，輒立證驗』，正是科學的手段」。

再後，就宋代朱熹等所謂的「新儒家」來作說明。他分析說：

> 新儒家運動需要一套新的方法，一套新工具，於是在孔子以後出來的一篇大約一千七百個字的「大學」裡找到了一套方法，……「致知在格物」。程氏弟兄（程顥、程頤）的哲學，尤其是那偉大的朱熹，所發揚組織起來的哲學，把這一句話當作一條主旨。這個窮理的意思，說得進一步就是「即天下之物，莫不因其已知之理而益窮之」。

胡先生認爲朱子眞正是受了孔子的「蘇格拉底傳統」的影響，並建立了一套研究探索的精神、方法、步驟的原則。

一百年之後，元朝的吳澄，再後明末的梅鷟，明清之際的閻若璩、顧炎武，清乾嘉時代的錢大昕、戴震、王念孫、王引之等，持續相繼，卒形成一個全靠嚴格而冷靜的研究做基礎的學術復興的新時代（約爲一六〇〇—一九〇〇）。將十七世紀中國歐洲學術領袖人物作一比較，他們在科學精神和方法上非常顯著的相像。所不同的，是這些中國學人產生了三百年的科學書本學問，那些歐洲學人卻產生了一種新科學和新世界。於是，他乃作了一項有如結論性的論斷：

> 這就足夠給一件大可注意的事實做一種歷史性的解釋，足夠解釋那些只運用「書本、文字、文獻」的大人物怎麼竟能傳下來一個科學的傳統：冷靜而嚴格的探索傳統，嚴格的靠證據思想、靠證據研究的傳統，大膽的懷疑與小心的求證的傳統——一個偉大的科學精神與方法的傳統，使我們當代的中國兒女，在這個近代科學的新世界裡不覺得困擾迷惑，反能夠心安理得。（註㉑）

在這篇文章中，他不但將孔子視爲中國蘇格拉底傳統的創始者，並且肯定了後來歷代繼承並發揚這個傳統的儒者。甚至將他畢生所秉持的「科學精神與方法」——「大膽假設，小心求證」，也歸屬到這個偉大的中國傳統文化之中了。

以上已從反正兩面將胡適對中國傳統文化的態度，選取重點與關鍵之處，加以檢討，可以看出，他對中國傳統文化的批評，有時雖不免有爲人所詬病之處，但他對中國傳統文化在本質上與重大問題方面，則是十分篤愛，而且對之頗有創發與宏揚之處。枝節不須逐述，僅對道德與宗教、自由與民主、科學精神與方法這三方面的闡釋，他對中國傳統文化的貢獻，已經堪稱能繼往開來了。

至於爲甚麼他會一直是「名滿天下，謗亦隨之」，這固然是涉及到新舊衝突，以及其他種種因素，但他所發表的文章或講話，有時候，也確有不夠愼審或周延之處。如爲吳虞文錄所作的序，在此之前約一年七個月，他在其「新思潮的意義」一文中，就明確表示：「新思潮的根本意義，只是一種新態度。這種新態度可叫做『評判的態度』。……『重新估定一切價值』」。既然要評判，要重新估定，其時還沒有做好這一項工作，爲何要斷然那樣大力的支持吳虞呢？這篇序，如果是在「說儒」的文章之後再寫，恐怕情況會大不相同了。再如關於「全盤西化」一事，既然對於這個問題，尚未達到深思明辨的地步，亦似不宜貿然先表示完全贊成陳序經先生，而後再來對自己的措詞加以修正。又如東方文明的精神價值或有多少精神成分的問題，其實通篇的含義，不過是主張或强調「把科學和技術的近代文明看作高度理想主義的、精神的文明」，這並沒有錯。如果以此一標準，來衡量或對比近代中國歷史的發展，說中國，當然也包括他所說的東方諸文明，已經很少或完全沒有精神價值了，這也只有措詞的逾分，本意並不見得錯離。爲甚麼三十五年前他的那篇「我們對於西洋近代文明的態度」沒有引起像這次「科學發展所需的社會改革」所受到的反對或攻擊，應該也是在表達的方法和措詞的或有未當，其本意應仍然是前後一貫，並無改變。對於一個重要的人物，他畢生的言論，難免沒有矛盾或偏離的地方，我們自應取其大者，並就全局來衡量。

現在再引一段胡適於民國四十九年七月十日，在美國西雅圖的華盛頓大學所學行的「中美學術會議」開幕式中演講「中國傳統與未來」其中的一段話，作爲本文的結束。他說：

慢慢地、悄悄地，可又是非常明顯地，中國的文藝復興已經漸漸成了一件事實了。這個再生的結晶品看起來似乎使人覺得帶著西方的色彩，但是試把表面剝掉，你就可以看出做成這個結晶品的材料，在本質上正是那個飽經風雨侵蝕而更可以看得明白的中國根底，——正是那個因為接觸新世界的科學民主文明而復活起來的人本主義與理智主義的中國。

這是我在一九三三年說的話。我在當時可是過分樂觀了嗎？隨後這幾十年來的事變可曾把我的話推翻了嗎？……我深信，那個「人本主義與理智主義的中國」的傳統沒有毀滅，而且無論如何沒有人能毀滅（註㉒）。

註釋：

①載胡適文存（台北遠東書局本）第一集，頁七九四—七。

②獨立評論第一四二號。

③這次演講是用英文，後由徐高阮譯成中文，收在徐著：胡適和一個思想的趨向一書中。

④唐德剛譯註：胡適口述自傳（台北傳記文學社出版，民國七十年），頁二五八。

⑤民國四十七年四月十日，在就任中央研究院院長典禮上講。

⑥施友忠原作，陳璋津摘譯：胡適訪問記（收入天一出版社：胡適傳記資料十二）。

⑦文載獨立評論第一四五號。

⑧文載胡適文存第四集，頁五四一—四。

⑨見胡頌平：胡適之先生年譜，第十冊，頁三八〇一。

⑩仝上書，頁三八九九—三九〇一。

⑪文載胡適文存第三集，頁一—十五。

⑫按此處所引以賽亞書與和合本聖經略有文字的不同，但文義則一致。

⑬「說儒」，載胡適文存第四集，頁一—八二。

⑭以上均見胡適：說儒。

⑮成語出自聖經新約以賽亞書第五章十五節：人點燈，不放在斗底下，是放在燈台上，就照亮一家人。

⑯胡適講，徐高阮譯：儒教的使命，在徐高阮：胡適和一個思想的趨向，頁七—十二。

⑰講演無正式文稿，此處係參照胡頌平：胡適之先生年譜中根據次日報紙校核而成的記錄。

⑱講稿收入胡適紀念館出版之胡適講演集，上冊。

⑲見唐德剛譯註：胡適口述自傳，頁二五八—二六一。

⑳見胡適：讀梁漱溟先生的東西文化及其哲學，載胡適文存第二集，頁一五八—一七七。

㉑以上均見胡適：中國哲學裡的科學精神和方法（原爲英文"The Scientific Spirit and Method in Chinese Philosophy"中文爲徐高阮譯註，在徐高阮：胡適和一個思想的趨向一書中）。

㉒胡適：中國傳統與未來（徐高阮譯，收入胡適紀念館：胡適講演集，上冊）。

（本文作者現任中研院近史所研究員）

憂患中的心聲

——論胡適之的「白話新詩」

■林明德

一、前言

說一句話而不敢忘這句話的社會影響，
走一步路而不敢忘這一步路的社會影響。

〈介紹我自己的思想〉

細數近代歷史人物，今年（一九九〇）十二月十七日，恰逢胡適之先生的百年誕辰。

百年中國是驚濤駭浪，是夢魘頻仍；苦難，一直是他拭擦不去的名字。這其間，一些生於憂患的知識分子，慷慨激昂，紛紛投入救國的行列，貢獻心力，胡適之，就是其中的一個。在他的生命史上，從文學革命、新文化運動、民主憲政、學術獨立，到長期發展科學……等與中國命運相關的事件，他幾乎都躬逢其盛並且主導趨勢；他不僅是二十世紀中國學術思想史上的中心人物，也是國家現代化的推動者。

然而，胡先生一生可說是在「譽滿天下，謗亦隨之」中過的：有人稱讚他是「最卓越的政論家」、「永不停止的眞理追求者」、「中國的良心」、「民主的先知」、「播種者」、「新詩的老祖宗」；有人批評他是「學閥」、「個人主義」、「保守的自由主義」、「落了伍的外交家」、「褪了色的詩人」，不一而足。其實，這些毋寧證明了他不可忽視的存在。

近年來，關於胡適之的論述，蔚爲風氣，專著散論輩出，大概傾向學術、文化與五四運動等問題上，對於其文學思想的探討，並不多見。這篇《憂患中的心聲——論胡適之的「白話新詩」》，或可彌補上述的缺欠。

不過，也可說是胡先生百年誕辰的一點紀念吧！

二、胡適之肖像

胡適，名嗣穈，行名洪騂，字希彊，又字適之，別號期自勝生、鐵兒、胡天、藏暉室主人……等。安徽績溪縣人，清光緒十七年（一八九一年十二月十七日）生於上海。他五歲時，父親不幸去世，此後九年在慈母的教訓下，學得了一絲一毫的好脾氣。光緒三十年，他進入上海梅溪學堂，因成績優異，一天之中升了四班。隔年，入澄衷學堂，由於考試成績常常名列第一，一年升了四班。

十六歲那年，他考取了中國公學。宣統二年（一九一〇），他閉戶讀兩個月的書，和二哥一同北上，考取第二次庚子賠款留美。到了綺色佳（Ithca），進康南耳大學，選讀農科。因爲興趣不合，改讀文科，學習哲學、文學、政治和經濟。大四時，獲得卜郎吟（Robert Browning 一八一二～一八八九）文學論文獎金。在這段期間，他同時渡過青年期的政治訓練。

一九一六年，胡適進入哥倫比亞大學哲學系研究部，深受實驗大師杜威（John Dewey）的影響。一九一六年十月，他寫給陳獨秀的信提到八個文學革命的條件；不到一個月，又寫了一篇〈文學改良芻議〉，複鈔兩份，一份給《留美學生季報》，一份寄給《新青年》發表。一九一七年五月，通過博士學位考試。九月任教國立北京大學。民國七年十一月二十三日，在天津初訪心儀已久的梁任公先生。

返國以後，他大力提倡白話文，推動「文學革命」。民國九年出版《嘗試集》，特別强調「自古成功在嘗試」的精神。民國十七年，就任吳淞中國公學校長。二十年任北京大學文學院院長。二十七年，以「現在國家是戰時，戰時政府對我的徵調，我不敢推辭。」出任駐美大使。三十四年九月任北京大學校長，時年五十五歲。大陸淪陷後，他到美國普林斯頓圖書館任職。民國四十七年四月，回國接中央研究院院長。五十一年二月二十四日，因心臟病發，回天乏術，這位「中國的良心」終於與世長辭，享年七十二歲。他的〈墓誌銘〉云：

這個為學術和文化的進步，為思想和言論的自由，為民族的尊榮，為人類的幸福而苦心焦慮，敝精勞神以致身死的人，現在在這裡安息了。

我們相信，形骸終要化滅，陵谷也會變易，但現在墓中這位哲人所給予世界的光明，將永遠存在。

胡適之的成就是多方面，而且得到國內外學術界的肯定，來自歐美三十六個榮譽博士學位就是最好的證明。在中國近代史頁裡，他是位民主先知，始終扮演著「寧鳴而死，不默而生」的「老鴉」。

胡適之的著作，概括創作與學術，由於中文西文並精，詞章義理考據兼通，廣博的學域加上獨到的識照，使他的論述成爲一家之言。他著作等身的生命史，毋寧是一代學人最好的詮釋。

在中國新文學史上，他既是文學運動大師，也是白話新詩的先驅者。

三、胡適之的詩論與實踐

(一)繽紛的批評視野

從中國詩史上看，毫無疑的，胡適之先生是位先驅者，也是「新詩老祖宗」（註①），他的《嘗試集》是劃時代之作，更是中國新詩的里程碑。

一九一七年一月，胡適之在《新青年雜誌》發表了〈文學改良芻議〉，正式揭開文學革命的序幕；一九一八年一月，他與沈尹默、劉半農三人共同在《新青年雜誌》發表九首新詩（註②），把中國詩歌推進新紀元；一九二〇年三月，胡適之出版了試驗白話文學的成績——《嘗試集》，以壯大白話文學的聲勢。它不僅提供詩歌的路向，同時使他成爲中國新詩第一人。

有關《嘗試集》的評論，除了當時《學衡雜誌》胡先驌代表保守派看法所寫的〈評嘗試集〉之外，直到一九六二年二月二十四日，胡適之先生去世，四十年之間，並不多見，這種現象不可不謂之奇特了。

不過，他的死亡，卻是眾聲喧嘩的開始。一夕之間，有關政治、思想、學術、文化、文學的議論輩出，而意見之繽紛，儼然有蓋棺而論未定之勢。其中，《嘗試集》也引起熱烈的討論，例如：

(1)余光中〈中國的良心——胡適〉一文，認爲胡適之的新詩「充其量像愛默生或梭羅的作品，但缺乏前者的玄想及後者的飄逸，不，有時候他的新詩只是最粗淺的譬喻而已。」「是以五四的新詩運動，本質上是語言的，不是藝術的，而胡適等人在新詩方面的重要性也大半是歷史的（historical），不是美學的（aesthetic）。在今日的自由中國，幾乎任何新詩人的作品都超越了《嘗試集》。」

(2)梁實秋〈新詩與傳統〉、〈胡適之先生論詩〉等文，對胡適之提倡「白話詩」甚爲肯定，「已經獲得了極大的成功，等於打開了一座大門，讓大家進去遊賞。現在已經沒有人懷疑白話可以入詩。」但對於「可懂性」的美學，卻頗不以爲然，梁先生認爲「講到品味，那是無法爭辯的。」何況「美未易賞」；他並且指出：「胡先生作詩，眼高手低。」「他的最大的缺失是他忽略了中國文字的特性。」

(3)周策縱〈論胡適的詩〉一文，「以爲胡適的詩較好的一面是文字流利，清淺而時露智慧。最好的幾首往往有逸趣或韻緻。一部分佳作能於淺顯平常的語言裡表達言外一些悠遠的意味。這是繼承了中國過去小詩小詞一些較優秀的傳統。」並且指出胡適之的缺點是：强調「明白清楚的詩」，走入了詩的魔道，與寫極端不懂的詩之作者同樣妨礙了好詩的發展；「胡自己的詩也常不免缺少深度。」「在他的新詩裡幾乎找不到一首眞正熱情摯情的詩來。」因此，周先生批評胡適的新詩是：「清新者有之，朦朧耐人尋味者則無；輕巧者有之，深沉厚重者則無；智慧可喜者有之，切膚動人摯情者亦無。」

(4)唐德剛《胡適雜憶》一書裡面，强調「在現代中國文學史上的胡適，和黑奴解放史中的林肯，其地位亦大致相同。如果近代的中國白話文學也有個開山之祖的話，哪一位大師比胡適更能當之無愧呢？」「胡適在新詩上的地位也是一樣的。談新詩他就老實不客氣的說他是『新詩的老祖宗』。當今的新詩人和新文學史家，恐怕很多人都要說胡適是『唱戲抱屁股』，自捧自。」唐先生嚴格地指出

：

「胡先生不是個第一流的大詩人，因爲胡氏沒有做大詩人的稟賦。好的詩人應該是情感多於理智的，而胡適卻適得其反。胡先生文章是淸通、明白、篤實。長於說理而拙於抒情。」

大致上看來，這些評論可以分爲兩個層面，即：歷史意義與藝術造詣。對於前者，大家有共識，都予肯定；至於後者，意見紛紜，寓有强烈的批判味。

一般說來，在中國新詩發展史上，胡適之不愧是位開風氣之先的人物，這與其本人對「但開風氣不爲師」（龔自珍語）的原則，不無關係；他以實證思維融匯了理論與實踐，使新詩得以開展。也就是說，他的詩論與創作，二而一，相輔相成，密不可分。因此，討論《嘗試集》的詩史地位，就必須兼攝歷史地位與藝術造詣，才能看出眞相。也唯其如此，才不會有所偏差，馴致誤解。

所以，本文擬先談《嘗試集》的理論基礎，再論《嘗試集》的實際表現——藝術造詣，從而引發大家來共同思考較客觀的定位。

㈡胡適之的詩論

說胡適之是「新詩老祖宗」，這大概是沒有爭論的餘地，然而，對這個命題的內涵，認定上恐怕不會太一致；我們以爲應該含攝理論與實踐——詩論與新詩——才可能算是周延的。

的確，胡適之在中國新詩發展史上，必須經由這樣的視角去瞭解、探索，才會有客觀的結論。

胡適之先生的詩論，大致見於下面的文章：

(1)〈文學改良芻議〉 六年一月
(2)〈歷史的文學觀念論〉 六年五月
(3)〈建設的文學革命論〉 七年四月
(4)〈談新詩〉 八年十月
(5)《嘗試集》〈自序〉 八年八月一日
(6)《嘗試集》〈再版自序〉 九年八月十五日
(7)〈什麼是文學〉 九年
(8)〈五十年來中國之文學〉 十一年三月五日
(9)〈談談「胡適之體」的詩〉 二十五年二月五日

歸納起來，他所談的問題不外是：

㈠詩體的大解放
㈡自然的音節
㈢做新詩的方法
㈣文學——新詩的最高境界

胡適之認為「一時代有一時代之文學」，中國詩歌的變遷，斑斑可考，由詩、騷到兩漢樂府，而詩、詞，歷經三次解放，新詩的發生是第四次的詩體大解放，「不但打破五言七言的詩體，並且推翻詞調曲譜的種種束縛；不拘格律，不拘平仄，不拘長短，有什麼題目，做什麼詩；詩該怎樣做，就怎樣做。」

他所說的第四次詩體的大解放，是指形式上的突破，不過，解放的焦點乃在語言、文字與文體上。他認爲形式上的束縛，使精神不能自由發展，使良好的內容不能充分表現。詩體解放之後，豐富的材料、精密的觀察、高深的理想、複雜的感情，才有可能跑到詩裡去。例如：周作人的〈小河〉、作者本人的〈應該〉、兪平伯的〈春水船〉，於抒情、寫景，往往予人一新耳目之感，「是詩體解放後最足使人樂觀的一種現象。」

基本上，詩體的大解放，形式是自由詩，語言則爲白話。

胡適之對於新體詩的音節非常重視，這可能來自對傳統詩、詞、曲情韻的一份熟稔。他指出音節全靠兩個重要分子：一是語氣的自然節奏，二是每句內部所用的自然和諧。至於句末的韻腳，句中的平仄，都是不重要的事。

在新舊過度時代，舊詩音節的轉變，例如：雙聲、疊韻、韻腳，固然可以容納在新詩裡，卻不是新詩音節的全部，新詩音節的趨勢，是「自然的音節」。換句話說，新詩的聲調，平仄要自然，用韻也要自然，新詩詩句的頓挫段落，要依著意義的自然區分與文法區分來辨析。

至於韻腳，他强調新詩的三種自由：一、用現代的韻，不拘古韻，更不拘平仄韻。二、平仄可以互相押韻，這是詞曲通用的例，不單是新詩如此。三、有韻固然好，沒有韻也不妨。新詩的聲調既在骨子裡，——在自然的輕重高下，在語氣的自然區分，——故有無韻腳都不成問題。

所謂「骨子裡」，實際上就是「內部的組織」，包括：層次、條理、排比、章法、句法，是追求音節和諧、自然的最重要方法。

以上所談的，都屬於準備的工夫，接著就看如何去創作了。胡適之對於「創作」的體會十分深刻，詮釋也相當周延，這可以從〈建設的文學革命論〉一文獲得例證。他認爲創造新文學的進程有三步：即：一、工具；二、方法；三、創造。前兩步爲預備工夫，第三步才是創作的實踐。質言之，要創造新文學，就必須對新文學的媒介——語言文字——或工具，能夠駕馭自如。新文學的語言或工具既然是白話文，那麼有意創造國語文學的文字工作者，就非得有充分預備不可。胡先生指出預備的途徑有二：

㈠多讀模範的白話文學

㈡用白話作各種文學

他重視創作的先決條件，强調入門須正與靈活運用相輔相成的關係，正好遙契了劉勰所說的：凡操千曲而後曉聲，觀千劍而後識器。故圓照之象，務先博觀。（註③）

新文學創作的先決條件，固然在「工具」的預備，但是，祇有工具，缺少「方法」，將難有完美的表現，可見「方法」的重要了。然而，方法多門，如何「執術馭篇」呢？胡先生提出三類方法：

㈠集收材料的方法：透過⑴推廣材料的區域，⑵注意實地的觀察和個人的經驗，⑶要用周密的想像作觀察經驗的補助等三種層次來完成材料的收集。

㈡結構的方法：有了材料後，接著是結構的問題了。其實，結構不外剪裁與布局兩種，它們倚依互動，是構成「有價值的新文學」不可或缺的要素。

㈢描寫的方法：集收材料、注意結構之後，就必須涉及描寫了。胡先生以爲描寫方法千頭萬緒，但不外四種：⑴寫人；⑵寫境；⑶寫事；⑷寫情。不過這些規則應該因材運用，隨機應變，不可拘泥。

這之外，要怎麼預備方可得到一些高明的文學方法呢？根據胡先生的經驗論：就是趕緊多多翻譯西洋的文學名著做我們的模範。之所以有如此的想法，是基於兩層理由：

㈠中國文學的方法實在不完備，不夠作我們的模範：這層理由是建立在中國文學體裁、材料，與布局等缺失的反省上。

㈡西洋的文學方法，比我們的文學，實在完備得多，高明得多，不可不取例：透過比較文學的觀點，指出中西的散文、戲劇、小說的優劣，用以支持他的第二層理由。

對於當時中國所譯的西洋文學書籍，胡先生批評「大概都不得其法，所以收效甚少。」因此，他積極的建議：

㈠只譯名家著作，不譯第二流以下的著作。

㈡全用白話韻文之戲曲，也都譯為白話散文。

以上所述，是創造新文學進程中的前兩步，雖屬於預備的階段，卻是創造的先決條件。胡先生認為：「工具用得純熟自然了，方法也懂了，方才可以創造中國的新文學。」後來，在〈談談「胡適之體」的詩〉一文，他進一步闡述：

工具用的熟了，方法練的細密了，有天才的人自然會「熟能生巧」；這一點工夫到時的奇巧新花樣，就叫創造。

並且指出：「現在有許多人，語言文字的工具還不會用，就要高談創造，我從來沒有這種大膽子。」因此，「且先去努力做那第一第二步預備的工夫」，恐怕是比較務實的創作態度。

從分析過程可以看出，胡先生的觀點相當獨到（其中，有些值得商榷），推論深具邏輯，尤其來自本人創作經驗的「創作論」，更是發人深省。

胡適之主張「詩的具體性」是寫詩的不二法門，他曾說：

> 詩須要用具體的做法，不可用抽象的說法。凡是好詩，都是具體的；越偏向具體的，越有詩意詩味。凡是好詩，都能使我們腦子裡發生一種——或許多種——明顯逼人的影像。

例如，馬致遠〈天淨沙〉一首小令裡，有十個影像，連成一串，構成影像羣，造成「一片蕭瑟的空氣」。再如他的〈老鴉〉，也是「抽象的題目用具體的寫法」的範例。

影像就是意象（imagery），是心靈的圖畫。胡適之重視影像，有人指出是受到美國一九一五年意象派詩人的影響，但是，傳統詩論中的「情景交融」，恐怕多少也有些關係吧。

胡適之自己認爲是實證思維者，因此，他的美學都沾染實用的色彩。他說：

> 文學有三個要件：第一要明白清楚，第二要有力能動人，第三要美。

文學不外「表情達意」，所以，必須先求「使人懂得，使人容易懂得」；其次，「還要人不能不相信，不能不感動」；「懂得性」加上「逼人性」（所謂「逼人而來的影像」），美，自然就會出現。

文學的最高境界如此，新詩的最高境界更是如此。

以上，就是胡適之的詩論大概，而《嘗試集》就是具體的實踐。

㈢胡適之詩論的實踐

胡適之發表的詩論雖有先後之分，但觀點始終一致，因此，鳥瞰《嘗試集》對印證詩論而言，是必要的。當然，我們也想透過胡適之體「白話新詩」的分析，來瞭解他的藝術造詣，從而，正視這位新詩先驅者的詩史地位。

胡適之的新詩集《嘗試集》，可說是試驗白話詩的成績單，於民國九年三月出版，到二十二年，共出了十四版，堪稱暢銷書。跡象顯示，從第二版到第四版，曾略有增減。

民國六十年二月，胡頌平等人編《胡適詩歌》普及版，包括：㈠《嘗試集》附《去國集》；㈡《嘗試後集》附未收的詩歌；㈢《詩選》附刪剩的絕句、山歌、民歌，與《云謠集》等。其中，《嘗試集》共收錄九十一首，可視爲定本；不過，令人百思不解的是，見於民國十一年十月上海亞東圖書館增訂四版《嘗試集》的〈威權〉、〈一顆遭劫的星〉與〈雙十節的鬼歌〉三首，卻付之闕如。尤其是前兩首乃作者認定且列入的十四首「白話新詩」，怎會如此大意？第三首是政治詩，主題與前兩首類似但更顯露一些。無論如何，這三首詩的湊巧遺漏，恐怕難免予人政治忌諱、詩禁的種種聯想吧？

《嘗試後集》，由胡適之自己編定，可是，目前的版本，是後來由胡頌平等人「將胡先生所遺的散篇和在胡先生文章裡、信札裡、墨跡裡、或別人日記裡，所見到的胡先生篇什而沒有經他收入詩集中的」，除〈戲楊杏佛的大鼻子詩〉是胡先生轉錄前人作品（屬戲謔的）不計外，共有一一七首。

根據「胡適紀念館」民國六十年二月初版，適之先生的詩集共有二〇八首，再加上遺漏的三首，總計二一一首，這可能是當前最完整的數目了。

《嘗試集》九十四首，包括三部分：第一編二十二首，創作於民國五年到六年之間，形式仍沿襲五言、七言句法，是古詩的變相；第二編三十一首，創作於民國六年到九年之間，其中，有些是「自由詩」的型構，有些是詞曲的變相，因此脫離不了古典詞曲的氣味與聲調；第三編十八首，及附錄《去國集》二十三首，前十八首寫於民國九年到十年，大多屬於「自由詩」體。後者《去國集》，自庚戌（一九一〇）至民國五年，形式屬於詩詞，作者〈自序〉云：「亦可謂之六年以來所作『死文學』之一種耳。」（註④）然而，作者附錄此集的用意，無非「欲稍存文字進退及思想變遷之跡焉爾。」

《嘗試後集》一一七首，創作歲月相當漫長，大概從民國十一年到四十八年，延續並發揮了《嘗試集》的多樣風貌。

在二一一首當中，押韻的形況極爲普遍，約有二〇〇首之譜，而翻譯的詩篇也有十三首之多。基本上，《嘗試集》是胡先生「實驗的精神」之呈現，是他在大多數人對白話詩仍舊懷疑，甚至反對的環境中所作（堅持）的試驗報告。他承認，當時白話詩的試驗室裡的試驗家，固然有增多的現象，但是，並沒有因此造成創作的趨勢。換句話說，大多數的文人仍然不敢輕易去「嘗試」；胡先生秉著「歷史的文學進化觀念」與「文學的實驗主義」，確信「自古成功在嘗試！」（註⑤）他之所以將詩集命名《嘗試集》，至少具有兩層意義，「天下決沒有不嘗試而能成功的事，也沒有不用嘗試就可預料成敗的事。」可見嘗試是有一定的功效，此其一。「有時試到千百回，始知前功盡拋棄。即使如此已無媿，即此失敗便足記。告人此路不通行，可使腳力莫枉費！」顯然的，這種經驗示人的「實驗精神」，正是嘗試的另一層意義，此其二。

然而，《嘗試集》所釋放出來的積極意義是，呼籲大家都來嘗試寫作眞正的白話新詩，創造屬於這一代的活文學。

胡適之是習於自我批判的，即使對《嘗試集》亦不例外；儘管新詩有二一一首，但他只承認〈老鴉〉、〈老洛伯〉、〈你莫忘記〉、〈關不住了〉、〈希望〉、〈應該〉、〈一顆星兒〉、〈威權〉、〈樂觀〉、〈上山〉、〈週歲〉、〈一顆遭劫的星〉、〈許怡蓀〉、〈一笑〉等十四篇才是眞正的「白話新詩」。換句話說，這十四首才是他詩論的具體實踐。奇特的是，其中的〈老洛伯〉、〈關不住了〉與〈希望〉三首屬於譯詩，還照樣上榜，可見他的創作觀毋寧是廣義的。

七十年來，有關《嘗試集》的藝術造詣之研究，誠屬少見，至於若干論文的舉證也都在這十四首之外，對胡適之來說，顯然是相當的不公平。因此，我們嘗試給予新論，且讓我們將他的十四首「白話新詩」，加以探索、分析，用以驗證他的詩論與藝術造詣。

四、胡適之「白話新詩」的探索

在進行探索之前，我們特別將「白話新詩」十四首繫年，藉以瞭解作者詩歌創作與造詣的進程。

（一）一九一七年十二月十一日〈老鴉〉
（二）一九一八年三月一夜譯〈老洛伯〉
（三）一九一八年六月二十八日初稿〈你莫忘記〉
（四）一九一九年二月二十六日譯〈關不住了〉
（五）一九一九年二月二十八日譯〈希望〉
（六）一九一九年三月二十日〈應該〉
（七）一九一九年四月二十五夜〈一顆星兒〉
（八）一九一九年六月十一夜〈威權〉
（九）一九一九年九月二十夜〈樂觀〉
（十）一九一九年九月二十八夜〈上山〉
（十一）一九一九年十一月二十七日〈週歲〉
（十二）一九一九年十二月十七日〈一顆遭劫的星〉
（十三）一九二〇年七月五日〈許怡蓀〉
（十四）一九二〇年八月十二日〈一笑〉
茲列舉其中四首做進一步的例證。

1. **老鴉**

我大清早起，
站在人家屋角上啞啞的啼。
人家討嫌我，說我不吉利；
我不能呢呢喃喃討人家的歡喜！

2.

天寒風緊，無枝可棲。
我整日裡飛去飛回，整日裡又寒又飢。
我不能帶著鞘兒，翁翁央央的替人家飛；
不能叫人家繫在竹竿頭，賺一把黃小米！

在《嘗試集》裡，〈老鴉〉是作者多次「戲台裡喝采」的詩篇，他曾以〈老鴉〉做一個「抽象的題目用具體的寫法」的例證（註⑥），並且認爲是音節實驗的典範：「我有時又想用雙聲疊韻的法子來幫助音節的諧婉。例如：『我不能呢呢喃喃討人家的歡喜。』這一句裡有九個雙聲。」（註⑦）

不過，余光中先生的看法，卻有很大的出入，他說：「像這樣的一首詩，在藝術上的評價實在很低，儘管它可以被引用來印證胡適的思想或人生態度。胡適在詩中用了一點起碼的象徵，可是這種象徵是淺近而現成的，不耐咀嚼，像是蓋在思想上的一層玻璃，本身沒有什麼可觀。」（註⑧）

表面上看來，余先生的論點頗言之成理，然而，不無商榷之處。

胡適之先生曾說過：

美在何處呢？也只是兩個分子：第一是明白清楚；第二是明白清楚之至，故有逼人而來的影象（按、即意象。）（註⑨）

〈老鴉〉正是此種美感的展現。細讀〈老鴉〉，我們不難發現，其藝術造詣，乃在作者藉著擬人化的手法生動活潑的顯映了老鴉的形象與精神，這之外，作者的意匠經營使〈老鴉〉由詠物轉入隱喻詩的層次，進而展示作者自我的風姿——一位民主先知的影象。

全詩分爲二段，共八行。

第一段，四行。開始使以擬人化的手法，由老鴉（物）自白（自現）。老鴉大清早起來就站在人家的屋角上「啞啞的啼」個不停，旣擾人清夢又予人不好的徵兆，眞教人厭惡極了。顯然，老鴉在「人家」的心目中是相當「不吉利」的形象；但是，這就是老鴉之所以爲老鴉的的本色了。因爲牠是老鴉，所以牠早起、啞啞的啼，不理會人家的討嫌，說牠不吉利；牠絕不能「呢呢喃喃」，討人家的歡喜。

這裡，作者運用對比來凸顯老鴉的本色，換句話說，第一段是建立在「啞啞的啼」（不悅耳，不聽話）的老鴉，人家，與「呢呢喃喃」（悅耳，聽話，也就是第二段的「鴿子」或「鸚鵡」）三者的關係上。前後對比，而好惡卻在「人家」的主觀認定上。相當有趣的是，「人家」三出，以對應四出的「我」（老鴉），而在最後一句也就是第四個「我」，流露不妥協的風範與氣勢。

大致上說來，第一段透過老鴉的自白，釋出幾分無奈、堅持與期許，這些訊息，讀者是不難覺察得到的。

第二段，四行。

作者進一步刻劃「老鴉」的堅貞性格，大有「舉世皆濁我獨清，衆人皆醉我獨醒」之概。「天寒風緊，無枝可棲。」兩句敍述了老鴉在險惡的天候，無立錐之地的現況，與曹操「月明星稀，烏鵲南飛。繞樹三匝，何枝可依？」（短歌行）的徬徨、蘇軾「缺月桂疏桐；漏斷人初靜，誰見幽人獨往來，縹緲孤鴻影。　驚起卻回頭，有恨無人省。揀盡寒枝不肯棲，寂寞沙洲冷。」（卜算子）的孤絕情境，可謂異曲同工了。

接著，「我整日裡飛去飛回，整日裡又寒又飢。」兩句點出老鴉念茲在茲的人間關懷與執著。因此，雖處在飢寒交迫的情況下，牠還是「未忍言索居」（註⑩）；「飛去飛回」，正是眷念人間的舉措。

最後兩行，藉鴿子、鸚鵡與老鴉的對比：老鴉不能像鴿子帶著鞘兒嗡嗡央央的替「人家」飛，也不能像鸚鵡讓「人家」繫在竹竿上頭，供人觀賞，任人擺佈，「賺一把黃小米」討生活。牠的堅貞本色相對於任人奴役的同類，形成映襯，隱約有份「嘲諷與哀憐」傳釋出來。莊子曾說：

> 澤雉十步一啄，百步一飲，不蘄畜乎樊中，神雖王，不善也。（養生主）

老鴉所選擇所堅持的，毋寧是此種「逍遙自在」的生命態度，這也是宇宙生物所共同追求的基本原則。澤雉如此，老鴉當然不能例外。

作為詠物詩，〈老鴉〉的表現是相當成功的。不過，由於作者經營得完美，所以它的造詣就不僅於詠物層面，甚至已轉入隱喻的層次，而呈現更深更廣更肅穆的意義。申言之，表面，它是在寫老鴉的性格與生命態度，然而，其深層乃在反映胡適之先生的性格與生命態度。換句話說，它的終極指向是胡適：中國近代史上的一隻「老鴉」——民主的先知。

作者的匠心獨運，言在此而意在彼，使〈老鴉〉兼俱隱喻詩的性格，實在妙絕。這裡不妨先由胡適之的一些言論來證明，再從傳統的文學意象去研索，一窺〈老鴉〉的究竟。

在《胡適選集》〈寧鳴而死，不默而生〉一文裡，胡先生曾以九百年前范仲淹（九八九～一〇五二）爭言論自由的名言：「寧鳴而死，不默而生。」跟美國開國爭自由的名言：「不自由，毋寧死。」（Give me liberty, or give me death.）媲美。范氏的那句名言出自他的〈靈烏賦〉：

靈烏，靈烏，爾之為禽兮何不高翔而遠翥？何為號呼于人兮告吉凶而逢怒！方將折爾翅而烹爾軀，徒悔焉而亡路。彼啞啞兮如愬，請臆對而心諭。我有生兮累陰陽之含育，我有質兮起天地之覆露。長慈母之危巢，託主人之佳樹。斤不我伐，彈不我仆，母之鞠兮孔艱，主之仁兮則安。度春風兮既成我以羽翰，眷高柯兮欲去君而盤桓。思報之意，厥聲或異。憂於未形，恐於未熾。知我者謂吉之先，不知我者謂凶之類。故告之則反災于身，不告之則稔禍於人。主恩或忘，我懷靡臧。雖死而告，為凶之防。亦由桑妖于庭，懼而脩德，俾王之興。雉恠于鼎，懼而脩德，俾王之盛。天德甚邇！人言曷病！彼希聲之鳳皇，亦見譏於楚狂。彼不世之麒麟，亦見傷於魯人。鳳豈以譏而不靈？麟豈以傷而不仁？故割而可卷，孰為神兵？焚而可變，孰為英瓊？寧鳴而死，不默而生！胡不學太倉之鼠兮，何必仁為，豐食而肥？倉苟竭兮吾將安歸？又不學荒城之狐兮，何必義為，深穴而威？城苟圮兮吾將疇依！寧驥子之固于馳騖兮，駑駘泰於芻養。寧鵷鶵之飢於雲霄兮，鴟鳶飫乎草莽。君不見仲尼之云兮予欲無言。纍纍四方，曾不得而已焉。又不見孟軻之志兮養其浩然。皇皇三月，曾何敢以休焉。此小者優優而大者乾乾。我烏也勤於母兮自天，愛於主兮自天。人有言兮是然，人無言兮是然。（註⑪）

根據序文可知，這是范氏和梅聖俞〈靈烏賦〉之作，其「庶幾感物之意，同歸而殊塗。」的言外之意，卻被胡適之給發現了，並且肯定這篇賦是「中國古代哲人爭自由的重要文獻。」基本上，他的〈老鴉〉與范仲淹的〈靈烏賦〉。不論性格或精神是相當契合的。我們或許可以如此推論：在〈靈烏賦〉的識域基礎上，胡適之強調：「從中國向來知識分子的最開明的傳統看，言論的自由，諫諍的自由，是一種『自天』的責任，所以說：『寧鳴而死，不默而生』。從國家與政府的立場看，言論的自由，可以鼓勵人人肯說『憂於未形，恐於未熾』的正論危言，來替代小人們天天歌功頌德、鼓吹昇平的濫調。」以此可以充分證明，胡適之心目中的「老鴉」，就是范仲淹「靈烏」的化身，它遙契了知識分子的憂患意識，也呈示了「先天下之憂而憂，後天下之樂而樂」的悲憫情懷。（註⑫）。劉鶚《老殘遊記》有段話說：「又見那老鴉有一陣刮刮的叫了幾聲，彷彿他不是號寒啼饑，卻是爲有言論自由的樂趣，來驕這曹州府百姓似的。」（第六回）顯然，在胡先生〈老鴉〉的經營過程多少受到一些影響。因爲，劉氏之書「作於庚子亂後，成於丙午年，上距拳匪之亂凡五年，下距辛亥革命也只五年。」胡先生在民國十四年撰寫〈亞東版《老殘遊記》序〉，肯定「（劉鶚）是一個很有見識的學者，同時又是一個很有識力和膽力的政客。」「《老殘遊記》在中國文學史上的最大貢獻卻不在於作者的思想，而在於作者描寫風景人物的能力。」我們的推論絕非空穴來風。

細讀〈老鴉〉，探索它的深層結構，將可感應到另一種訊息，那就是作者天性「反哺思報」的回饋意願。不過，遺憾的是，這層微妙的訊息往往被讀者或評論家給忽略了。所以，我們願意在這裡指出，倘若從老鴉聯想到另一個意象——慈烏，也就是說，依據「慈烏」的傳統意義性格去推敲，可能會有耐人尋味的「未曾發現的意境」。

在傳統的文學經驗裡，「慈烏」本身就有份「自天」的「勤於母」（因爲「母之鞠兮孔艱」）的回饋質性，這就是白居易〈慈烏夜啼〉與范仲淹〈靈烏賦〉先後所共同意匠經營的主題。

胡適之根據此一原創意義再出發，並且給予深化廣化，認定知識分子那種「自天」的「愛於主」（主，這裡可以引伸爲國家、社會）的効忠意願，那麼，「憂於未形，恐於未熾」，知無不言，言無不盡，才足以表現知識分子的角色。這就是他所經營的「微旨」，也是他「逼人而來的影象」的美學實踐。基於此，我們認爲〈老鴉〉又可稱得上隱喻詩。

作爲中國現代民主的先知，歷經四十年的歲月，胡適之擇善固執，既沒有迴避也沒有改變的「善盡言責」，「站在人家的屋角上啞啞的啼」，扮演「人家」（政府）以爲「不吉利」的角色：老鴉。馴致「鞠躬盡瘁，死而後已。」這就是胡適之的本色。無疑的，這些訊息就是〈老鴉〉的魅力！

希望（譯詩）

要是天公換了卿和我，

該把這糊塗世界一齊都打破，
要再磨再煉再調和，
好依著你我的安排，把世界重新造過！

八年二月二十八日譯英人 Fitzgerald 所譯波斯詩人 Omar Khayyam（d-1123A.D.）的 Bubaiyat（絕句）詩第一百零八首。

Ah! Love, could you and I with Him conspire
To grasp this Sorry Scheme of Things entire,
Would not we shatter it to bits and then
Remould it nearer to the Heart's Desire

在《嘗試集》裡，胡先生共譯了奧瑪．開儼的《魯拜集》（或作《狂酒歌》）三首，除了〈希望〉之外，還有十七年八月二十一日《譯莪默（Omar Khyyam）詩兩首》，不過其中第二首與〈希望〉重複，所以，應該祇有兩首才對。

從中國翻譯史上看，他可能是翻譯並引進奧瑪．開儼《魯拜集》詩篇的第一人了。奧瑪．開儼爲十一、二世紀間的波斯詩人，他的《魯拜集》（Rubaiyat）由英人愛德華．費滋傑羅（Edward Fitzgerald 一八〇九～一八三三）譯成英文，並於一八五九年出版。

基本上，《魯拜集》有大半的詩篇都以飲酒作樂爲主題，例如：

紙上淋漓縱醉筆，勾除昨日與明朝。（五十七）
酒降人間感上蒼，一杯洗盡九迴腸。（六十）（見黃克蓀譯）

然而，有人指出他的詩篇，表面上看來好像灑脫快樂，骨子裡卻是沉鬱悲涼。他常常情不自禁地强調感官上的享受，揚言放棄探討命運、善惡、物質與精神等哲學上的問題，可是，卻始終無法擺脫或解決上述問題的糾纏。最後，他找到了無思無慮的酒天地，所謂「醉鄉路穩宜頻到，此外不堪行。」（李後主〈烏夜啼〉）置身酒天地，他不僅獲得了短暫的愁渡，也作了悲劇的超越。這之外，他還强調「愛」與「人生」，這恐怕就是《魯拜集》魅力之所在了。

這首詩，除了胡先生的翻譯之外，還有數家精彩的譯筆，茲錄之於下，藉以參證：

1.夢遊咋夜到天池，欲借神明劍一枝。
斬碎三千愁世界，從頭收拾舊須彌。（黃克蓀譯）
2.啊，卿卿，但願你我能和他串通
將這不如意的大千掌握手中，
一把將它打個粉碎，然後
隨心所欲將新的重塑成功！（陳次雲譯）
3.啊，我愛，難道我們不能與命運溝通，
將這不幸的世界緊握掌中；

難道我們不能把它粉碎擊破，
重新塑造接近心中渴望的一個？（孟祥森譯）

《魯拜集》的篇名本來祇標號碼，沒有題目，胡先生的譯詩屬第一百零八首，而逕題爲〈希望〉，頗有言外之意在。這祇要玩味上述各家的譯筆，便可以得到證明。換句話說，〈希望〉不僅是篇譯詩，同時也是作者的再創造，因此，在原詩的意義基礎上，他進一步自我提射，意匠經營，呈現嶄新的風貌。胡先生之所以把譯詩納入「白話新詩」十四首的行列，可能是基於上述的認識與堅持。

〈希望〉的聲韻頗有古典風，情調也富於中國味，很容易讓讀者聯想到元代管道昇的〈你儂我儂〉，特別是當中的「將咱兩個一起打破，再將你我，用水調和。重新和泥，重新再作。再捻一個你，再捻一個我。從今以後，我可以說：『我泥中有你，你泥中有我。』」這一段，形式內容上有幾分的相似。然而，管夫人寫的是她與趙孟頫的一份痴情，屬於男女之間感情的流露，固然令人心有戚戚焉，但究竟是情詩，只局限於小我的層面上。

相形之下，胡先生的〈希望〉似乎已超越情詩的小我層面，而進入恢廓大我的領域了。顯然，它是作者悲憫情懷的註釋，更是知識分子的理想。

第一句，「要是天公換了卿和我」，是以假說語氣提出的命題，映襯心中那分「希望」的迫切。「天公」就是宇宙的主宰，萬物的根源，詩人異想天開，由「卿和我」（統攝了卿卿我我，和諧倚依，一陰一陽之謂道，……等意義。）來替天行道，可見現實的混亂，天公的不仁。

第二句，「該把這糊塗世界一齊都打破」，爲第一句的命題找到理直氣壯的理由，也揭開了亂原：糊塗世界。作者對「糊塗」的世界雖然沒有進一步的指陳或說明，卻直截了當點出了民國八年的憂患環境：民國肇造，軍閥螽起，大開倒車情境，把中國推進更混亂，這不就是「糊塗世界」嗎？

詩人的抱負，於此可見。然而，這種革命祇是「希望」的初步，必須配合下一步驟——建設，才能圓滿「希望」，展現全幅意義。因此，第三句「要再磨再煉再調和」，可視爲建設的落實。詩人積極建設的舉措，透過這一句彰顯出來。尤其是「要再……再……再……」「再」字的三次運用，不僅不覺得累贅，反而敎人感到一股逼人的積極氣勢來，之外，又透露了「卿和我」對建設的辛苦、細心與不厭其煩。

最後一句，「好依著你我的安排，把世界重新造過！」呼應第一、二句，（隱含己立立人，己達達人的關懷），並爲第三句提供最完美的結論，（在革命之後，爲建設提出藍圖。），這就是詩人的「希望」——美麗的新世界。

〈希望〉是譯詩，也是小詩，其特色是，平淡、自然、有力。看來，胡先生似乎是有些「借他人之酒澆胸中塊壘」的意味在。

因此，從〈希望〉一詩，我們讀出了時代的憂患，也讀出了詩人的慷慨。

一顆星兒

我喜歡你這顆頂大的星兒。
可惜我叫不出你的名字。

平日月明時，月光遮蓋了滿天星，總不能遮住你。
今天風雨後，悶沉沉的天氣，
我望遍天邊，尋不見一點半點光明，
回轉頭來，
只有你在那楊柳高頭依舊亮晶晶地。

〈一顆星兒〉是一首典型的「胡適之體新詩」。特別在新體詩的音節上，更是他得意的例證之一。胡先生在〈談新詩〉一文曾說：「吾自己也常用雙聲疊韻的法子來幫助音節的和諧。例如〈一顆星兒〉一首……這首詩『氣』字一韻以後，隔開三十三個字方才有韻，讀的時候全靠『遍，天，邊，見，點，半，點，一組疊韻字，（遍，邊，半，明，又是雙聲字），和『有，柳，頭，舊』一組疊韻字夾在中間，故不覺得『氣』『地』兩韻隔開那麼遠。（註⑬）

表面上看來，〈一顆星兒〉，既像是詠物詩，又像是抒情詩。然而，由於擬人化的藝術經營，使它從現實景象轉化爲象徵寓意，因此，其涵意更爲豐滿繁富，除了上述的意義外，又有「理想的追尋」、「美感經驗」等多層意義。

全詩共有七行，在有機的組合，緊湊的佈局下，使整首詩內聚了強烈的戲劇效果。前兩句：

我喜歡你這顆頂大的星兒。
可惜我叫不出你的名字。

道出了詩人心目中對這顆星兒的喜歡原因，乃在這顆星兒的「頂大」（絕對存在），與「神秘性」（莫名其妙）。這種無法道、無法名的的感受心態，與另一首詩〈一笑〉，可謂異曲同工。從他的語言安排：

我喜歡你……我叫不出你……

可以體會到詩人內心那份強烈、高漲的一見鍾情之「喜歡」情緒，以及無法詮釋那份美感的憾惜心理。此種失措感恐怕是任何人在追求理想、美感過程都能感同身受的經驗吧。第三行：

平日月明時，月光遮蓋了滿天星，總不能遮住你。

包括三個小句，點出這一顆星兒的不凡風姿，同時，逆溯並且解答了上述「我喜歡你」的情懷。在詩人的心目中，「你」，是絕對的存在。接著：

今天風雨後，悶沉沉的天氣，
我望遍天邊，尋不見一點半點光明，

兩行四句，敍述詩人在異常的天候之下尋求那顆星兒的情態，「望遍天邊」，透露了既執著又無怨無悔的「追尋」心理。接下來，「回轉頭來」一句，是突然又無意的舉措，此等「情境的轉移」，近似陶淵明「悠然見南山」（註⑭）的動作。沒想到這回首，卻出現了嶄新的景觀；而前面的疑慮，也因此一掃而空了。所以，最後詩人吐露：

只有你在那楊柳高頭依舊亮晶晶地。

字裡行間，掩不住那份發現中錯愕的驚喜。南宋豪放派詞人辛棄疾的〈青玉案〉云：

娥兒雪柳黃金縷，笑語盈盈暗香去。眾裡尋它千百度，驀然迴首，那人卻在燈火闌珊處。（註⑮）

顯而易見，胡適之的〈一顆星兒〉多少帶點辛詞的影子；作者曾選註詞選，對中國小詞情韻的體會以及創作時無意覺間流露的「古典」意象，是極其自然的行爲。但，〈一顆星兒〉卻不是詞的變相，從結構上看，是「詩體大解放」的傑作。也是古典小詞情韻的發揚。固然全詩祇有七行六十八個字，然而因爲有機、緊湊的組合，內聚了極爲强烈的戲劇張力，特別在悶沉沉的（近似柳永「暮靄沉沉楚天闊」（註⑯））天空——遼闊、無限性，與一顆星兒——渺小、有限性的相形之下，更凸顯了遍尋情態，所綻放出來的高漲「喜悅」，此等造境的確令人耳目一新。

王靜安先生曾談到「古今之成大事業大學問者，必經過三種之境界，……衆裡尋他千百度，驀然迴首，那人卻在，燈火闌珊處，此第三境也。」（《人間詞話》）把辛詞的原始意義，由抒情層次，提昇並轉化爲處事箴言，充分說明了王靜安的美麗聯想之外，似乎還涉及詞句的意義結構（有機性）的可能發展。同樣的道理，把〈一顆星兒〉由詠物、抒情層次，傳釋爲「理想的追尋」、「美感經驗」等多層次的主題，恐怕不會是太大的偏差與探索吧。

樂觀

《每週評論》於八月三十日被封禁，國內的報紙很多替我們抱不平的。我做這首詩謝謝他們。

一、

「這柯大樹狠可惡，

他礙著我的路！

來！

快把他斫倒了，

把樹根也掘去。……

哈哈！好了！」

二、

大樹被斫做柴燒，

樹根不久也爛完了。
斫樹的人狠得意，
他覺得狠平安了。

三、
但是那樹還有許多種子，——
狠小的種子，裹在有刺的殼兒裡，——
上面蓋著枯葉，
葉上堆著白雪，
狠小的東西，誰也不注意。

四、
雪消了，
枯葉被春風吹跑了。
那有刺的殼都裂開了，
每個上面長出兩瓣嫩葉，
笑迷迷的好像是說：
「我們又來了！」

五、
過了許多年，

那斫樹的人到那裡去了？

聰明的小鳥，在樹上歌唱，——

辛苦的工人，在樹下乘涼；

壩上田邊，都是大樹了。

〈樂觀〉一詩寫於民國八年九月二十夜，寫作的動機是：「《每週評論》於八月三十日被封禁，國內的報紙很多替我們抱不平的，我做這首詩謝謝他們。」

有關《每週評論》被封禁的內幕，胡適之先生在〈我的歧路〉（註⑰）一文有更詳細的敍述：

一九一八年十二月，我的朋友陳獨秀、李守常等發起《每週評論》。那是一個談政治的報，但我在《每週評論》做的文字總不過是小說文藝一類，不曾談過政治。直到一九一九年六月中，獨秀被捕，我接辦《每週評論》，方才有不能不談政治的感覺。那時正當安福部極盛的時代，上海的分贓和會還不曾散夥。然而國內的「新」分子閉口不談具體的政治問題，卻高談什麼無政府主義與馬克思主義。我看不過了，忍不住了，——因為我是一個實驗主義的信徒，——於是發憤要想談政治。我在《每週評論》第三十一號裡提出我的政論的導言，叫做〈多研究些問題，少談些主義！〉我那時說：「我們不去研究人力車夫的生計，卻去高談社會主義，……不去研究安福部如何解散，不去研究南北問題如何解決，卻去高談無政府主義：我們還要得意揚揚的誇口道：『我們所談的是根本解決』。老實說罷，這是自欺欺人的夢話，這是中國思想界破產的鐵證，這是中國社會改良

> 的死刑宣告！……高談主義，不研究問題的人，只是畏難求易，只是懶！」但我的政論的「導言」雖然出來了，我始終沒有做到「本文」的機會！我的「導言」引起了無數的抗議：北方的社會主義者駁我，南方的無政府主義者痛罵我。我第三次替這篇導言辯護的文章剛排上版，《每週評論》就被封禁了；我的政論文章也就流產了。
>
> 《每週評論》是一九一九年八月三十日被封的。

從文獻資料上看，陳獨秀是由於在「大世界」發傳單被安福軍閥捕去的。胡適之先生所以接辦《每週評論》是因爲看不過忍不住的一份正義感，「於是發憤要想談政治」。

這首詩的題目叫〈樂觀〉，正說明當時他對政治遠景的一份信心與執著，那麼，面對充滿荊棘的政治現境，他是無視也無懼的。這與十五年之後（即二十三年雙十節後二日）〈悲觀聲浪裡的樂觀〉（註⑱）一文所說的：

> 悲觀與灰心永遠不能幫助我們挑那重擔，走那長路！

前後的理念，可說是相當一致。〈樂觀〉是耑就當時的政治環境而抒發的憤慨心聲，具有濃厚的現實意義，又因爲他處理的政治觀念是古今中外所共同存有的現象，因此，其隱含的意義，更具有普遍性。作者以「樹」意象，貫穿全篇，無非在隱喻政論，造成政論樹的新關聯與强烈的抗議。

全詩共有五段，肌理分明，節奏緊湊，語言素樸，指向深遠，是典型的「胡適之體新詩」。

第一段，以安福軍閥的觀點表出，暗寫封禁《每週評論》的得意形象。以「樹」來暗喻《每週評論》所代表的政論，當然是安福部所不樂聞見的。因此，他們把它視之為「礙著我的路」的大樹，必欲去之而後快。那聲「哈哈！好了！」正是他們封禁《每週評論》之後，所流露的猙獰、無知與得意的最傳神之寫照。

第二段，承上而來，以第三人稱的觀點續寫安福軍閥斫倒大樹當柴燒，任憑挖出的樹根腐爛，而自以為得意且平安。作者藉此暗喻《每週評論》在八月三十日被封禁之後，主其事者的心態：得意、平安。胡先生化憤慨於淡筆之中，卻反襯了強烈的嘲諷意味。

第三段，寫樹綿延堅韌的生命力，儘管樹被斫做柴燒，樹根也爛光了，但是樹並沒有死，它已在對方不注意之中，留下許多小小的種子，它們裹在有刺的殼裡，「上面蓋著枯葉／葉上堆著白雪」，它們潛藏在誰也不注意的地方。言外之意，無非是：《每週評論》雖被封禁，但它的生命仍然存在，甚至化為許許多多的生命，因為，它代表大眾的心聲，這是任誰都沒法否認的事。顯然的，作者藉著樹與種子的生命律則，來說明政論「自天」，是天賦的人權，封禁乃是違背自然法則的愚笨行為。

第四段，描述冬去春來，大地一片新氣象，宇宙到處有生機，那些小小的種子也紛紛的裂開，長出嫩葉，舒展生命，好像笑迷迷的向大地訴說：「我們又來了！」作者清楚的透露，言論自由既然是一種「自天」的責任與權利，就必須被尊重、保護，任何人都無權也無法去干涉、禁止。固然，專制者可以高壓、封禁於一時，卻無法揠除扼殺於久遠；像種子的蟄伏，祇要冰消春到，就會呈現盎然的生機。

最後那聲：「我們又來了！」奔迸出來的是信心、樂觀與神氣。宋人楊萬里〈桂源舖〉一詩云：

萬山不許一溪奔，
攔得溪聲日夜喧。
到得前頭山脚盡，
堂堂溪水出前村。

這是胡先生極喜愛的七絕，表象寫山水，其實又可視爲隱喻。它字裡行間所蘊含的訊息，正可以〈樂觀〉的三、四段互相對照、發明。

第五段，預見未來綠樹成林，茂密成蔭，屹立壩上田邊，又成爲工人憩息乘涼、小鳥宛轉歌唱的地方，那是未來的新景觀、和諧的世界！可是，「那斫樹的人到那裡去了？」最後透過人物的對比，頓然釋放了撼人心弦的訊息，那是對「斫樹人」的一種嘲諷呀！

開明的人都知道，政論是腐敗的政治環境中，自覺者所吐露的良心語言；唯有在智慧的政論批判與導引下，社會、國家才會進步。何況，自由、民主是時代的趨勢，歷史的動向，這是誰都不能忽視、迴避的事實。

然而，封禁《每週評論》的主謀者——安福軍閥哪裡去了？毫無疑問的，他們早已被時間淘汰掉了。倘若他們能看到時代的潮流原來如此，對於庸人自擾、自身扮演礙路的角色，能無愧於心嗎？

五、結論

由「白話新詩」的分析可以看出，胡適之是中國新詩理論與實踐結合的第一人，同時也是「冥行索塗」爲中國新詩尋找路向的引導者。

透過上面四首例證，我們可以清楚的看出，胡先生在新詩語言（字句與韻律）的造詣，是根源於傳統詩歌的聲音美，融匯貫通之後，所締造的新詩情韻，屬於現代的節奏與美感。這些表現足以說明他對中國文字的熟稔了。

在內容意境上，他要求平實、含蓄與淡遠，並且堅持「要前空千古，下開百世；收他臭腐，還我神奇！」（〈沁園春——誓詞〉），這就是他的新詩美學的發揮，而「白話新詩」十四首毋寧是最佳的例證。

《嘗試集》的出版距離現在已有七十年了，然而，在中國新詩史上，並未曾給予肯定與客觀的評價，特別是作者所認定的眞正的「白話新詩」十四首。

透過這篇論文的分析，我們除了體會胡先生在「眞正的」白話新詩所流露的憂患中的心聲外，更引發我們重新思考中國新詩的路向。

註釋：

①見唐德剛《胡適雜憶》。

②按：胡適四首：〈鴿子〉、〈人力車夫〉、〈一念〉、〈景不徙篇〉。沈尹默三首：〈鴿子〉、〈人力車夫〉、〈月夜〉。劉半

農二首：〈相隔一層紙〉、〈題女兒小蕙周歲日造像〉。

③見《文心雕龍》〈知音〉。

④見《嘗試集》。

⑤見《嘗試集》〈自序〉。

⑥見《胡適文存》第一集第一卷：〈談新詩〉。

⑦見《嘗試集》再版自序。

⑧見余光中《左手的繆思》：〈中國的良心——胡適〉。

⑨見《胡適文存》第一卷第一集：〈什麼是文學〉。

⑩見《陶淵明集》：〈和劉柴桑一首〉。

⑪見《范文正公集》卷第一。

⑫見拙作〈寧鳴而死，不默而生——論范仲淹的言路〉一文，收於《紀念范仲淹一千年誕辰國際學術研討會論文集》。

⑬見《胡適文存》第一集第一卷：〈談新詩〉。

⑭見《陶淵明集》：〈飲酒詩二十首〉之五。

⑮見《稼軒詞》：〈青玉案〉。

⑯《樂章集》：〈雨霖鈴〉。

⑰見《胡適文存》第二集第三卷。

⑱見《胡適文存》第四集第四卷。

（本文作者現任輔仁大學中文系教授）

〈附錄〉

談台灣出版《嘗試集》遺漏的三首詩／林明德

一、新詩的先驅者

從中國新詩發展史上看，胡適之先生不愧是位先驅者，他的《嘗試集》更是劃時代之作。一九一七年一月，胡先生在《新青年雜誌》發表了〈文學改良芻議〉，正式揭開文學革命的序幕；一九一八年一月，他與沈尹默、劉半農三人共同在上述雜誌發表了九首新詩，以落實其理想：「要前空千古，下開百世，收他臭腐，還我神奇。」（〈沁園春——誓詞〉）一九二〇年三月，胡先生出版了試驗白話文學的成績——《嘗試集》，以壯大白話文學的聲勢；它，不僅提供新詩的路向，也使他成為中國新詩第一人。

二、找回失蹤的「心聲」

基本上，胡先生是實證思維者，因此，其美學都沾染實用的色彩，他指出：「文學有三個要件，第一要明白清楚，第二要有力能動人，第三要美。」換句話說，文學在「表情達意」時，必須先求「使人懂得，使人容易懂得」，接著「還要人不能不相信，不能不感動」；「懂得性」加上「逼人性」（所謂「逼人而來的影像」），美感自然就會出現。文學的最高境界如此，新詩的最高境界也是如此。《嘗試集》就是此種美學的實踐。

《嘗試集》於一九二〇年三月出版，到一九三三年，共發行了十四版，堪稱前所未有的暢銷詩集。跡象顯示，從第二版到第四版，篇章字句上略有增減，但在一九二二年十月，上海「亞東圖書館」的增訂四版，可能是當時最完全的本子，「共存詩詞六十四首」。根據〈再版自序〉（一九二〇年八月十五日）這裡面包括胡先生「自己只承認」的十四篇「白話新詩」：〈老鴉〉、〈老洛伯〉（譯詩）、〈你莫忘記〉、〈關不住了〉（譯詩）、〈希望〉（譯詩）、〈應該〉、〈一顆星兒〉、〈威權〉、〈樂觀〉、〈上山〉、〈週歲〉、〈一顆遭劫的星〉、〈許怡蓀〉、〈一笑〉。不過，增訂四版卻莫名其妙的遺漏〈週歲〉一詩。

一九七一年二月，胡頌平等人編《胡適詩歌》普及版，包括：㈠《嘗試集》附錄《去國集》，〈校後記〉云：「民國十年以前的〈沁園春〉（按、應該是〈一顆遭劫的星〉之誤、〈威權〉、〈雙十節的鬼歌〉三首沒有印出。」（耐人尋味的「聲明」）；㈡《嘗試後集》附未收的詩歌，前者由胡先生自己編定，後者由胡頌平等人「將胡先生所遺的散篇和在胡先生文章裡、信札裡、而沒有經他收入詩集中的。」；㈢《詩選》附刪剩絕句、山歌、民歌，與《云謠集》等。這套書由「胡適紀念館」出版。根據我的統計，《嘗試集》與《嘗試後集》共有二〇八首，其中有三首重複（即〈讀了鷲峯寺的新舊題記，敬題小詩呈主人林行規先生〉、〈飛行小讚〉，與〈譯莪默（Omar Khyyan）詩兩首〉之二），不計。這次固然補上〈週歲〉，但是，〈威權〉、〈一顆遭劫的星〉與〈雙十節的鬼歌〉三首卻從此失蹤了。一九八六年四月二十五日「遠流」一版的《嘗試集》、《嘗試後集》，因為根據上述版本，亦未曾補入。對胡先生來說，這不能不說是件憾事；顯然，在編者有意無意的安排下，胡先生眞個成了失聲的「老鴉」！

況且，〈威權〉、〈一顆遭劫的星〉兩首乃胡先生「自己只承認」的「白話新詩」，竟如此匿跡不見，眞是無法向胡先生交代；至於〈雙十節的鬼歌〉，屬於政治詩，主題顯露，終遭消音，這絕非作者的本意。

無論如何，在七〇年代，這三首深具批判性詩篇的湊巧漏編，恐怕難免予人白色恐怖、政治忌諱、詩禁……種種的聯想吧？這裡，我們特別把它們尋找回來，好讓大家一窺其究竟：

威權

威權坐在山頂上，
指揮一班鐵索鎖著的奴隸替他開礦。
他說：「你們誰敢倔強？

我要把你們怎麼樣就怎麼樣！」

奴隸們做了一萬年的工，
頭頸上的鐵索漸漸的磨斷了。
他們說：「等到鐵索斷時，
我們要造反了！」
奴隸們同心合力，
一鋤一鋤的掘到山腳底。
山腳底挖空了，
威權倒撞下來，活活的跌死！

八年六月十一夜。是夜陳獨秀在北京被捕；半夜後，某報館電話來，說日本東京有大罷工舉動。

一顆遭劫的星

北京國民公報響應新思潮最早，遭忌也最深。今年十一月被封，主筆孫幾伊君被捕。十二月四月判決，孫君定監禁十四個月的罪。我爲這事做這詩。

熱極了！

更沒有一點風！
那又輕又細的馬纓花鬚
動也不動一動！

好容易一顆大星出來；
我們知道夜涼將到了：——
仍舊是熱，仍舊沒有風，
只是我們心裡不煩躁了。

忽然一大塊黑雲
把那顆清涼光明的星圍住；
那塊雲越積越大，
那顆星再也衝不出去！

烏雲越積越大，
遮盡了一天的明霞；
一陣風來，
拳頭大的雨點淋漓打下！

大雨過後，
滿天的星都放光了。
那顆大星歡迎著他們，
大家齊說『世界更清涼了！』

（八年十二月十七日。）

雙十節的鬼歌

十年了，
他們又來紀念了。
他們借我們，
　出一張紅報，
做幾篇文章；
放一天例假，
　發表一批勳章：
這就是我們的紀念了！
要臉嗎？

這難道是革命的紀念嗎？
我們那時候，
　威權也不怕，
生命也不顧；
監獄作家鄉，
　炸彈底下來去：
肯受這種無恥的紀念嗎？

別討厭了！
可以換個法子紀念了。
大家合起來，
　趕掉這羣狼，
推翻這鳥政府；
起一個新革命，
造一個好政府：
那才是雙十節的紀念了！

（十年十月四日。）

大致上說來，〈威權〉，是受到陳獨秀在北京被捕（涉及言論自由的問題）與日本東京大罷工（關係社會民生的問題）雙重激撞，經營出來的意象，簡潔有力。尤其是以擬人化的手法呈示安福軍閥的蠻橫形象與「自作孽」的結局，撼人心弦。〈一顆遭劫的星〉，是爲言論自由而遭禁被捕的孫幾伊寫的，主題與《威權》近似。這首詩透過敍述手法描寫那顆遭劫的「大星」，在一場「大雨」後，重綻星光，帶來「清涼」，字裡行間流露一份「悲觀聲浪裡的樂觀」，與〈樂觀〉一詩，異曲同工。〈雙十節的鬼歌〉，是典型的格律詩，胡先生對當時「鳥政府」的「革命紀念」，感到十分「無恥」；他懷念開國時候，「威權不怕，生命不顧」的豪烈，更希望「起一個新革命，造一個好政府」，如此「雙十節的紀念」才有意義。

這些詩篇都是歷史的見證，胡先生處身憂患中的心聲。

三、迴響

撰寫這篇文章，無非希望揭開歷史的眞相，讓遺漏的三首詩重返《嘗試集》，再現人間，藉此體會胡先生的憂患意識與悲憫情懷，正如他所說的：「說一句話而不敢忘這句話的社會影響；走一步路而不敢忘這一步路的社會影響。」（介紹我自己的思想）然而，漏這三首詩的深層訊息，又豈是一般人所能感受得到容納得了的？

這之外，也希望引發大家重新思考中國新詩的路向。

（寫於胡先生百年誕辰，《嘗試集》出版七十年，也算是一點紀念。）

（本文作者現任輔仁大學中文系教授）

胡適方法論中的變遷觀念及其歷史意義

■黃俊傑

一、前言

胡適（一八九一—一九六二、二、二十四）是中國現代史上一個獨領風騷、鼓動風潮的人物，由於他在中國現代史的發展過程中扮演了一個重要的角色，所以歷來研究他的作品如車載斗量，不可勝數。關於胡適的研究論著雖然指不勝屈，但將胡適學術思想置放在有清一代三百年來的思想變遷脈絡中的研究者，則寥若晨星，爲數不多。余英時先生是少數深具歷史卓見的研究者，他的《中國近代思想史上的胡適》（註①）一書，是近年來關於胡適的新著中最具創見的著作。但余先生關於胡適方法論的基本論述內容，集中在蔡元培爲胡適的《中國哲學史大綱》一書所撰的序言中，所提出的四個論點中的「平等的眼光」這一點，因此對於胡適方法論中的「變遷」觀念，與有清一代學術思想發展過程中的血氣相連處，發揮較少。本文有鑑於胡適方法論中的變遷觀，除了胡先生自述受杜威實驗主義之影響外，實與近三百年的學術發展有其密切的關係，因此特別扣緊胡適這項方法論觀點的歷史意義試加申論，以便對胡適的「歷史」的眼光有一個適切的體認。在全文的論述中，我將以三個進路來探討胡適方法論中的變遷觀念。

二、杜威的實驗主義與胡適

胡適於一九一〇年考取官費留美，在美留學期間本習農業，然因興趣不合，乃於一九一二年轉入康乃爾大學（Cornell University）文理學院修習哲學。一九一五年胡適開始接觸杜威（John Dewey，一八五九—一九五二）的著作，並於是年轉至哥倫比亞大學（Columbia University），正式成為杜威的入室弟子。因此，胡適一生的思想，可說受杜威之影響頗深，尤其是杜威的實驗主義（Experimentalism），更是成為胡適學問與行事的準則（註②）。

因此，我們要理解胡適思想中的某些觀念，杜威「實驗主義」是一個重要的線索。是故，當我們要探討胡適方法論中的「變遷」觀時，我們可以先從胡適對「實驗主義」的理解開始，尋繹出其可能的原因。我在另一篇文章中（註③），曾指出杜威的「實驗主義」，實以「變」為中心，因為胡適以為世界上並無終極實體（ultimate and absolute reality）的存在，因此所有關於終極實體的討論，皆須加以揚棄，如此一來「變」乃成為哲學思考的焦點之所在。關於杜威思想的這項特質，余英時先生另有一段精彩的討論，余先生說（註④）：

> 杜威在知識論的領域內是一個「革命者」（「革命」一詞取孔恩所界定之義），他根本不承認傳統哲學中所說的永恆不變的「實在」，因此自然也不能接受傳統的「真理」說，即以真理為靜止的，最後的，完全的，和永恆的。……杜威把傳統哲學上的知識論稱作「旁觀者的知識論」（the spectator theory of knowledge），也就是把知識看作是對永恆不變的「實在」加以靜態的觀察而獲得的。他不但不承認這種「實在」的存在，而且更否認人可以自限於「旁觀者」的角色。

在杜威看來，人是主動的，是可以參與知識的創造，而「變遷」的觀念，實貫穿於整個杜威的哲學之中。

杜威之所以如此地看重「變遷」，其原因固然不止一端，但是，我們從杜威的論述中，可以發現杜威和達爾文思想關係甚深。我在前述的文章中就曾引杜威以下的話，證明了他們的關聯（註⑤）：

> 達爾文對哲學的影響見之於他對生命現象中變遷原則的發見，這項發見創出了一項應用於心靈，道德及生活的新邏輯。

但也就因爲這項新邏輯的影響，杜威剝除了實驗主義中的形上色彩，轉而注意人類社會本身，並以爲哲學的目的便是在於「處理一個時代的社會衝突與精神衝突，從而對人類的快樂有所貢獻」（註⑥）。由於這個「變遷」觀念的貫串，實驗主義對人間社會的關懷，就比其他學說要來得强烈。

胡適正處在中國面臨大變局的時代裡，他深切體會到人間社會的疾苦，因此自小在其性格裡，早就埋下對變動不居的人間社會的關懷，所以那些高談玄理、講求形上的，或虛無的學問，根本吸引不了他的注意。關於這點，我們只要觀察胡適幼年時期對於鬼神觀念的看法（註⑦），便能窺知他往後不太可能走上研究抽象虛玄學問的道路。再者，胡適在他的《四十自述》中也提到，他青少年時期受《天演論》的衝擊，甚至連名字也改爲「適之」，也能說明他日後的思想取向，胡適說（註⑧）：

「天演」、「物競」、「淘汰」、「天擇」等等術語都漸漸成了報紙文章的熟語，漸漸成了一班愛國志士的「口頭禪」。還有許多愛用這種名詞做自己或兒女的名字。我自己的名字也是這種風氣底下的紀念品。我在學堂的名字是胡洪騂。有一天的早晨，我請二哥代我想一個表字，二哥一面洗臉，一面說：「就用『物競天擇適者生存』的『適』字好不好？」我很高興，就用「適之」二字。

從這段自述中，我們可以知道，在胡適尚未接觸到杜威之前，他的思想路數，早已與杜威的思考路子十分相近了，無怪乎他能很快地接受杜威的哲學。然而杜威的哲學自有一套西方學問的傳統，胡適所理解的實驗主義，是否即與杜威完全密合？晚近的研究論著，多半認為兩者間仍是有差距的。所以，探討胡適所理解的實驗主義為何？正是理解胡適心目中「變遷」的觀念，是否來自「實驗主義」的一大依據。

基本上，胡適理解中的實驗主義，其實是一種方法論。而且這個方法論是著重在科學方法的應用，因此在他論〈實驗主義〉一文中，他就很明確地指出「實驗主義不過是科學方法在哲學上的應用」（註⑨），說明實驗主義最大的貢獻在於因實驗室的態度，而導致科學律則並非永恆不變的看法，因此可知胡適所理解中的實驗主義的最大特徵，是「變遷」觀念的肯定。所以，當胡適在說明實驗主義的哲學方法可分為歷史的和實驗的兩種時，「變遷」觀念就成為這兩種方法共同的焦點。我再進一步說明這個論點：

㈠歷史的方法：由於胡適「從來不把一個制度或學說看作一個孤立的東西」（註⑩），因此任何一個思想或事件之所以能被理解，必須擺放在變動的時間之流中，其意義才能被彰顯。在這個觀點之下，「變遷」觀念就成爲胡適理解「意義」的核心。我們可以說，在胡適的世界觀中，「變」之所在，即「意義」之所在。在胡適的著作中，將這種方法表現得最爲深切著名的作品，就是《中國哲學史大綱》這部開風氣之先的著作。在這部哲學史的著作中，胡適著重在以資料的考證上見功夫，期使諸家的思想能獲得確解。也就因爲胡適的這種方法論立場，所以他的哲學史的研究基本上是歷史的，而不是哲學的。這也是這部書近數十年來屢受專業哲學家批判的主要原因。

(二)實驗的方法：胡適曾在一篇文章中說（註⑪）：「實驗的方法至少注重三件事：(1)從具體的事實與境地下手；(2)一切學說理想，一切知識，都只是待證的假設，並非天經地義；(3)一切學說與理想都須用實行來試驗過；實驗是眞理的唯一試金石」，就是因爲這種將一切現象都視爲「待證的假設」，使胡適認爲實驗主義發現了三點意義（註⑫）：(1)科學律例是人造的；(2)是假定的，——是全靠他能解釋事實能不能滿意，方才可定他是不是適用的；(3)並不是永久不變的天理。因此，實驗主義在理論上就已否定世界上存有一個永恆不變的眞理。

從以上所述可知，胡適往後在研治中國的學問時，之所以明因求變的歷史觀顯得特別强烈，實是由於他的哲學立場上的堅持所使然。因此在對先秦思想的研究中，胡適特別注意莊子的〈齊物論〉，並加以解釋說「天下的是非，本來不是永遠不變的。世上無不變的事物，也無不變之是非」（註⑬）。這種解釋是其哲學立場作爲基礎的。

三、「變遷」觀念、文學進化觀與整理國故

然而，胡適的這個方法論觀點，運用得層面最廣的，首推文學進化的觀點以及整理國故的原則之建立。前者所引起的風潮極大，時稱「文學革命」，因爲胡適認爲文學的發展是演進的，而非停滯不動的，因此每一個時代應有其時代的作品出現，胡適說（註⑭）：

> 居今日而言文學改良，當注重「歷史的文學觀念」。一言以蔽之，曰：一時代有一時代之文學。此時代與彼時代之間，雖皆有承先啟後之關係，而決不容完全抄襲；其完全抄襲者，決不成為真文學。愚惟深信此理，故以為古人已造古人之文學，今人當造今人之文學。

基本上胡適這個觀點背後所隱藏的意義，即在於指出：天下沒有一個永恆不可變的東西。事物的永恆性，只能在其「演變」的脈絡中去掌握，任何想將某一事物加以永恆化的想法，在胡適的眼光中，均是不可行的。

所以在民國七年（一九一八）九月所發展的〈文學進化觀念與戲劇改良〉一文中，胡適更清楚地指明（註⑮）：

> 文學乃是人類生活狀態的一種記載。人類生活隨時代的變遷，故文學也隨著時代變遷。

胡適也以爲一個時代之文學若要重新產生生命力，如果沒有他種文學的滲透加以刺激，則終究會被淘汰。

胡適所提出的這一種說法，在當時確實爲廣大的中國青年，開出了一片嶄新的視野。因爲在當時一般人的眼裡，寫文章就必須以模擬秦、漢、唐、宋的言語爲佳，於是即使是一個現代人，他所能引爲資源的，都是那早已「死」去的古人文字。所以造成整個清代文學大環境，均是環繞在「復古」的風潮中。在胡適的眼光中，這樣的風潮會造成「不知進化則只有退化」的現象，並且其影響所及則帶來國族衰亡的危機，所以胡適藉大力地批判傳統的文學觀念，希望給予適當的青年學子一個正確的觀念，使青年能正視文化的危機感，以重新創造當時代的文化果實。在這種觀念的主導下，胡適提倡「白話文運動」。「白話文運動」使胡適的觀念和理論正式與實踐相結合，並影響了往後至今文學上的種種發展。

除此之外，「變遷」的觀念也運用在他的歷史研究上。尤其是在那個知識份子普遍迷惘於西方文化的時代裡，胡適能由一位受過西方思潮洗禮的知識份子，轉而運用「變遷」的觀念以肯定中國的文化產物，更是具有時代的正面意義。我曾於另一篇文章說在那個時代裡（註⑯）：

> 知識份子從儒家傳統的權威游離出來，但卻茫然不知所從，這是一個充滿了挫折、痛苦、幻想與徬徨的時代。但也正是這種對傳統的批判風氣，才激發了知識份子對國故的整理。當時許多激進的知識份子，多走上澈底揚棄傳統的道路，而胡適由於他較中和的性格與他對中國傳統學問的素養，使他從批判傳統的浪潮中進而肯定傳統文化的價值——這就是他以科學方法整理國故的事業

其實就在這個知識份子要打倒孔家店的時代裡，舊日的學問大老，依然是學術殿堂的權威人物，因此當胡適開始想運用「變遷」的觀念來處理中國的學問時，不可避免地一定會引起舊權威的反擊，所以胡適如果沒有一些以變遷觀念爲主導的有力作品以資憑藉，則必然無法取得當時學界的領導權，如此一來，則其「整理國故」的事業，將無法獲得一定的成效。因此，胡適勢必要寫出一些能挑戰舊權威的作品，所以如果我們想要整理出胡適方法論中的變遷觀，如何影響到他整理國故，則從胡適所寫的作品的字裡行間，必能尋出蛛絲馬跡。其中《中國古代哲學史》正是具有代表意義的作品。

在胡適發表具體的研究成果之前，其實在他的幾篇文字中，早已透露了幾項原則。早在民國三年（一九一四）時，他就已經提出能使中國提昇的三個「起死之神丹」（註⑰）：

一曰歸納的理論

二曰歷史的眼光

三曰進化的觀念

在這三點的看法中，「歷史的」與「進化的」，均是在强調變遷過程的重要。爾後，於民國十（一九二一）年胡適將這種眼光更具體地形成四項研究國故的方法（註⑱）：㈠歷史的方法，㈡疑古的態度，㈢系統的研究，㈣從形式與內容方面加以整理。民國一二（一九二三）年則又提出三項具體方向：（註⑲）

第一，用歷史的眼光來擴大國學研究的範圍；

第二，用系統的整理來部勒國學研究的資料；

第三、用比較的研究來幫助國學研究的材料的整理和解釋。

從胡適這十年來觀點的演變，基本上可說他是以「歷史」的眼光來處理中國的學問，也由於這樣的眼光背後又隱藏著一個「即變即常」的「變遷」觀，因此當胡適將研究的觸角伸向古代哲學史的範圍時，他遂打破了二千年來許多儒者的信仰，轉而以一個「平等的眼光」來看待先秦的諸家學說，關於這一點，蔡元培先生在《中國古代哲學史》的序言中說（註⑳）：

> 平等的眼光：古代評判哲學的，不是墨非儒，就是儒非墨。且同是儒家，荀子非孟子，崇拜孟子的人，又非荀子。漢宋儒者，崇拜孔子，排斥諸子；近人替諸子抱不平，又有意嘲弄孔子。這都是鬧意氣罷了！適之先生此編，對於老子以後的諸子，各有各的長處，各有各的短處，都還他一個本來面目，是很平等的。

由蔡元培的序中可知，胡適若無以一種「變遷」的眼光看待哲學思想的演變，則絕無法形成一個平等的眼光來看待先秦諸家的學問。

另外，胡適在這部書的導言中，更是明確地點出他心目中哲學史的三個目的（註㉑）：㈠明變：哲學第一要務，在於使學者知道古今思想沿革變遷的線索。㈡求因：哲學史目的，不但要指出哲學思想沿革變遷的線索，還須要尋出這些沿革變遷的原因。㈢評判：既知思想的變遷和所以變遷的原因了，哲學史的責任還須要使學者知道各家學說的價值。我們可以說，胡適運用他的方法論立場中的「變遷」觀念來研究哲學史，所以才提出這三個目的作爲哲學史研究的目標。

我們綜觀胡適「文學革命」與「整理國故」的事業，就可以看出，胡適方法論中的「變遷」觀念主導了他的解釋方向，進而產生有異於當時人的研究成果，因此我們必須掌握這一個方法論的觀點，才能進入胡適的心靈，進而理解胡適的作爲。

但是，這個「變遷」的觀念是否只是受西方思潮的影響所致而已呢？它是否有可能是在中國歷史的脈絡中必然出現的一個觀念呢？與胡適同時代的史學大師錢賓四（一八九五—一九九〇）先生，就很明確地在其《國史大綱》中指出（註㉒）：

> 變之所在，即歷史精神之所在，亦即民族文化評價之所係。

這樣的說法也正與胡適的精神相通。所以，我們在下文的討論中將再從中國的歷史情境中，找尋是否有一個脈絡，可使當代的知識份子共同分享此一精神胎盤的可能性。

四、胡適「變遷」觀念的歷史背景

中華民族是一個極富「歷史感」的族羣。自從商周以來，豐富的歷史文獻與著述。一直是中華民族引以爲傲的歷史成就，中國人的「歷史意識」也特別强烈。大致說來，中國人的「歷史意識」可以分爲兩種不同的型態：一是「把歷史作爲彰顯人生眞理或道德教訓的鏡鑑」（註㉓），所以歷史的事件其意義之可被理解，乃因其本身是一抽象眞理的實踐場所。在這種歷史意識的主導下，歷史事件並無眞實的獨立性，它只是「永恆」眞理的一個具體示例。所以表現在史籍中的事實是，歷史家常將「事實判斷」與「價值判斷」結合爲一。這一種「歷史意識」主宰了中國二千年來的歷史研究工作。

但在另一方面，卻又有另一種型態的「歷史意識」在發展。這一種型態以爲「人透過對歷史的學習而自覺到他是站在歷史的洪流裡，意識到『過去』、『現在』與『未來』綜合爲一，體認到時間之流乃是一個生生不已的延續體」（註㉔），因此「歷史」是獨立的，它不是爲了解釋「永恆」的道理而存在，它的存在即是「永恆」。所以每一個「變遷」的過程均有其獨立自足的意義。

上述這兩種「歷史意識」中，以第一種型態較爲發達。所以從《春秋》的寓褒貶到《左傳》的「君子曰」，乃至更後王船山的《讀通鑑論》，均是受到這一型態的歷史意識的影響。至於第二種型態則一直是中國歷史工作者思想中的伏流。我們如果將胡適的「變遷」觀與上述兩種歷史意識比較，我們會發現，胡適「變遷」觀與第二種型態的「歷史意識」頗爲相近。因此除了前文所言其「變遷」觀受西方思潮影響外，我們不禁要懷疑：胡適這種觀點是否有其本土學術的淵源呢？

關於這個問題，我們從清代的學術發展過程觀之，當可得一個新的理解。前述第一種型態的歷史意識是中國歷史的大主流，這個主流發展到清代正與顧亭林等人所提倡的「經學即理學」的思潮相呼應，乾嘉時期戴震則更將這種觀念推而廣之（註㉕），因此整個清代的學術雖然著重在考據，但他們都有一個共同的基本立場，以這個基本立場從事考證的工作。余英時就曾指出清儒的立場是（註㉖）：

即所謂「道」或聖賢之「理義」皆畢具於六經；但由於六經中之文字以及典章制到已非千載以下之人所能識解，故必須借徑於川詁為證。換個說法，訓詁考證是開啟六經的鑰匙，而六經則是蘊藏著聖人之「道」的唯一寶庫。

余英時的說法確實指出了清儒的共同假定，我們如果再更進一層思考這個問題，我們更發現其實這項假定的背後仍然有一個隱藏著的命題，這就是：「經典的神聖性」之作爲一個永恆眞理的實踐場所，是不容置疑的。這項「命運」貫穿了整個中國思想的發展，因此我們也可以說，清代的學術工作者基本上是在這樣「信仰」中工作的。

然而章學誠卻逐漸鬆動了這個信仰，而實齋之所以能夠鬆動這個歷千年不衰的信仰，基本上是由於他體認到「經典神聖性」的永恆化是有問題的，因此他的立論便直接從這一信仰的核心入手，提出了「六經皆史」的說法，給予以當時的學風一個不同面向的反應，他說（註㉗）：

六經皆史也。古人不著書；古人未嘗離事而言理，六經皆先生之政典也。

其實「因事見理」或是「經即史」的概念早已有之，清代的學者也並不反對這個概念，但誠如余英時所言（註㉘）：

東原訓「理」為條理，因此特別要觀察事物中所顯現的內在條理。他說事「不出乎日用飲食」。可見他所注重的是具有經常性與普遍性的「事」。這仍是經學家的見地。

余先生之言極有見地，因爲章學誠所說的「事」乃是歷史性的，是變遷的，而非永恆不變的，因此「理」是在「流變」的事物中展現的，章實齋說（註㉙）：

三代學術，知有史而不知有經，切人事也；後人貴經術，以其即三代之史耳；近儒談理，似於人事之外別有所謂義理矣。

我們可以說，「變」之所在即「意義」之所在的觀念，在乾嘉年間已經在章實齋思想中逐漸發展出來了。然而這個時代依舊是舊勢力的時代，實齋並無法撼動其基礎，可是經由歷史的沉澱，舊勢力的解釋能力不斷地遭受質疑，因爲經由考證學的不斷研究，他們逐漸發現原來對經典的理解，可能只是一套「信仰」底下的產品，所以在歷史發展的趨勢下，胡適的「變遷」觀念便應運而生了。

五、結論

最後，我們要問：胡適的方法論中的「變遷」觀，到底具什麼歷史意義呢？這是終篇之際我們要再加以思考的問題。

前面我曾經提到實齋「六經皆史」說的觀念。「六經皆史」說主要的功能是剝除了「經典的神聖性」，使得大家能以一個「平等的眼光」看待古代學問。其實從胡適畢生的事業來看，我們可以說，胡適在這段時間之流的歷史意義，應該是他將這些「變遷」觀念具體地付諸實踐，使理論與行動合一，達到「通俗化」的成效。

我們再從胡適提倡「白話文運動」的事業稍稍申論以上這個論點。當白話文運動獲得成功以後，新思想、新觀念便能夠通過報章雜誌，而直接傳播給廣大的城市讀羣了（註㉚），由於社會大衆能夠大量地吸收新的知識或資訊，因此當胡適不管是在文學的「嘗試」之中，或是哲學史的研究之中，他都能藉由「淺顯易懂」的文字，將他隱藏在背後的「變之所在即意義之所在」的觀念傳播開來，進而將實齋的未竟志業推展完成。所以從這個觀點來看，胡適將「變遷」觀念加以通俗化和普及化，使它在歷史上產生實際作用，其所發揮的影響直到今天仍綿延不絕，特別具有深刻的歷史意義。

註釋：

①余英時，〈中國近代思想史上的胡適〉，收入：氏著，《中國思想傳統的現代詮釋》（台北：聯經出版事業公司，一九八七），頁五一九——五七四。及〈「中國哲學史大綱」與史學革命〉，《聯合月刊》，第二七期（一九八三年十月），頁一一〇——一一三。

②關於這一點，參見：黃俊傑，〈杜威的實驗主義對胡適的影響〉，收入：氏著，《歷史與現實》（台中：漢新出版社，一九八三），註一二的討論，頁一三六——一三七。

③同上書，頁一二〇。

④〈中國近代思想史上的胡適〉，頁五六〇——五六一。

⑤參看：John Dewey, The Influence of Derwin on Philosophy（Bloomington: Indiana University Press，一九六五）, PP. 8–9.

⑥同註③。

⑦胡適早年曾對鬼神有恐懼感，但當他讀到司馬溫公的「家訓」以及范縝的《神滅論》，他以爲鬼神乃虛無虛渺之事，不再爲鬼神所惑。見：胡適，《四十自述》。並參考：胡頌平編著，《胡適之先生年譜長編初稿》（台北：聯經出版事業公司）第一冊，頁四三—四四。

⑧同上書，頁六〇。

⑨參見：胡適，〈實驗主義〉一文，收入：《胡適文存》（星河圖書公司），第一集，卷二，頁二九七。

⑩〈杜威先生與中國〉，同上書，頁三八一。

⑪同上註。

⑫同註⑨，頁二九四。

⑬參見：胡適，〈莊子哲學淺釋〉，收入：《胡適選集．述學》（台北：文星書店，一九六六），頁一五。

⑭參見：胡適，（歷史的文學觀念論〉，收入：《胡適文存》第一集，卷一、頁三三。

⑮參見：胡適，〈文學進化觀念與戲劇改良〉，收入：《胡適文存》，第一集，卷一，頁一四四。

⑯黃俊傑，《歷史與現實》，頁一二九。

⑰參見：胡適，《留學日記》，收入：《胡適之先生年譜長編初稿》，第一冊，頁一四五—一四六。

⑱胡適，〈研究國故的方法〉，收入《胡適選集・演說》，頁四二—四五。

⑲胡適，〈國學季刊發刊宣言〉，收入：《胡適文存》，第二集，卷一，頁一八。

⑳參見：胡適，《中國古代哲學史》（台北：台灣商務印書館，一九八六），蔡元培所寫的序，頁二—三。

㉑同上書，〈導言〉，頁三—四。

㉒錢穆，《國史大綱》（台北：台灣商務印書館，一九八〇），引論，頁一一。

㉓黃俊傑，〈歷史教育與歷史意識的培育〉，收入：氏著，《儒學傳統與文化創新》（台北：東大圖書股份有限公司，一九八六），頁一六一。

㉔同上書，頁一六二。

㉕戴東原在〈與是仲明論學書〉有云：「經之至者道也，所以明道者其詞也，所以成詞者，字也。由字以通其詞，由詞以通其道，必有漸」，見《戴氏遺書・文集》，收入：《中國名著精華全集》（台北：遠流出版社，一九八三），第一四冊，頁一八。

㉖余英時，《論戴震與章學誠》（台北：華世出版社，一九八〇），頁四六。

㉗章學誠著、葉瑛校注，《文史通義校注》（台北：漢京文化事業有限公司，一九八六），卷一，內篇一，〈易教上〉，頁一。

㉘余英時，《論戴震與章學誠》，頁五一。

㉙章學誠著、葉瑛校注，《文史通義校注》，卷五，內篇五，〈浙東學術〉，頁五二三。

㉚參看：余英時，〈中國近代思想史上的胡適〉，頁五三七—五三八。

（本文作者現任台灣大學歷史系教授）

綜合討論

■編輯部

時　　間：民國七十九年十二月十五日上午九時

地　　點：台北市復興南路「文苑」

主　　席：吳宏一（中研院文哲研究所所長）

論文撰述：呂實强（中研院近史所研究員）

林明德（輔仁大學教授）

黃俊傑（台灣大學教授）

特約討論：于衡（輔仁大學教授）

曾永義（台灣大學教授）

石永貴（中央日報社長）

黃守誠（花蓮師範學院教授）

李瑞騰（淡江大學副教授）

主席致詞

吳宏一：

一個人物的偉大，不僅在於他的學識，更在於他的道德文章，古人講「鐵肩擔道義，辣手寫文章」，偉大的前輩風範，我認爲應該具備這兩點。「鐵肩擔道義」是很多前輩、學者所追求的目標，可是由於外在環境等因素，不能堅持理想、全力以赴去實踐的人還是很多，而胡適在「鐵肩擔道義」上卻做到了。他提攜後進、學術有成，風範值得後人敬仰。雖然有人認爲他的學問只是「但開風氣不爲師」，有些地方值得商榷，例如以研究「紅樓夢」來說，後人因新資料的出土，或許會覺得他的考證有缺失，但若置身於胡適當年研究「紅樓夢」時的環境，其實他已經很專精、進步了。

今天的研討會共邀請三位學者發表論文，其中黃俊傑教授因公出國，無法與會，論文由李瑞騰先生代爲宣讀。

論文發表（略）

特約討論

于衡：

我是一個新聞工作者，從胡適第一次回國到他逝世的這一段時間，我曾繼續不斷的採訪他的新聞。尤其是他晚年的思想、言論，我可以算是這一段歷史的見證人。當時我是聯合報的採訪主任，也是政大新聞系的兼任教授，因此對他有較深的認識，在三篇論文中沒提到的，據我所知提供一些補充資料。

首先，我非常贊同呂實强先生文中所提胡適對中國傳統文化的看法。胡適曾親口對我說過，他之所以激烈主張「打倒孔家店」，是因爲中國婦女再纏足下去，恐怕就會亡國，面對國家的日益貧窮、落後，知識分子不得不站出來講話。呂先生也提到，胡適原先主張全盤西化，後來逐漸變爲充分世界化、合理化。我認爲他的思想是逐漸改變的，最後他反而非常推崇孔子，對孔子說的「知之爲知之，不知爲不知，是知也」，認爲是對知識的誠實，胡適對我也講過這些話。

另外，他在台大醫院住院期間，我常去探望，他的夫人江冬秀女士說只能談三十分鐘，但胡適先生興趣廣泛，特別預意和記者交談，超過時間後，江女士遂以眼睛瞪我，憑我從事新聞工作的警覺性，我只得告辭，到胡頌平秘書房間去。不到三分鐘，胡先生便跑過來了，說是趁太太不注意偷偷溜過來。這件事給我很深的印象，他的天眞性情可見一斑。

林明德教授文中說：胡適是具有憂患意識的愛國者；我倒認爲他是純潔的愛國者。我可以舉一故事來說明：有一次，我到南港中研院去看他，他請我留下來便餐，當天是美國總統大選，他很希望尼克森能當選，因爲尼克森當選對我國較有利。他一邊說話，一邊拿著小收音機在聽，只要報導對尼克森有利，他就高興得鼓掌，而且特地倒了兩杯葡萄酒，說如果尼克森當選就喝酒慶祝，不料尼克森卻意外落選，他只得無奈地說：這酒就別喝了吧。免得痛苦！還有一件事也可證明：那就是雷震事件，雷震事件發生時，胡適先生正人在美國，後來他到了日本東京，我政府請毛子水先生到東京去接他，同時希望毛先生勸說胡先生，對雷震此事保持緘默。但當毛子水的話題一剛提到雷震時，沾上事件的邊，胡適就顧左右而言它，使毛子水沒有機會向胡先生解釋雷震事件。這件事是胡適先生主動向我說的。他自東京回國那天下飛機後，便驅車直駛南港中研院，有十多位記者緊追不捨。胡適回到中研院，被動的舉行了記者會，在徵信新聞（中國時報前身）記者常勝君的追問下，他舉手說：我願意為雷震的善良品格做證。這件事成為徵信新聞社和聯合報第二天第一版的頭條新聞。胡先生，從不自原則上退卻，由此可見。

過去常常有人說，雷震坐牢，胡適為何沒去探望他？據我所知，胡適至少有三次以上要去看雷震，但政府某一機關的人員，不斷到胡先生處致意，並且說明政府已經做錯了一件事，胡先生如去探監更會使社會震撼，對苦難的國家極為不利。因為胡先生去探監，必然引起國內外新聞記者的採訪、拍照，對國家整體的利益將有嚴重的傷害。胡先生幾次因深受感動而沒去探監，雖然有幾次司機已經發動引擎，正要出發時，也被勸止。因此，外間對胡適未去探監的批評，我願在此以我的品格作證：說出這一段故事，因為以我當時身為職業記者的立場，不便加以報導，直至今日，我也未見有此報導，但這卻是十分重要的，因此我在此特別說明這一點。

曾永義：

胡適是一歷史人物，正如呂先生所言——「名滿天下，謗亦隨之」，但經過時間的淘洗歷鍊，他的光采已更能照耀寰宇。海峽彼岸的學者，過去常以莫須有的指責來扭曲胡先生，可是在五四運動六十年紀念活動時，我們看到的文章中，百分之八、九十已經在肯定胡適了。

我們對一歷史人物的衡量、評價，應該注意到他那個時代的環境，有時爲了做非常的事業，不得不暫時採用非常的手段，如果能用此觀點來衡量胡先生，應該比較全面。因此，我對呂實強先生能把胡適之所以受謗的三個原因介紹出來，又從正面的意義加以說明，來證明胡適確實是一擁護中國文化、具憂患意識的愛國者，我完全贊同其看法；呂先生並且把胡適的一些缺失舉證出來，令我受益良多。

林明德先生則從胡適的白話詩來探討其憂患心聲。胡適的白話詩在現代新詩人心目中的地位似乎不高，但我們應肯定其開創之艱難。一種文體要達到成熟的境地，須經漫長時間的考驗，透過許多作家、作品的實驗創作，才能見出繽紛的內容、風格，毫無疑問的，胡適扮演新詩開創者的地位，已足以使他在詩的文學生命上永垂不朽。林明德能把胡適的幾首詩分析得非常透徹，旁徵博引，把胡適的潛德幽光都發揮出來，也令我很欽佩。

胡適的白話詩之所以遭到一些批評，應與其一貫主張白話文學有關，他在詩的創作理念上，要求「明白清楚」，但「明白清楚」只是詩創作不同方式中的一種而已，因此會引來不同的意見：另外，雖然他主張要破除格律，但他也很重視詩的自然音律，以他的修養，當然能掌握這一點，而如果對這種格律的精神不講究的話，的確會傷害到詩的生命力。正因爲這種主張，使得後來的一些白話詩人對聲韻格律便不留意了，這也算是他的影響吧！

黃俊傑先生從變遷的觀念來分析，我覺得也能掌握住胡適思想的核心，使我們很容易了解胡適對文學的進化觀及整理國故的態度、方法。但我也要提出一點個人看法，雖然我同意在非常時代採非常手段，但若手段過於激切，也會產生負面的影響。如果我們只看到其變遷的部分，忽略其變中有不變的一面，或者漠視變中也有快速、緩慢之別，只為了剷除國勢積弱或文化不如人的弊病，就採取過猛的手段，必然也是不合適的。譬如在教育方面，受其影響的結果是忽略了自己民族藝術的教育，學校教育中缺乏民族音樂、體育和藝術：過分西化的結果，也使我們的民族自尊心大受損傷，譬如當時為改良戲劇，否定了我們中國傳統戲劇的長處，但梅蘭芳先生到美國、蘇聯去演出，大為轟動，甚至對歐美的戲劇家有所啓發，產生了新理念的戲劇。這一點不能不說是負面的影響。

然而仔細觀察，胡適有時並不激烈，例如其文學革命的主張就不如陳獨秀激烈，而他一生反共，就是反對共產主義要全面剷除中國文化。

石永貴：

我個人曾在兩個場合見過胡先生：一是在三軍球場聽他一場演講，那是他自美返國後，首次公開與國人見面，我目睹他的丰采，令我終生難忘；另一次則是「送別」，送他離開人世，也是印象深刻。因為我對文學、白話詩並未有深入研究，所以我想從胡適先生的風範、憂患意識與他的歷史地位等方面來談。

我覺得胡先生在現代史上的影響和兩個人很相似：一是國父孫先生，他學貫中西，最後走出一條中國政治上的道路，而胡先生則走出了文學的道路，是史無前例的；另一位則是蔣公，在現代中國，不論史家如何評斷，在朝影響最大的是蔣公，在野影響最大的，我相信就是胡適先生。

錢賓四先生說過：「歷史以人物為中心」，在現代，我認為胡適就是我們思想的一個中心；胡適的好友勞榦教授也說過：胡適先生是中國文化上的巨人。他更是一個愛國者，在國家危難時，與國家在一起，與領導國家的人在一起。有二件事可以證明其愛國、反共、自由的精神：一是民國二十六年的廬山會議，胡適雖是南方人，也與北大的教授們一樣熱烈支持政府，當時他說：「蔣先生如有事故，中國將倒退二十年。」

民國三十八年，在大陸局勢逆轉之際，蔣公請胡適坐船到美國去，到達舊金山時，很多美國新聞記者在碼頭等他，拿報紙給他看，當時報上刊登國共和談破裂、紅軍過江等消息，他們問他有何看法，胡適說了一句可能令美國記者失望的話，他說：「我願意用我的道義力量來支持蔣介石先生的政府」，那時蔣公是在野的，由李宗仁代總統主政。

從這兩個近代中國最重要的關鍵時刻，一是外患，一是內亂，胡適先生都與國家、領導在一起，我覺得這是最值得我們追念的地方。

另外，我很爲世界上有兩位學者有資格做國家領袖，一是愛因斯坦，可以做以色列總統，但他卻搖搖頭說：我那有資格呢？還有一位就是胡適。據記錄所載，政府曾計劃給他許多職位，他都謝絕了，其中包括行政院長、考試院長、國府委員，甚至總統。他一生大概只擔任過三個與政府有關的職務，即北大校長、駐美大使及中央研究院院長，這些職位都很清高、重要，且又無人可代替。一般人都認爲，他出任駐美大使期間，是我國與外國外交工作最佳的時期，他與美國當時總統羅斯福之關係非比尋常。其他的職位，他一概不接受。爲何不接受呢？他希望能保持在野之身，好貢獻他的力量。

還有兩件事也值得一提。民國三十七年四月四日，蔣公希望胡適能出任總統，並開出五個條件，這五條件均適合胡適先生，但後來蔣公邀胡適見面，告訴他說：對不起，我雖想如此做，但黨內其他要員卻不贊成。胡適聽了，很輕鬆地說：蔣先生，只要您能接受黨內人的意見，就是民主。因此，他沒有出任總統，但他對自由、民主的提倡，卻影響深遠。

另一件事是到台灣之後，他與反對人士的時相往來。當時他身邊也有一些人想影響他，但他始終灑脫不改。在他日記中曾提到，反對黨的領導人，像高玉樹、郭雨新、李萬居、黃玉嬌等人來看他，一方面是表達意見，另一方面則想推他為反對黨的領袖。這其實也是雷震所希望，但他並未中圈套，這是很了不起的，比起歷史上一些悲劇人物，他是高明得多了。他與郭雨新等人會面時，曾告訴他們幾點意見，我覺得這對當前政治民主、自由發展都有啓發作用，他說：我勸他們根本上要改變的，第一，要採取和平的態度，不可對政府、黨，取敵對的態度，你要推翻政府、黨，則政府、黨自然先要打倒你；第二，切不可使你們的黨，成為台灣人的黨，要和民、青兩黨合作，和無黨派的大陸同胞合作；第三，最好是能爭取政府同情的諒解。我認為胡適在當時能有此想法，實在了不起，值得現在的人，對政治有所主張者反省、學習。實在的，在這方面胡適先生可謂「先知」。如果能記取胡先生的話，就會為未來的中國帶來屬於大家的光明康莊的自由民主大道。

黃守誠：

我在少年時即是胡適的崇拜者，但與他也是只有兩面之緣。第一次是在文藝協會的年會上。他應邀發表演說，令我印象深刻。因為歷來年會，任何人演講，從不曾安靜過，只有胡先生那一次是全場鴉雀無聲。另一次則與石社長相同，是向他送別，據我記憶所及，當時參與致敬者，全都面容哀戚，很多且落淚不已。這種哀戚的場面，我尚未見過。胡先生在世時，我曾去探望過他。但他正好在接見美國議員，我又沒有事先約好，那次他特別請秘書胡頌平先生持便條給我，上寫：「今天未能見到你，非常遺憾。」後來並且寫信給我。這三次經驗都不同，但都讓我感受到，他對人類、世界充滿了熱愛。

很感謝林明德先生對胡適的詩做了如此完整的收集。這對研究其詩及其思想，均有很大的幫助。由於我是研究文學的，對作品的動機和年代都很重視。透過林先生的整理，使我們對胡適有更進一層的了解。

呂實强先生的大作，應該是近年來有關胡適對傳統文化態度研究的力作之一。他將胡先生最被爭議的關於打倒孔家店、全盤西化等問題，做了客觀而深入的剖析，即使不能稱之爲「雨過天青」，至少對胡先生的主張，有了相當良好的釐淸作用。

呂文中指出，胡先生在措詞上有些地方顯得草率。這是很大膽的觀點。這可能是世人第一次對胡先生在此方面的批評。因爲胡適的文章一向給人很乾淨，像蒸餾水一般的感覺，而呂先生能看出有若干草率之處，這對一些問題的解答頗有幫助。

我想，要了解胡適爲何主張打倒孔家店、全盤西化等，必須先了解其背景。關於打倒孔家店，呂先生舉出胡適爲吳虞寫的序文爲例，時爲民國十年，而林明德先生文中所收集的一首詩「雙十節的鬼歌」，對胡適爲吳虞寫序，並提出打倒孔家店的思想背景，是一項極重要而可資解釋的線索。在當時（民十年前後）那種憤怒的狀態下，無法控制情緒而主張打倒孔家店，是可以理解的。我們知道，胡適先生在民國六年返國，他在美國那種文明制度下充滿朝氣的生活了長達七年，突然回到軍閥割據、暮氣沉沉、落後貧窮的北方的中國，任何一個有血性的人都會有共同的感受，何況他剛從新大陸回來，正值廿餘歲的青年時代，所以他在爲吳虞寫信時，才會覺得孔家店好像靠不住。此外，我們也必須了解，他說的孔家店並不是指孔子本身，而是指他所看到的纏足、懶惰、貧窮等，他對孔家店其實並無不敬之意。

關於「全盤西化」的主張，民國二十四年元月出版的第一四二期「獨立評論」中載有胡適的「南遊雜憶」一文，提到他與陳濟棠二人對「讀經問題」有不同的看法，導致心情惡劣。而且胡適原擬在廣州中山大學的演講，也是陳濟棠下令取消的，因此他對陳濟棠這類當權顯要的作風，自然不會滿意。以是之故，在下一期，即呂實強先生所引述的「獨立評論」上的編輯後記中，胡適才有所謂「全盤西化」之說。

但是，他對陳濟棠說：「我並不反對對古經典的研究，但我不能贊成一斑不懂得古書的人們假借經典來做復古運動。」民國四十七年，他六十八歲生日前夕，各報訪問他，他說：「我認爲我們的老祖宗不像印度祖先說神話，而都是說的人話，大家可以懂得的話。」他也認爲我們老祖宗的考據方法，跟西方科學方法的精神是一致的。所以我們對一個歷史人物的評價應該全面地觀照，而不要只抓住一點來作文章。

李瑞騰：

我的討論分以下四點：

第一，呂先生文中提到胡適爲吳虞寫的序文，那是在民國十年，但後來所學的一些言論是在民國四十七、八年，甚至是在中研院時期。一個人在替自己三、四十年前的言論做解釋時，是否可據以說明他在民國十年時的思想？假如胡適是在修正自己過去的觀點，或是解釋自己過去的立場，在資料的運用上，是否有可斟酌之處？

第二，黃俊傑先生所提的變遷觀念，是以杜威、中國近三百年來的學術發展來討論，可是，據我所理解，變遷思想一直是中國哲學思想的中心，從易經開始，司馬遷的「通古今之變」、劉勰的「通變」，這種變易觀一直是中國思想發展的中心，這一點黃文並未觸及，而只是提到戴震、顧炎武、章學誠而已。

第三，林明德先生文中第三節提到胡適的詩論與實踐，根據我的看法，詩論在實踐上包含兩部分：一是以詩論來創作，一是以詩論來進行實際文學批評。而此文中的實踐，只談到創作，是否有所不足？在胡適二百多首詩中，林先生認定這十四首才是他詩論的具體實踐，這可能有問題，因為實踐或許成功，也或許會失敗，因此其餘的詩作也是實踐的過程、成果，何況這十四首也只是個人認定實踐成功的例子而已，不能完全代表胡適具體實踐的成果。

還有，林文中幾乎將譯詩也等同於創作，透過譯詩來討論其思想與情感等問題，這是否有待商榷？雖然可以透過翻譯作品來表達自己，但終究是他人的創作，因此恐怕不宜與創作混為一談。

第四，整個學術的發展，其實就是典範不斷轉移的過程。胡適所創造的典範，一是知識分子的典範，一是其觀念落實在學術上的典範。但胡適的年代畢竟離今已遠，我們在此將他還原到他的年代，加以定位、評價，基本上我不反對，但是，更重要的問題是：在我們的時代，能不能創造出新的典範？

綜合討論

袁簡：

我對胡適的全盤否定中國文化，多少年來始終耿耿於懷。我們中國文化眞的就如陳獨秀、胡適等人說的那樣一文不值嗎？把鴉片、辮子、纏足，都怪罪到中國文化頭上，這是不公平的。平心而論，五四新文化運動有其正面的影響，也有負面的影響。提倡民主與科學，確有必要，但許多年來，科學的成就是有一些，「民主」恐怕仍是不足，何況其負面影響早在當時社會就已顯示出來了。如果說因爲現代中國人自己沒出息，不能治理國家，硬把兩千多年以後的事還要孔老夫子來負責，那麼五四新文化運動以後的國家情勢，康有爲、陳獨秀、胡適之流要不要負一點責任呢？所謂「百年成之不足，一旦壞之有餘」，知識分子發言立論，可不愼哉！

呂實强：

胡適紀念館至今依然隸屬未明，既非令屬公家，亦非令屬私人，當年有外人捐三十五萬美元爲基金，數額並不高，時至今日，更是顯得不足，因此做事不易。但近年情況已有改善，吳大猷院長很重視，從其他單位裡調派人手協助，目前正在加强進行對胡適資料的收集與整理工作。

袁先生提到胡適主張打倒孔家店，使共產主義進到中國，我不能苟同。當時他和陳獨秀、李大釗都是好友，但陳獨秀轉變爲共產黨的文藝重要領導人，但胡先生因而與他們毅然分道揚鑣，而且一再寫文章提醒人們：不要被馬列主義牽著鼻子走！因此，袁先生的說法可能仍有待商榷。把這些帳都記在胡適一人身上，也是不太公平的。

林明德：

我想針對李瑞騰先生的意見提出我的一些看法。首先，他認爲詩論的實踐應指涉創作與批評二部分，我想基本上，胡適是從其所接觸的美學理念來創作的，他是一個開創者，在舉目無人敢嘗試時，他率先嘗試，這是很寂寞的，既是開創，如何批判？其次，文中所舉的十四首詩，是胡適自己認定較符合他對美學要求的作品，不管實踐是成功或失敗，至少他自己肯定，而且這十四首也的確可以代表他個人的詩風，因此我在標題上才採用「憂患中的心聲」，因爲他的確在這方面盡心盡力地努力經營。

至於譯詩的問題，胡適自己的看法，是把創作與譯詩等同對待的，他也的確用自己的體會來譯詩。有關胡適典範的意義，我的看法是，他所開創的典範，不只在政治、學術、文化或是文學，現在可以清楚看見，可是在以前，是非經常被蒙蔽，因此若能站在對其了解的基礎上，再求新的開創，還是很有意義的，像言論自由這部分，我至今仍深受感動；他認爲我們要走長遠的路，沒有資格悲觀；他講破壞，背後必有建設，是一溫和、有理想的改革者。這些理念，都仍值得我們三思與學習。

（張堂錡記錄整理）

文訊叢刊⑱

憂患中的心聲

吳稚暉・蔡元培・胡適

編輯指導／封德屏
美術指導／劉　開
責任編輯／王燕玲
校　　對／孫小燕・黃淑貞
內頁完稿／詹淑美

發 行 人／蔣　震
出 版 者／文訊雜誌社
編 輯 部／臺北市復興南路一段 127 號三樓
電　　話／(02)7711171・7412364
傳　　眞／(02)7529186

總 經 銷／聯經出版事業公司
地　　址／臺北縣汐止鎭大同路一段 367 號三樓
電　　話／(02)6422629 代表線
印　　刷／裕臺公司中華印刷廠
　　　　　臺北縣新店市大坪林寶强路六號
電腦排版／浩瀚電腦排版股份有限公司
電　　話／(02)7771194
地　　址／台北市忠孝東路三段 257 號 5F

定價 200 元(如有缺頁、破損請寄回本社調換)
郵撥帳號第 12106756 號文訊雜誌社

中華民國八十年六月三十日初版
行政院新聞局局版台誌第 6584 號